文庫 JA

〈JA1232〉

血と霧 1

常闇の王子

多崎　礼

早川書房

7778

目次

血と霧1　常闇の王子

血の三属性

血中明度《ブラッドバリュー》…………血の能力の強度を示す。尊族は貴重な明度《バリュー》Ⅷ《エイス》、明度Ⅸ《バリューナインス》の血を持っており、豊かな生活をおくる。明度Ⅹ《テンス》はオルタナ王家の血族でも限られた者しか持たないため、『奇跡の血』と呼ばれる。

血中彩度《ブラッドクロマ》…………血の能力の持続性を示す。理論上、彩度《クロマ》に上限はない。

血中色相《ブラッドヒユー》…………血の能力の種類を示す。R《レッド》は摂取した血の主の身体能力を模倣する肉体強化能力、B《ブルー》は摂取した血の主の思考を読む精神感応能力、G《グリーン》は血液の情報分析能力。二つ以上の能力を発現する特殊な血の持ち主もいる。

第一話　Out of the Dark／常闇の王子

一日の始まりはいつも物憂い。この重たい頭を枕から引きはがすくらいなら、こめかみを撃ち抜いたほうがまだましだ。薄く目を開き、天井に揺れる蜘蛛《くも》の巣を見つめ、逡巡すること数秒。俺はため息をつき、上体を起こした。

枕元に置いた煙草入れから紙巻き煙草を一本抜き出し、マッチを擦って火をつける。焦げ臭い煙を深く吸い込む。と同時に、足下から低い唸り声が響いてきた。腹の底を震わせる陰鬱な音色。これは蒸気笛だ。世のため人のため、不眠不休で働き続けることを義務づけられた蒸気炉《リアクター》の怨嗟《えんさ》の呻きだ。

汚れた窓に目をやれば、外は一面、灰色の霧に閉ざされている。蒸気炉《リアクター》から発生した暖気は上層へと上り、地表近くの冷たい空気に触れ、霧となってこの最下層に降りてくる。

「殻の何処《いずこ》に暮らせども、光はあまねく平等である」と言ったのは、いったいどこの誰だったか。思い出せない。が、その言葉通り、最下層にも光は届く。地上に太陽が昇れば、地中に埋もれた巨大な巻き貝《スネイル》、都市国家ライコスにも朝が来る。地上に露出した殻頂宮殿《かくちょうきゅうでん》だけでなく、尊族が支配する上層にも、平民が暮らす中層にも、貧民がひしめく下層にも、廃血が蠢《うごめ》く殻の下にさえ、あまねく朝はやって来るのだ。

短くなった煙草を灰皿の底に押しつけた。観念して立ちあがり、汗ばんだシャツを脱ぐ。シャワールームは棺桶のように狭く、身動きさえもままならない。毎朝水栓を捻るたび、懲りもせずに肘《ひじ》をぶつける。それでも鉄臭い冷水を浴びているうちに、ようやく目が覚めてきた。

水を止め、タオルで濡れた身体を拭く。シャツを着る前に、毎朝の日課が待っている。棚に置かれた真鍮《しんちゅう》のコップ。そこには歯ブラシと剃刀《かみそり》と乾いた小枝が入れられている。

この枝は枯渇した大地に根を張る『ヴィランド』という樹木の種枝だ。ヴィランドは枝葉の下に獣が近づくと自ら種枝を切り落とす。種枝は獣の身体に突き刺さり、血を吸って養分とし、さらには血を結実させて蓄積する。獣達によって運ばれた種枝は、蓄えた血を糧として、新たな場所に根をおろす。ヴィランドが『吸血樹』と呼ばれる所以《ゆえん》だ。

そのヴィランドの種枝を逆手に持ち、尖った一端を肘の内側に突き刺した。数秒待つと、ねじれた枝の間に小さな血の粒が現れる。血を覆った薄膜は直ちに硬化し、透明な殻になる。流線型の血の果実、通称『血実《けつじつ》』。血実化した血は腐らず、劣化もしない。当然、血の能力も損なわれない。

　俺は吸血樹を腕から抜き、血実を摘み取って、棚に置いた小箱に投げ入れた。同様の血実が三十個ほど貯まっている。俺の血中明度《ブラッドバリュー》はⅨ《ナインス》。これだけあれば半年は遊んで暮らせる。けれど、俺が探し求めるものは血や金ではあがなえない。

　袖口が擦り切れたシャツを着て、立襟にクラヴァットを巻き、灰色のベストを羽織る。左脇に吊るしたホルスターに回転式拳銃を収めた時だった。備えつけの伝声管がカンカンと鳴った。続いて、くぐもった声が聞こえてくる。

「リロイス君。君に来客だ」

　声の主はギィ。この部屋の家主であり、階下にある酒場『霧笛《むてき》』の店主であり、俺の雇用主でもある。俺は伝声管に口を寄せ、「すぐに行く」と答えた。椅子の背にかけたフロックコートを拾い、袖を通す。肩のあたりがぶかぶかするのは筋肉が落ちたせいだ。このコートを仕立てた頃は己の身体を盾とするべく、日々の鍛錬を怠らなかった。

　今はその必要もない。

　守りたい者も守るべき者も、もういない。

　コートのポケットに煙草入れを突っ込み、部屋を出ようとして気づいた。ベッドの上に灰色の猫がいる。ふてぶてしい面構えをした雄猫だ。この界隈には多くの野良猫が棲み着いている。奴等はどこからともなく侵入し、俺の都合などおかまいなしに、俺のベッドを占領する。

「おい」

声をかけると、灰色の猫はほんの少しだけ目を開いた。大きなあくびをして、再び目を閉じた。「早く行け」と言わんばかりに尻尾をぱたりぱたりと振る。堂々とした態度だった。格の違いを見せつけられた気がした。俺は嘆息し、猫を残して部屋を出た。

俺の塒《ねぐら》はライコスの最下層、無節操に建てられた違法な集合住宅の三階にある。ギシギシ軋む鉄階段を下ると二階の踊り場に出た。正面の扉は居間とキッチンに通じている。折り返した廊下の突き当たりにあるのは『調血室』だ。一階の廊下の奥には倉庫があり、裏口へと抜ける。三日に一度は雑貨屋のハリーが食料や日用品を届けに来る。家政婦のマギーも毎日のように顔を出す。なので施錠はしていない。物騒な界隈だが、それでも悪さをしようとする者がいないのは、ここがギィの家だからだ。どの世界にも手を出してはいけない相手がいる。それを見抜けない人間は、明日の朝まで命が保たない。

その倉庫とは反対側、廊下の先にある扉を開いた。

薄暗い店内、濃緑色の壁紙にオイルランプの灯が揺れる。天井では蒸気式のシーリングファンが、まるで瀕死の鳥のように、カタン、カタンと回っている。長椅子を向かい合わせたボックス席が二卓、黒炭色のカウンターには飾り気のないスツールが六つある。

最下層にある唯一の酒場『霧笛』。その主人はカウンターの内側でグラスを磨いていた。糊《のり》の利いたシャツに、金のラインが入った深緑色のネクタイを締め、一目見ただけで一級品とわかるレーシコウ織りのベストを着こなしている。透けるような白金の髪に、青味がかった白磁の肌。すらりとした鼻筋と薔薇色の唇。年齢不詳。血の三属性も性別も不明。四年間もひとつ屋根の下で暮らしていながら性別すらわからないのかと笑われそうだが、実際にギィを目にしたなら、その笑いも凍りつくだろう。

ギィはふと手を止めて、俺を見た。色相B《ヒューブルー》の血を介さずとも、心の底まで見透かしてしまいそうな混じり気のない青い目だ。

「おはよう、リロイス君」

抑揚を欠いた美声。磨き抜かれた刃物のようで、聞くたびに背筋がぞくりと冷える。

「この二人は君に用があるそうだ」

用件だけを告げ、ギィは再びグラスを磨き始める。

店内には一組の男女がいた。女はスツールに座り、興味深そうにギィを眺めている。赤銹色の髪は結い上げるには短すぎるらしく、後れ毛が首筋で跳ねている。女性にしては背が高く、肩幅も広く、身に纏《まと》った紅茶色のドレスが見事なほどに似合っていない。

「貴方がロイス・リロイスさん？」

長椅子から、もう一人の客が立ちあがった。癖のある焦げ茶色の髪を丁寧に撫でつけ、手入れの行き届いた口髭を生やしている。身の丈に合ったフロックコートは、間違いなくオーダーメイドの逸品だ。左手に黒い山高帽《ボウラーハット》を抱え、小脇に銀色のステッキを挟んだまま、彼は右手を差し出した。

「お目にかかれて光栄です。僕はヴィンセント・タウンゼント。彼女は僕の妻でティルダといいます」

容姿にふさわしい柔らかな声音だった。俺を見つめる灰茶の瞳は少年のようにきらきらしていた。けれど彼の右手は硬く、親指の付け根にはまめが出来ていた。長い間、それも毎日、剣を振り続けている者の手だった。俺はその手を握り返しながら、目線で彼に座るよう促した。

俺の仕事は依頼人が求める『血』を探し出すことだ。それは時に人捜しであったり、獣の生血の採取であったりする。とはいえ、ライコス中層には立派なオフィスをかまえた探索者《サーチャー》が大勢いる。タウンゼント氏のような紳士が自ら貧民街まで足を運ぶには、それなりの理由が必要だった。

タウンゼントは長椅子に腰を下ろした。俺はその向かい側に座った。

「ここでの話が外に漏れることはありません」

そう前置きし、彼がそれを理解するのを待ってから続けた。

「ご用件をうかがいましょう」

「実は、息子を、捜していただきたいのです」

彼はフロックコートの内側から一枚の写真を取り出し、テーブルに置いた。

「名前はルーク。十一歳です。髪は漆黒で瞳は翠色。十一歳としては小柄なほうで、背の高さは――」タウンゼントは立ちあがり、自分の鳩尾《みぞおち》に右手を当てた。「このぐらいです」


人間は『血の三属性』、すなわち能力の強度を表す『血中明度《ブラッドバリュー》』、能力の持続性を表す『血中彩度《ブラッドクロマ》』、能力の種類を表す『血中色相《ブラッドヒュー》』によって分類される。これら三属性の中で、もっとも重要視されるのが血中明度《ブラッドバリュー》だ。明度《バリュー》の数値は一滴の血に秘められた熱量《カロリー》の冪《べき》指数であり、これはそのまま血の価値へと置き換えられる。

このライコスでは何よりも血統が重んじられる。それは血の三属性が親から子へ遺伝するからに他ならない。ごくまれに血中明度《ブラッドバリュー》Ⅸ《ナインス》もしくはⅧ《エイス》の尊族同士の結婚でも、明度《バリュー》を持たない廃血が生まれることがある。それとは逆に明度《バリュー》Ⅱ《セカンド》もしくはⅠ《ファースト》の貧民同士の婚姻から、高い明度《バリュー》を持つ『恩寵の子』が生まれることもある。そのためライコスで生誕した赤ん坊は、聖域教会によって『選血式』にかけられ、血の三属性を測定される。何人たりとも、これを避けて通ることは出来ない。生まれ持った血によって人間は定義される。貧富も、優劣も、人生さえも血が決める。

その点において、この少年は恵まれている。整えられた頭髪と贅《ぜい》を尽くした服装からして、彼が高い血中明度《ブラッドバリュー》を有していることは間違いない。俗に『明度《バリュー》は髪に、色相《ヒュー》は瞳に、彩度《クロマ》は肌に現れる』と言われるが、どうやら彼には当てはまらないようだ。

「容姿など、いくらでもごまかしがきく」

　俺は写真を押し返した。

「彼の血を下さい」

「申し訳ありませんが、それは出来かねます」

「なぜです？　この少年が貴方の息子であるならば、いざという時のため、血実の一粒や二粒、当然保存しているはずでしょう」

　タウンゼントは答えなかった。再び椅子に腰を下ろし、祈るように両手を組んだ。

「お願いします。お金ならいくらでも用意します。ですから息子を――」

「この少年と貴方の間に血の繋がりはない」それに彼女はお前の妻じゃないと言いかけて、そこまで言う必要はないと判断する。「貴方は真実を語っていない。その上、血実も渡せないというのであれば、私にはどうすることも出来ない」

「ごちゃごちゃうるせぇんだよ、このクソが」

　粗野な声とともに赤毛の女が立ちあがった。素早く俺に詰め寄ると、俺の襟を掴み、力任せに引き立たせる。すごい腕力だ。肉体強化――色相R《ヒューレッド》の持ち主に違いない。

「黙って聞いてりゃいい気になりやがって。殻の底を這いずり回る虫けらが、偉そうな口を叩くんじゃないよ」

唸るような恫喝《どうかつ》だった。黄褐色の瞳はネコ科の獣を思わせた。そんな彼女を見て、以前遭遇したことがある雌の砂豹を思い出した。岩の上に立った彼女は凛として気高く、何者も侵すことの出来ない威厳を漂わせていた。

「四の五の言わずに餓鬼《がき》を捜せ」

砂豹のような女は、俺に顔を近づけた。人を脅《おど》すことに慣れた者の兇悪な面構えは、嘘と虚構で取り繕った尊族のすまし顔よりはるかに好ましい。けれど——

「断る」

「あたしはお願いしてるんじゃない。命令してるんだよ」

彼女が右手を振ると、手の中にナイフが現れた。どこから出したのか、どうやって出したのか、皆目見当もつかなかった。

銀色に光る刃で俺の左頰を叩きながら、女は唇を歪めて嗤《わら》った。

「従えないってんなら、今ここであんたの喉をかっ切ったっていいんだよ?」

「好きにしろ。だが、ひとつ警告しておく。俺の血中明度《ブラッドバリュー》はⅨ《ナインス》だ。ほんの一滴、目か口に入っただけで、俺はお前を道連れに出来る」

女はしゃっくりのような声をあげた。笑ったのだ。当然と言えば当然だ。最下層に住む男が「自分は明度《バリュー》Ⅸ《ナインス》だ」と言ったなら、俺だって笑い飛ばす。

「嘘つくならもっとマシな嘘にしな。あんたには矜持《きょうじ》ってモンはないのかい？」

「もちろんある。意に沿わない仕事を引き受けるだけの価値を、自分の命に見出せないだけだ」

「ふぅん、いい度胸だ。気に入ったよ」

舌先で唇を舐めると、彼女はナイフをくるりと回し、俺の首に押し当てた。

「心中上等だ、色男」

「やめろ、ティルダ」

彼女の肩にタウンゼントが手を置いた。

「ナイフを収めろ。これは命令だ」

ティルダは舌打ちをした。俺を睨んだまま右手を振る。魔法のようにナイフは消えた。

彼女は俺を解放すると、苛立《いらだ》たしげな靴音を響かせて店の外へと出ていった。

「手荒な真似をしてすまなかった」

申し訳なさそうにタウンゼントが謝った。

俺はクラヴァットを締め直し、コートの襟を正した。

「詫《わ》びる必要はない。素晴らしいナイフ捌《さば》きだった。いいものを見せてもらった」

心から賞賛したつもりだったが、タウンゼントは困惑したように眉尻を下げた。俺は少年の写真を拾いあげ、彼に向かって差し出した。タウンゼントは俺と写真を交互に見て、歯切れ悪く問いかけた。

「どうすれば、君の協力を得ることが出来る？」

「条件はすでに言った」

彼の胸に写真を押しつける。

「真実を語るか、彼の血実を渡すか。どちらにするかは、彼の本物の両親に訊いてくれ」

「……わかった」

タウンゼントは写真をしまった。山高帽《ボウラーハット》を頭に乗せると、その鍔《つば》に軽く右手を添え、ギィに向かって会釈する。

「騒がしくして申し訳ない」

ギィは首を傾け、小さな会釈を返した。そんな些細な仕草さえ優雅な舞踊のようだった。

「また来るよ」

タウンゼントは重そうなステッキを右手に持ち替え、店の扉を開いた。銅製の鈴がカランカランと鳴り、霧を飲み込んで扉が閉まる。

「リロイス君、朝食は何にする？」

何事もなかったかのようにギィが問いかけてくる。

俺はスツールに腰掛け、いつも通りの答えを返した。

「『朝食《ブレックファアスト》』を頼む」

「毎日毎晩、調合血《カクテル》ばかり飲んでいては味気ないだろう。たまにはベーコンエッグでも食べたまえ」

「熱量《カロリー》さえ摂取出来れば充分だ」

ギィは肩をすくめると、背後の棚へと向き直った。ずらりと並んだ瓶の中から、三本を選び出す。ラベルも目印もない。中身が何なのか、ギィにしかわからない。

ギィは腕のいい『調血師《しょうけつし》』だ。手がける調合血《カクテル》も実に多彩で、酒のように酩酊を誘うものもあれば、疲労や傷痍の回復を助けるもの、惚れ薬や別れ薬といったいかがわしいものもある。いずれも効果は覿面《てきめん》で、店を訪れる客は引きも切らない。中下層に住む労働者はもちろんのこと、わざわざ上層からやって来る尊族もいる。しかもギィは血の貴賤にこだわらない。尊族に媚びへつらうこともなければ、充分な金を持たない貧民を無下《むげ》に追い返すこともしない。上層の尊族にも顔が利き、貧民からは敬愛され、殻の下でしのぎを削る廃血マフィアにすら一目置かれているのは、おそらくそのためだろう。

「人類が味蕾《みらい》を発達させたのは、毒物の混入や食物の腐敗を察知するためだ」

栓を抜き、瓶を傾け、スプーンで液体を計りながら、独り言のようにギィは言う。

「人間はさらに味覚を研ぎ澄まし、食物を味わうことを覚えた。食事を共有することで連帯感を育み、親愛の情を交わし、自己を表現するようになった。味覚は感性となり、飲食は芸術となった。すなわち美味しい料理と賑やかな食事は人生を豊かにする」

ショットグラスに赤黒い液体を注ぐ、形のいい爪と白い指。上層に住まう貴婦人方がこの手を見たら、嫉妬のあまり悶絶するだろう。調血師は薬品を扱う仕事柄、肌も爪もぼろぼろになる。そんなところまで、ギィは別格であるらしい。

「リロイス君——」

俺の目の前に『朝食《ブレックファスト》』のグラスを置き、ギィはにっこりと笑った。

「君は食事というものに、もっと敬意を払うべきだ」

「ご高説痛み入る」

俺は調合血《カクテル》を手に取った。グラスを掲げ、正体不明の調血師に敬意を示す。

「だが俺は、豊かな人生なんて望んでいないんだよ、ボス」

「私は君の上司ではない。ただの大家だ。私を『ボス』と呼ぶのは間違いだ」

「ならば俺を『リロイス』と呼ぶのはやめろ。俺はもうリロイス家とは何の関係もない」

「しかし、リロイス君」

ギィは真顔で俺を見つめた。

「私達は名前《ファーストネーム》で呼び合うような仲ではないだろう？」

俺は赤黒い調合血《カクテル》を一気に呷った。空になったグラスをカウンターに置く。

「同感だね、ボス」

そんな厭味にも、ギィは表情を変えなかった。

俺はスツールを離れ、店を出た。

下層の街並みは濃い霧に沈んでいた。殻の底に蠢く人間達は、まるで顔のない幽霊の群れだ。入り組んだ路地に街灯はなく、行く者も来る者も、等しく霧に埋もれている。

錆びた動輪を軋らせながら蒸気列車が線路を行く。貨車には赤鉄鉱が山と積まれている。血製石炭《ブラッドコークス》を燃料とする蒸気炉《リアクター》が発明されたのは、今から二百年ほど前のことだ。従来の泥炭炉は、より燃焼効率のいい血製石炭《ブラッドコークス》の蒸気炉《リアクター》に置き換えられ、煉瓦造りの街並みは鋼鉄の街へと変貌した。最下層の貧民窟は次々に取り壊され、製鉄所や鉄工所へと姿を変えた。都市生活を支える赤鉄鉱は、今も昔もライコスの殻の下からやって来る。市街を構成する鉄骨や配管、蒸気列車や瓦斯《ガス》燈《とう》、様々な工作機械はこの下層で作られ、中層や上層へと運ばれていく。

重機の響き。製鉄所の唸り。じゃらじゃらと鎖が鳴る。溢れる蒸気が霧と混ざり合い、数歩先さえ見通せない。そんな灰色の闇の中を俺は歩き続けた。

まず向かったのはブルースの店だった。ブルースは色相《ヒュー》G《グリーン》——摂取した血の属性を分析する能力を活《い》かし、血の三属性を見極める人血売買人の一人だ。

ライコスの国民は毎月一回、血税を支払うことを義務づけられている。同じ納税者でも、尊族は血を売るだけで遊んで暮らせるが、平民や貧民は労働に励み、賃金を得る必要がある。血は財産であり、全世界共通の通貨でもある。職を失い、生活に困窮した者が最後に売ることになるのも己の血だ。二束三文にしかならなくても、家族を養うために血を売る者は大勢いる。そのために命を落としたとしても、合意の上ならば誰も罪に問われない。

ブルースの店は最下層の中でも最悪と呼ばれる場所、巻き貝《スネイル》の殻軸近くにあった。廃業した血液加工工場をそのまま使っているという建物は、壁も柱も真っ赤に錆びついている。目の前には側溝があり、どろどろとした黒い排水が異臭を放っている。今の時期はまだいいが、雨量の多い夏年には、ここ一帯が汚水に浸かる。窮状を訴えても、貧民の声に耳を貸す議員はいない。議事堂の柔らかな椅子を温めるのは尊族の尻だけだ。奴等は足下の世界がどうなろうが気にも留めない。

ブルースの店の扉を開くと、湿った熱風が押し寄せてきた。濃厚な血の臭いが鼻をつく。耳障りな金属音が天井に反響する。

「作業中か、ブルース」

鉄製の間仕切りに向かって呼びかけると、「おーう」と間延びした声が応じた。程なくして、奥から赤ら顔の男が現れる。血肉がこびりついた前掛けに、真っ赤な両手をこすりつけ、ブルースはやれやれというように肩をすくめた。

「血ィ抜くのに忙しくてよ。手ェ離せないんだわ」

「出物か？」

「いや、近所の爺さんが死んでよ。家族に頼まれて血抜きしてるんだわ」

心臓が動きを止めると同時に血は劣化し始める。血の記憶も能力も半日と保《も》たずに失われてしまう。そんな血にも価値はある。死者の血は高温圧縮処理され、血製石炭《ブラッドコークス》へと姿を変える。血製石炭《ブラッドコークス》は長時間の緩慢燃焼が可能であり、廃棄物もほとんど出ない。ライコスに現存するすべての蒸気機関は、この血製石炭《ブラッドコークス》により稼働しているといっても過言ではない。

「あんたが探してるモンは、今朝も入ってねぇよ」

「本当に？」

真偽を確かめるため、俺はブルースの目を覗きこんだ。人血売買は合法だが、すべての人血売買人が法に準じているわけではない。この男を信用する理由にはなり得ない。

「本当さ、嘘じゃねぇって」

ブルースは肉付きのいい両手を振った。

「ここいらの売人に、あんたを敵に廻そうとする馬鹿はいねぇよ。誰だって命は惜しい」

「——そうか」

安堵と失望と押し寄せる悔恨。薄れることのない胸の痛み。それにさえ慣れていく自分がいる。いまだミリアムを捜し続けているのは、忘れたくないからなのか、それとも忘れてしまいたいからなのか、もはやわからなくなってしまった。

「邪魔をした」

情報料として百プルーフ銅貨を一枚テーブルに置き、俺はブルースの店を出た。

その後も人血売買人の店を数軒回ったが、いずれも収穫はなかった。

重い足を引きずりながら線路を横切り、ライコスの外殻に向かった。険しい坂道と階段を上っていくと、前方にマグカップの看板が見えてきた。その下に開いた窓の中、小さな婆さんが座っている。

「おはよう、クレア」

「いらっしゃい、ロイス」

定番の挨拶を交わした後、クレアはよっこいしょと言って立ちあがった。

「いつものでいいよね？」

答えの代わりに、俺は百プルーフ銅貨を二枚、カウンターに置いた。一枚は珈琲の代金、もう一枚は情報料だ。珈琲店は表の顔で、クレアの本業は町医者だ。そのうえ下層で一番耳のいい情報屋でもある。

クレアは王立生体医学研究所に認められた一流の医師だったらしい。彼女が最下層にやってきたのは三十年以上も前のこと。それ以来、クレアはここで珈琲店を営みつつ、町医者として多くの命を救ってきた。やがて評判が評判を呼び、クレアの元には彼女を頼る者や彼女に救われた者、彼女を慕う者などが集まるようになり、同時に様々な情報も寄せられるようになったのだという。

「昨日、馴染みの狩人《ハンター》が催眠花の蜜《みつ》を届けに来てくれたんだけどね」

珈琲を淹れながら、クレアは申し訳なさそうに切り出した。

「漂泊民《トラベラー》に尋ねても、ミリアムらしき娘さんを見かけた者はいなかったってさ」

「そうか」

「で、まだ捜し続けるつもりなの」

「ああ」

「見つけ出してどうするの」

「わからない」

「難儀だねぇ」

クレアは珈琲を差し出した。厚紙で出来た珈琲カップは彼女の手製だ。受け取ろうとした俺の手を、クレアはぽんぽんと叩いた。

「気が向いたら、今度は話をしにおいで」

俺はカップを受け取ると、礼を言って店を離れた。

錆びた鉄階段を外殻近くまで上った。近くで見るとライコスの殻はてらてらと白く、虹色の光沢を帯びている。俺は階段に腰掛け、カップを口に運んだ。珈琲は舌を火傷しそうなほど熱かった。鼻をくすぐる芳香とほろ苦い渋み。美味しい料理と賑やかな食事は人生を豊かにする。そんなギィの台詞が脳裏をよぎる。

時間をかけて珈琲を飲み終えた。空のカップを灰皿にして煙草を吸った。

真昼を過ぎ、外気温が下がったのだろう。少し霧が薄れてきた。巨大な巻き貝《スネイル》の殻の中、鉄屑のような貧民街が広がっている。その中心にはとてつもなく太い柱が聳《そび》えている。地から出でて天を貫く巻き貝《スネイル》の殻軸、それを人々は『ライコスの背骨』と呼ぶ。もし可能ならば、名付けた者に忠告したい。巻き貝《スネイル》に背骨はない。

「それで――いつまで隠れているつもりだ」

根元まで灰になった煙草を潰し、俺は右手の建物に呼びかけた。

「出てこい。そこにいるのはわかっている」

「だったらもっと早く言いなよ」

煤《すす》けた壁の向こうから一人の女が現れた。赤錆色の髪を肩に下ろし、化粧もすっかり落としている。紅茶色のドレスも労働者風のシャツと吊りズボンに変わっていた。

ティルダは跳ねるように階段を上り、俺の傍までやって来た。

「いつ気づいた？」

「ブルースの店を出た時に」

「ブルースって？」

「側溝近くの人血売買人だ」

まいったねと呟いて、彼女は階段に腰を下ろした。

「あたしにも一本ちょうだい」

俺が煙草入れを差し出すと、ティルダは嬉々として一本抜き取った。マッチを擦り、火を両手で覆ってやる。彼女は前髪をかきあげ、煙草に火を移した。深く一服つけた後、あからさまに顔をしかめる。

「うわ、マズ。こんな安物、よく吸えるね」

「嫌なら返せ」

「冗談でしょ。あんたと間接キスするなんてゴメンだよ」

悪態をつき、苛立たしげに煙を吐く。

俺は二本目の煙草に火をつけてから、彼女に向かって問いかけた。

「タウンゼントに命じられて、俺の行動を監視していたのか？」

「まあね」ふて腐れたように答え、ティルダは横目で俺を睨んだ。「あんたこそ人血売買人に何の用があったわけ？　あの子の情報、連中に流したりしてないだろうね？」

「写真もなければ証拠もない。そんな情報に金を出す奴はいない」

「けど連中、ルークがバラされて売りに出されたら、真っ先に喰いつく奴等じゃないか」

確かに彼女の言う通りだった。

「初っ端《しょっぱな》じゃない」

血に明度《バリュー》を持つ者は、あらゆる生物の血を取り込み、糧とすることが出来る。そのため明度《バリュー》の高い者の肉を喰えば、自分の血中明度《ブラッドバリュー》を引き上げられるという馬鹿げた迷信を信じる者も少なくない。もしルークが裏組織に攫《さら》われ、すでに殺されているのだとしたら、その血や肉が裏市場に出回っているはずだ。

「安心しろ。ここ数ヵ月間、明度Ⅸ《バリューナインス》以上の血が裏市場に出回ったことはない」

「どうでもいいよ、そんなの」

ティルダは煙草を足下に落とし、踏みつけて火を消した。

「あの餓鬼がどうなろうと、あたしには関係ない」

「ナイフまで抜いてみせたのに？」

「仕方ないだろ。母親だもん」

「その嘘、まだ続ける気か？」

「命令だからね」

「軍人は自由が利かないな」

「でも食べ物には困らないよ」

なるほど、やはり軍の関係者か。だが彼女は生粋《きっすい》のライコス国民には見えない。ライコスと同盟を結んでいる巻き貝《スネイル》都市国家の人間でもなさそうだ。

創造神が眠る聖域カルワリアと、それを取り巻く十七の巻き貝《スネイル》都市国家は、広大な岩石砂漠によって隔てられている。殻の外は気温が低く、空気も薄い。獰猛な獣が跋扈《ばっこ》しているため、行き来するのも容易ではない。そんな過酷な大地に生きる者がいる。商隊を率いて都市国家間を移動する者。極小の巻き貝《スネイル》を住居とし、そこで家畜を育てる者。犬を手なずけ、獣を狩って生きる者。彼等は時に野蛮人の代名詞として、またある時には自由の象徴として『漂泊民《トラベラー》』と呼ばれている。

「自由を重んじる漂泊民《トラベラー》が、なぜライコス軍に所属しているんだ？」

ティルダは目を丸くした。

「あたしが漂泊民《トラベラー》だって、どうしてわかった？」

砂豹に似ていたから——とは言えない。

「理由はない。直感だ」

「なんだよ、それ」

苦笑交じりに吐き捨てて、彼女は自分の両膝を抱えた。

「それこそ理由なんて特にない。あたしは強いんだって、思い知らせたかっただけさ」

拗《す》ねたような口吻《こうふん》だった。まるで言い訳をしているように聞こえた。

「あたしはね、こう見えても、はぐれ者の十人を率いる傭兵部隊の軍曹なんだよ」

あれだけの技量を持つ女だ。若くして軍曹に抜擢されたとしても不思議はない。しかしある程度の血中明度《ブラッドバリュー》を持つ女性なら、軍人になどならずとも暮らしに困ることはない。血統を重んじるライコスでは、婚姻の主導権は女性にある。より強い血を求める女達のお眼鏡に適《かな》うよう、男達は立身出世に邁進する。学がなくても身体一つあれば成り上がれる軍隊や治安警察は典型的な男性社会だ。そういう意味では、彼女のような存在は珍しい。

「女のくせにどうやって昇級したのか、不思議に思ってるんだろ？」

いいやと否定する間もなく、ティルダはつんと唇を尖らせる。

「そうさ。お祭しの通り上官をたぶらかしたのさ。もっさりした男所帯だ。顎の下をくすぐってやるだけで、男はほいほいついてくる。いっぺんヤっちまえば後は簡単。ちょいと脅せば、みんなあたしのいいなりさ」

ぽんと立ちあがり、彼女は腰に手を当てた。

「でも説教はお断りだよ。せっかく女に生まれたんだ。利用しなくちゃ意味がない」

「説教するつもりはない」

俺もリロイス家に身を売った人間だ。人に説教出来る立場じゃない。

「その調子で、もっと出世してくれ」

俺は紙のカップを拾いあげ、小さく潰してからポケットにしまった。

「軍の高官に知り合いがいれば、俺も仕事がしやすくなる」

「安く見ないでもらいたいね。あんたの頼みなんて、聞いてやる義理はないんだよ」

「煙草をくれてやっただろう」

「こんな安物で恩を売る気？」

「いけないか？」

「って、真顔で訊くんじゃないよ」

堪えきれなくなったらしい。彼女は声をあげて笑った。

「あんた、色相B《ヒューブルー》でしょ？　人をいい気分にさせるのが上手いのは大概B《ブルー》なんだよ」

血の能力は血中色相《ブラッドヒュー》で表現される。精神感応は色相B《ヒューブルー》、属性分析は色相G《ヒューグリーン》、肉体強化は色相R《ヒューレッド》という具合に。人間の大部分は、このBGRのいずれかに分類される。

だがごくまれに二つ以上の能力を併せ持つ者が現れる。それが稀少種と呼ばれる者達だ。彼等が持つ能力は、G《グリーン》＋R《レッド》で色相Y《ヒューイエロー》、G《グリーン》＋B《ブルー》で色相C《ヒューシアン》、R《レッド》＋B《ブルー》で色相M《ヒューマゼンタ》で表現される。

「俺の色相《ヒュー》はB《ブルー》じゃない。M《マゼンタ》だ」

「へぇ、あんた稀少種なんだ？」

ティルダは俺の首に両腕を巻きつけた。スンスンと鼻を鳴らし、首筋の匂いを嗅ぐ。背は俺のほうが高かったが、俺の耳朶《じだ》に唇を寄せるために、彼女が背伸びをする必要はまったくなかった。

「いい匂い。あんた、すごく美味しそうだ」

「俺は明度Ⅸ《バリューナインス》だ。お前が煌族《こうぞく》でない限り、俺の血を飲むことはお勧めしない」

「そういう意味じゃないってば」

彼女の吐息が首筋にかかる。少し掠《かす》れた甘い声が耳元で囁く。

「ヴィンスが戻るまでに間があるしさ。待っている間に一戦交えようって言ってんの」

「お誘いはありがたいが、俺は既婚者だ」

「それが何？」

「妻を裏切るつもりはない」

「懐古趣味《レトロ》な男だね」ティルダは身体を離した。「つうか、むしろ骨董品《アンティーク》だわ、あんた」

愉快そうに笑いながら、拳で俺の肩を叩く。

「あたしの本名はマティルダ・ライダ。呼びにくいからティルダでいいよ。あたしもあんたのこと、ロイスって呼ぶから」

心の中ではとっくにティルダと呼んでいることを隠し、俺は重々しく頷いた。

『霧笛』に戻ると、タウンゼントが待っていた。他にも一人、若い女が長椅子に座っている。俺達に気づくと、彼女は素早く立ちあがった。

「私はユイア・ノイア。オルタナ王家にお仕えする者です」

紺色のドレスをつまみ、ノイアは堅苦しい挨拶をした。

それから顔を上げ、険しい眼差しで俺を睨んだ。

「ロイス・リロイス、貴方に捜索を依頼します。捜して欲しいのはルーク・20・オルタナ、シルヴィア女王の二十番目の御子です」

「待ってくれ」

右手を挙げ、俺は彼女を制した。

「話を聞く前に確認しておきたい。このことはシルヴィア女王も承知しているのか？」

「貴方が言う『このこと』が、ルーク殿下失踪のことを指しているならば、質問の答えは『はい《イエス》』です。女王陛下が事を公にするなと仰《おつしや》いましたので、私達は秘密裏に、殿下を捜し続けてきたのです」

王家の血は稀少で貴重だ。王子の失踪が公になれば、大勢の悪党どもが血眼《ちまなこ》になって彼を捜す。各地で抗争が勃発し、王子の捜索は困難を極める。だからタウンゼントはルーク王子を自分の息子と偽ったのだ。それは俺にも理解出来る。わからないのは――

「独自に王子を捜し続けてきたならば、なぜ今になって俺を頼ろうとする？」

「この先はロイス・リロイスに委任せよと、我が主人が命じたからです」

「お前の主人というのは誰だ。シルヴィア女王か？」

「いいえ、違います」ユイア・ノイアはうっすらと笑った。「本人の意向により、お名前は申し上げられませんが、さる高名な王族です。女王陛下の覚えめでたき方ですので、ご心配には及びません」

そう言われても、容易には信じられなかった。

かつて俺は女王陛下の不興を買った。王族ならばそれを知らないはずがない。劇物である『銀』の名を戴くシルヴィア女王は、その名の通り無慈悲で冷酷だ。機嫌を損なえば容赦なく切り捨てられる。そんな危険を冒してまで俺に王子の捜索を依頼する、その理由がわからない。

「話を続けてもよろしいですか」

苛立った口調でノイアが尋ねた。眉間の縦皺と歪んだ唇が、一刻も早くこの場所から退散したいと伝えてくる。俺は頷いて、彼女に座るよう促した。だがノイアは誘いには乗らず、立ったまま話し始めた。

「ルーク殿下は地上層の翠玉《すいぎょく》離宮にお住まいでした。その姿が消えたのは一カ月ほど前、正確には二月十二日です。夜十一時に殿下が主寝室でお休みになるのを侍従と護衛官が確認しています。ですが翌日の朝、侍従が殿下を起こしにいくと、寝室に殿下の姿はなく、寝台もすでに冷え切っていたそうです」

「その侍従と護衛官は信用出来る人物なのか？」

「当然です」棘《とげ》のある声でノイアは言い返した。「離宮の周囲は警備官に守られ、主寝室の隣室には侍従が控え、扉の外には夜通し護衛官がついておりました。にもかかわらず、誰も殿下の失踪に気づきませんでした。翠玉離宮で働く者達には色相B《ヒューブルー》の捜査官が尋問を執り行い、返答の真偽を審査しましたが、不審者の姿を見た者はなく、手がかりは何も得られませんでした」

高明度の色相B《バリューヒューブルー》は、対象者の血を窃取《せっしゅ》することにより、血の持ち主の心を読む。その能力は時間にも距離にも邪魔されない。嘘はつけない。逃げることも出来ない。つまりルーク王子は密室に近い自室から忽然と消えたことになる。

とはいえ、抜け道がないわけではない。

「王族の血を一滴飲ませれば、侍従の目を欺《あざむ》ける。王子は自らの意志で離宮を出て行ったのかもしれないぞ」

「あり得ません。ルーク殿下は『煌族』です。何よりも尊い『奇跡の血』を卑賤な者に分け与えるなど、決してあってはならないことです」

「でもノイアさん、リロイス氏の意見は無視出来ませんよ」

意外なことに、タウンゼントが俺を擁護した。

「殿下が自発的に姿を消したと考えれば、目撃証言の裏付けにもなります」

「目撃者がいるのか？」

俺の問いかけに、タウンゼントは首肯した。

「このひと月の間、僕等はライコス市街を歩き回った。殿下の正体を隠したまま、彼の写真を見せて、目撃者を探したんだ。結果、数人の駅員が殿下らしき少年を覚えていたよ。

殿下は怪しげな商隊とともに、下りの蒸気列車に乗っていたそうだ」

「列車の運行予定表を調べたか？」

「ああ、もちろん。その列車は個人の貸し切りでね。名前は偽名、住所も偽物、行き先は空欄になっていた」

記録には残せない場所、記せない地名、それが意味するものは一つだけだ。

「廃棄地区か」

「だから行き詰まった」タウンゼントは苦々しく唇を歪めた。「あそこはライコスであって、ライコスじゃないからね」

賢明な判断だ。廃血マフィアは国家権力を蛇蝎《だかつ》の如く嫌っている。彼等のような軍人が廃棄地区を捜索すれば、流血沙汰は免れない。

「ですが貴方なら――」とノイアが言った。「このような場所で探索業を営む貴方なら、廃棄地区に潜入することも可能なはずです」

俺に向き直り、肩を強ばらせたまま頭を下げる。

「お願いです。ロイス・リロイス、どうかルーク殿下を捜して下さい」

煌族はオルタナの血族にしか生まれない。たとえ女王から生まれた御子であっても、煌族であるとは限らない。血中明度《ブラッドバリューテンス》Xを誇り、すべての色相《ヒュー》を兼ね備えた『奇跡の血』。その価値は金塊のはるか上をいく。もしルークが廃棄地区にいるのだとしたら、答えは出ているも同然だ。

「俺が探せるのは生きている者の血だけだ。死んだ者の血は探せない」

「それは承知しております」

落ち着き払ってノイアは答えた。

「依頼人は『ルークが死んだという確かな証拠が得られるまでは、絶対に諦めない』と仰いました。ですから貴方にはその証拠を――殿下がすでに亡くなられているという証《あかし》を探してきて欲しいのです」

「確証が得たければルーク王子の血に問えばいい。そのほうが簡単で確実だ」

「殿下の血実は存在しません。王族には血実を保存する習慣などないのです。言ったはずですよ。煌族の尊い血は何者にも侵されず、何者をも侵すべきではないのだと」

「そんなに王子の血が尊いのなら――」

言いかけて、俺は続きを飲み込んだ。

腹の底には怒りがあった。彼が消えたその日のうちに事件を公にしていたら、こんな事態は防げたはずだ。市内各地で抗争が起こっても、廃血マフィアと対決することになっても、我が子を救うためならば迷うことなどなかったはずだ。だがシルヴィア女王の考えは違った。彼女は王子と国家の安寧を秤《はかり》にかけ、王子の命を切り捨てたのだ。

このライコスで王族と認められるのは、確実にオルタナの血を引いている者――すなわち女王から生まれた御子だけだ。優れた血を増やすため、ライコスの女王には多くの子を産む義務がある。ゆえに『奇跡の血』を有していても、男が王になることは出来ない。王子は強靭な肉体を駆使して武功を立て、英雄の再来と呼ばれるか。もしくは関係強固を計るため、同盟諸国に婿入りするか。そのどちらかしか使い道がない。

棄てられた子供。見離された王子。ルークが生きている可能性は低い。それでも捜す価値はある。彼が消えた状況は、ミリアムが消えた状況に似ている。彼に何があったのかを突き止めれば、それはミリアムを捜すことにも繋がる。

「ルーク王子が生きていれば連れ戻す。すでに死んでいるならば、その証拠を持ち帰る。それでいいか？」

「異議はございません。ですが、ひとつ条件がございます。調査の際には、タウンゼントかライダ、このどちらか一方を必ず伴うようにして下さい」

この女、俺がルークを切り刻んで、売り払うとでも思っているのか。

馬鹿らしい。金が欲しければ自分の血を売る。

「監視など必要ない」

「信用出来ません」

悪びれた様子も見せず、冷ややかにノイアは言う。

「お約束いただけますか？」

「……わかった」

コートのポケットに両手を隠し、陰気な声で俺は答えた。

「報酬は五万プルーフ。半分は前金で。残り半分と経費は成功報酬でいい」

「承知しました」

ノイアは手提げ鞄から小さな布袋を取り出し、俺に向かって差し出した。受け取れば、ずしりと重い。この手応えと感触。間違いない。千プルーフ銀貨だ。

「お確かめ下さい」

「信用するよ」

厭味っぽく俺は嗤った。

ノイアは眉を吊り上げたが、言い返しはしなかった。

「では、よろしくお願いします」

ドレスをつまみ、仰々しい一礼を残し、彼女は店を出て行った。

「明日の朝、また来るよ」

早口に言って、タウンゼントはノイアの後を追った。女性に一人歩きはさせられないということらしい。ずいぶんと律儀な男だ。

乾いた鈴の音が響き、扉が閉まった。ノイアが発散していた刺々しい緊張感が薄れ、店内にいつもの静けさが戻った――と思いきや。

「ふわあぁ、疲れたぁ！」

ティルダが息を吐き出した。両手を突き上げ、猫のように伸びをする。今まで壁際の暗がりで気配を殺していたくせに、二人が去った途端にこれだ。

「お前は帰らなくていいのか？」

「いいんだよ。あたしの仕事は、あんたの監視だもん」

ひらひらと手を振りながら、彼女はスツールに腰掛けた。

「マスター、何でもいいから調合血《カクテル》作ってよ。ちょっとほろ酔い気分になれるやつ」

「では『白昼夢《デイドリーム》』はどうだろう。もう少しきついものをお望みなら『目眩《ヴァーティイゴ》』も用意出来るが」

「え、『目眩《ヴァーティイゴ》』作れるの？　じゃ、それお願い」

「承知した」

ギィは棚から瓶を選び出した。滑らかな仕草で液体を調合していく。

「ねぇマスター。あんたは男？　それとも女？」

「秘密だ」

ギィは謎めいた微笑を浮かべ、ティルダの前にグラスを置いた。

「私はギィ。今はそれしか教えることは出来ない」

かつて俺もギィに同じことを尋ね、同じ台詞を返された。「君に部屋と食事を提供しよう。そのかわり必要に応じて調血の材料を調達して欲しい」そう持ちかけられてから四年が経つ。けれどギィの正体は依然として謎のままだ。

「なにこれ、美味しい！」

ティルダが頓狂《とんきょう》な声で叫んだ。あっという間に一杯目を飲み干し、次の一杯を催促する。

「飲みすぎるなよ」

俺は煙草を取り出し、火をつけた。

「この界隈を酩酊して歩こうものなら、身ぐるみ剝がれて側溝に浮かぶぞ」

「じゃ、今夜はあんたの部屋に泊めてよ。一緒のベッドでいいからさ」

「俺のベッドには先客がいる」

「そっか。奥さんいるんだったね」

いいや、灰色の野良猫だ。だが訂正する気にはなれなかった。

ごまかすためではない。口にしたくなかったのだ。

グローリアはもういないのだと。彼女は七年前に死んだのだと。

翌日、朝の日課をこなしてから店に降りると、長椅子でティルダが寝ていた。

俺はため息をつくと、グラスを磨いているギィに目を向けた。

「泊めたのか？」

「仕方がない。酔っ払って眠ってしまったのだ」

そんなもの演技に決まっている。叩き起こしてやろうと思ったが、彼女の健やかな寝顔を見て、その気が失せた。俺はギィに『朝食《ブレックファスト》』を頼み、スツールに腰を下ろした。煙草を吹かしながら調合血《カクテル》が出来るのを待つ。窓の外は今朝も霧が濃い。

「顔色が悪いな、リロイス君」

ギィが調合血《カクテル》をカウンターに置く。

「君もまた人間ならば、毎日きちんと食事を取るべきだ」

「気が向いたらな」

『朝食《ブレックファスト》』を飲み干した時、鈴の音が響いた。濃い霧とともに、タウンゼントが入ってくる。動きやすそうなラウンジスーツを着ている。シャツとネクタイの色も昨日と違っていたが、黒い山高帽《ボウラーハット》とステッキ、それに厭味のない笑顔は変わらなかった。

「おはよう」

爽やかに挨拶する。唇からこぼれる白い歯が眩しい。

「やっと来た」ティルダがむくりと起き上がった。彼女は胡乱《うろん》な目付きでタウンゼントを睨むと「あたしは寝る。後は任せた」と言い、再び長椅子で丸くなった。

その背に「お疲れさま」と声を掛けてから、タウンゼントは俺を見た。

「それで、どこから始める？」

ルークは煌族だ。煌族の血が流出したとなれば、話題にならないはずがない。だがルークが消えた一カ月前から今日に至るまで、人血売買人達に目立った動きはなかった。

考えられる可能性は二つ。ルークはまだ血も臓器も取られず五体満足で生きている。もしくはルークを攫った何者かが、彼の血と肉を独占している。どちらにしても捜し出すのは困難だ。ルークの血実が一粒あれば、彼の生死も、彼が今どこにいるのかも、すぐに答えが出るのだが、今回はその手も使えない。となれば、後は裏情報に詳しい者に当たってみるしかない。

「一緒に来るなら止めはしない」

俺はタウンゼントに言った。

「だが、ここから先は俺の領分だ。口出しは一切無用に願おう」

「わかった」何のためらいもなく、タウンゼントは頷いた。「ここでは君が上官だ。何でも命令に従うよ」

本当にわかっているのだろうか。

密かにため息をつき、俺は扉を押し開けた。

深い霧の中、線路沿いの路地を歩いた。鉄橋を渡り、赤錆の浮いた階段を下る。目指したのはライコスの殻の下、赤鉄鉱の採掘跡地に作られた廃血の街、通称『廃棄地区』だ。

廃血は血の三属性を持たない。他者の血を受け入れることも、血税を納めることも出来ない。市民権も参政権もなく、殻の中に入ることも許されない。だが廃血には先人の知恵があった。彼等は徒党を組むことで身体の脆弱さを補い、武装することで力の差を補塡した。俺が愛用する拳銃も、廃血が発明したものだといわれている。

それだけではない。今や都市生活に欠かせないものとなった蒸気炉《リアクター》も彼等が作った。そのため「廃血達は蒸気炉《リアクター》を停止させる鍵を持っている」という噂が流れ、いきり立った議員が「廃血どもを駆逐するべき」と主張したこともある。その一方で廃血マフィアに赤鉄鉱を掘らせ、その利鞘《りざや》を稼ぐ議員もいる。密かに武器を作らせ、来たるべき戦に備える者もいる。そんな危うい共存関係の上に、このライコスは成り立っているのだ。

最下層の果てにあるライコスの外唇を抜けると、風景が一変した。

線路の両側に酒場と娼館が並んでいる。あたりに漂う安物の香水の匂い。甘ったるい麻薬煙草の匂い。けばけばしく飾り立てられた店頭では、肌も露わな女達が客を引く。道行く者は男が圧倒的に多く、どの店もそれなりに賑わっている。

「驚いたな。もっと陰惨な場所だと思っていたよ」

猥雑《わいざつ》な歓楽街を物珍しそうに見回して、タウンゼントが呟いた。

始めて廃棄地区に足を踏み入れた者は、大概同じ感想を抱く。俺もそうだった。おそらく彼も思い知らされることになる。廃血に課せられた残酷な運命と、それでも生きることを選んだ廃血のしたたかさを。

「とても地下空間とは思えないな」

独りごちるタウンゼントに通行人の男がぶつかった。それでも彼は気づかない。かつての自分を見ているようで、いたたまれなくなってくる。

「余所見《よそみ》をするな。カモられるぞ」

「カモ……って何だ？」

「お前、財布は無事か？」

彼はけげんそうな顔をしてスーツの胸元を叩いた。ステッキを小脇に挟むと襟を開き、その内側を覗きこむ。

「あれ、おかしいな」

タウンゼントは俺を見て、のほほんと笑った。

「どうやら盗られたみたいだ」

俺は肩をすくめた。財布をすられたというのに呑気に笑っていられるのは、よほどの金持ちか、単に頭が緩いか、もしくはその両方だ。

「油断するな。黙って前を見て歩け」

「わかった」タウンゼントは神妙な顔で頷いた。

なのに数歩も行かないうちに、再び話しかけてくる。

「あの娘達も廃血なのかい？」

「そうだ」

「でも客は廃血とは限らないんだろう？　廃血の女性が廃血でない男性と同衾《どうきん》したら、拒絶反応を起こすんじゃないのかい？」

「彼女達はプロフェッショナルだ。きちんと対策を講じている」

「対策？」

「それについて詳しく知りたければ、今から会いに行く奴に訊け。その道の専門家だ」

「医者なのか？」

「会えばわかる」

まだ何か訊きたそうなタウンゼントを突き放し、俺は先を急いだ。

派手派手しい店がひしめく線路沿いを離れ、裏道に入る。その先に目的の店があった。深い霧の中に佇む重厚な店構えは、まるでお化け屋敷《ホラーハウス》のように古めかしい。他の娼館とは明らかに一線を画している。店の正面には両開きの鉄門扉があった。そこには小さな黒板が掲げられ、流麗な筆致で『初花の舞』と書かれていた。

「ジョオンはいるか？」

俺の問いかけに、お仕着せを着た大男は穏やかに微笑んだ。

「私は門番です。ジョオン様の所在を把握することは私の仕事の範疇《はんちゅう》を超えます。どうかご了承下さい」

口調は丁寧だが、立ち居振る舞いに隙はない。さすがはジョオンの身内だ。

廃棄地区に存在する大小様々な廃血マフィア、中でも歓楽街を一手に仕切る『フロリアン』と赤鉄鉱の採掘を牛耳《ぎゆうじ》る『ザ・トール』は覇権を争う二大勢力だ。ジョオンは『フロリアン』の大元締め、微笑みひとつで首が飛ぶと畏怖される夜の女帝だ。出来れば関わりたくない、顔を合わせたくない相手の一人だった。

けれど、贅沢は言っていられない。

「もしいるのなら、ロイスが来たと伝えてくれ」

「ロイス――」門番の凛々しい眉がかすかに動いた。「あの『探索者《サーチャー》』の？」

「そうだ」

俺は彼に二人分の入館料を手渡した。

「ジョオンに訊きたいことがある。言付けてもらえるとありがたい」

さらにチップとして千プルーフ銀貨を一枚渡すと、門番はにっこりと笑った。銀貨を懐《ふところ》に収めてから、俺の肩越しにタウンゼントを見る。

「そちらのお連れ様は男性ですか？」

「ああ」

「では、係の者がお席まで案内いたします」

門番がノッカーを叩くと、音もなく扉が開いた。

「ようこそ『ドールハウス』へ」

まだ幼さの残る青年が出迎える。

「どうぞこちらへ」と言って、店の奥へと歩き出す。

彼に続いて薄暗い廊下を進んでいく途中、タウンゼントが俺の背中をつついた。

「なあ、ロイス君。門番の彼、なんであんなことを訊いたんだ？」

「あんなこと？」

「お連れ様は男性ですかって」

ああ、あれか。

「この店は女人禁制だ」

「女性客は入れないってことかい？」

「……いい加減、口を閉じたらどうなんだ」

うんざりして、俺は彼を振り返った。

「俺は探索者《サーチャー》だ。金持ちの坊ちゃんに廃棄地区を紹介する案内人《ガイド》じゃない」

タウンゼントは少し傷ついたような顔をした。かまわずに俺は歩き続けた。

前方からオルガンの音と軽やかな足音が聞こえてきた。薄暗い廊下を抜けると、舞台に面した広間に出た。天井には水晶のシャンデリアが煌めき、壁は一面の天鵞絨《ビロード》で覆われ、柱はもれなく金のレリーフで飾られている。あたりには薄く紫色の靄《もや》が立ちこめ、物憂げで退廃的な気配を醸し出している。勧められるままに着席すると、すぐに給仕の青年がやってきた。これまた端整な顔立ちをした美青年だ。

「こちらはジョオン様からでございます」

給仕はテーブルの上に細長いグラスを二つ置いた。

「では、ごゆるりとお寛《くつろ》ぎ下さい」

礼儀正しく頭を垂れ、足音も立てずに去って行く。

俺はグラスを手に取った。花の香りがする酒を口に運びながら、周辺の客席を眺める。まだ午前中にもかかわらず、店は満席に近かった。身なりのいい紳士達が熱い視線を送っているのは『ドールハウス』自慢の出し物、初花の舞だ。

舞台の縁に並んだオイルランプが踊り子達に光を投げかける。オルガンの音に合わせて踊っているのは、頭に花飾りをつけた十歳前後の子供達だ。細い腕をなまめかしく動かし、薄衣を翻《ひるがえ》して足を跳ね上げる。その白い太股《ふともも》が露わになるたび、周囲の客席から驚嘆の声とため息が聞こえてくる。

「こんな場所に来るなんて、いったい何を考えているんだ」

声を潜めてタウンゼントが尋ねた。押し殺した声には非難の響きが含まれている。

「そもそもジョオンっていうのは何者だ？」

「黙って飲め」俺は指先でテーブルを叩いた。「この店の酒は本物だ」

タウンゼントは憤慨したように唇を歪めた。視線を舞台に投げてから、再びこちらに向き直る。

「悪趣味だぞ、ロイス」

やれやれ。リロイスと呼ばれるよりはましだが、呼び捨てにされる覚えもない。厭味を込めて『ヴィンス』と呼び返してやろうかとも思ったが、やめておいた。そういう仲だと誤解されるのも面倒だったし、『ヴィンセント・タウンゼント』はおそらく偽名だ。

「そう熱くなるな」

俺は背もたれに身を預けた。柔らかなクッションに身体が沈む。

「ここはお前が想像しているような、いかがわしい店じゃない」

「よくそんなことが言えるな。まだ幼い女の子を、あんな破廉恥《はれんち》な恰好でステージに立たせるなんて――」

「女の子じゃない。男の子だ」

「え？」

「言っただろう。ここは女人禁制だ」

最後のポーズを決めた後、初花は客席にキスを投げ、手を振りながら去っていく。

タウンゼントは眉間に縦皺を寄せ、低い声で呟いた。

「それでも悪趣味であることにかわりはない」

俺は花の香りの酒をもう一口飲んだ。

「周囲を見てみろ。店の客は尊族か、裕福な平民だ。彼等は豪勢な遊戯に飽き、刺激を求めてここに来る。お前の言う『いかがわしい舞台』を見に来る彼等のほうが、よほど悪趣味だとは思わないか」

「それはそうだけれど——」

彼は目を伏せ、悲しげに頭を横に振った。

「子供達が可哀想だよ」

俺は右目を閉じた。左目だけで、目の前の男を睨んだ。

「お前の言う通り、廃血マフィアは子供達を喰い物にする。何の防御策も講じていない少女を、性の奴隷として好事家《こうずか》に売り飛ばす。獣の血に拒絶反応を起こし、悶え苦しむ少年を見世物にして金を取る。そんな商売が成立するのは、富を独占する者が、それを求めているからだ」

タウンゼントは顎を引いた。形のいい眉が吊り上がっている。怒りたければ怒ればいい。彼がどんなに腹を立てても、この現実は変わらない。

「この店の主人は慈善家じゃないが、店で働く者を粗末に扱うことは決してない。ジョオンにとって組織は家族だ。身内に手を出す者は、尊族であろうと廃血マフィアであろうと、組織を挙げて報復する。子供達にとって、それがどんなに心強いか、お前に理解出来るのか。子供達を哀れむだけで、彼等を守ることも助けることも出来ないお前に、ジョオンを責める資格があるのか」

タウンゼントは押し黙った。誇りある女王陛下の兵士が、ここまで言われて平然としていられるわけがない。いっそ席を立ち、出て行ってくれたほうが俺としても気が楽だ。

けれど、彼はそうしなかった。

タウンゼントはテーブルに両手を置き、

「すまなかった」

おもむろに頭を下げた。

「君が怒るのも当然だ。僕が間違っていた。どうか許してくれ」

咄嗟《とっさ》に言葉が出なかった。すっかり毒気を抜かれてしまった。この男は何者だ。こんなに可愛らしい性格で、女王陛下の兵士が務まるのか。

この世界は不条理だ。仕事も地位も、夢も未来も、人生さえも血が決める。血は涙よりも濃く、命よりも尊く、魂よりも重い。だが、たとえ廃血の子供であろうとも、自由は守られるべきなのだ。廃血に生まれたことが、未来を諦める理由になってはいけないのだ。好色な大人達の見世物になっている子供達を可哀想だと言う、彼は正しい。本当は彼が正しいのだ。

「お前は間違っていない」

苦い思いを噛みしめながら、俺は言った。

「おかしいのは俺だ。見世物としての人生でも、生きているだけましだと考えてしまう、俺のほうが狂っている」

タウンゼントは困惑の表情を浮かべ、黙って俺を見つめていた。

気まずい沈黙だった。なぜこんな話をしているのだろうと思った。俺はこの男の本名さえ知らないのに。

「お待たせぇ」

背後からハスキーな声が聞こえた。

「はぁい、ロイス。お久しぶり」

優雅に腰を振りながら、ジョオンがこちらにやってくる。真っ黒な髪を背中にたらし、襟の詰まったタイトなドレスを纏っている。瞳の色は漆黒で、白い肌には皺ひとつないが、その経歴から考えれば、すでに四十歳は超えているはずだ。

黒い三つ揃え《ディトーズ》を着た取り巻きの一人がソファを引く。ジョオンはそれに腰掛け、ゆっくりと足を組んだ。ドレスのスリットが割れ、真っ白な膝頭が現れる。

「あら、こちらもいい男ね」

ジョオンはタウンゼントに向かい、ひらひらと手を振った。

「はぁい、初めまして。私はジョオン・グラジェオン。よろしくね」

赤く塗られた唇が微笑む。滴るほどに艶っぽく、吸いつきたくなるほど官能的だ。

「それで——」ジョオンはテーブルに肘をつき、切れ長の目で俺を見た。「私に何の御用かしら？　ついに私の店で働く気になったとか？」

「申し訳ないが、今の稼業《しごと》を辞める気はない」

「まだミリアムを捜し続けているのね」

「だが今捜しているのは別の人間だ」

言いながら、タウンゼントに目くばせする。しかし彼はジョオンに見とれていて気づかない。俺はテーブルの下でタウンゼントの脛《すね》を蹴った。彼は悲鳴を押し殺し、恨めしげに俺を見た。俺が指先でテーブルを叩くと、ようやく思い出したらしい。彼は上着の内側から写真を取り出し、ジョオンへと差し出した。

「この少年を知りませんか？　名前はルーク。髪は黒。瞳は翠色。年齢は十一歳です」

「あら、可愛い子——って嫌だ。これ王子様じゃない」

ジョオンは細い眉を吊り上げ、上目遣いにタウンゼントを見た。

「隠してもダメよ。この子、ルーク・20・オルタナでしょう？」

「よくご存知ですね」

タウンゼントの表情が険しくなった。

シルヴィア女王には王女が十五人、王子が十三人いる。よほどの情報通でない限り、名前すら覚えきれない。なのにジョオンはルークの顔も名前も知っていた。となれば、誘拐に荷担しているのではないかと、疑いたくなるのも当然だ。

「こんな可愛い王子様ですもの。知らないほうがどうかしてるわ」

ジョオンはうっとりと写真を眺め、ふと気づいたように首を傾げた。

「この王子様、いなくなっちゃったの？」

「一ヵ月ほど前、廃棄地区に向かう列車に乗っているところを目撃されたきり、その後の行方がわからない」

「お願いです！」急き込むようにタウンゼントが言った。「何かご存知でしたら教えて下さい！」

「そうねぇ」

ジョオンは首を左に傾けた。その頬に長い黒髪がさらりと落ちる。それを耳朶にかけ直し、夜の女帝は艶然《えんぜん》と微笑んだ。

「こんないい男二人に頼まれたら、嫌とは言えないわね」

振り返り、取り巻きの一人に指を振る。彼は上着の内側から煙草入れを取り出し、蓋を開いた。ジョオンは細い煙草を一本引き抜き、唇に咥《くわ》えた。男が素早くマッチを擦る。煙草の先に火を灯し、ジョオンは紫煙を吐き出した。光沢を帯びた細い煙が、暗い天井へと昇っていく。

「大きな声じゃ言えないけれど、違法な血の売買はうちでもやってるわ。でも生まれてこの方、煌族の血は見たことがないわね」

「『ザ・トール』の連中もか？」

「あの穴掘り屋？」ジョオンは鼻で嗤った。「赤鉄鉱を掘るしか能がない、おぼこ娘の穴だってまともに掘れない奴等に、王子様を攫う度胸があると思う？」

そこでジョオンは目だけを動かして俺を見た。

「それとも貴方、あんな穴掘り屋に、私が後《おく》れを取るとでも思っているの？」

紫煙とともに殺気が漂う。妖艶で残酷な女帝の微笑みに、首筋の毛が逆立った。下手な答えを返せば、生きてここから出られない。俺は平静を装い、さらに質問を重ねた。

「では『アンダーテイカー』は？　死体処理は奴等の縄張りだろう？」

「『奇跡の血』なんて特殊なもの、捌こうとすれば足がつく。動きがあればわかるわよ。絶対に見逃さない。抜け駆けなんか許さない」

真っ黒に塗られた爪の先で、細い煙草をもてあそぶ。

「けど、そうね。ひとつだけ、役に立ちそうな情報があるわ」

「教えて下さい！」

タウンゼントが立ちあがった。三つ揃え達《ディトーズ》が上着の内側に手を差し込む。それでも彼は臆することなく、テーブルに身を乗り出した。

「お願いです。教えて下さい！」

「ここから先は、タダじゃ教えられないわね」

ジョオンは黒い爪の先で、タウンゼントの鼻をつついた。

「で、色男さん。貴方の明度《バリュー》はいくつかしら？」

「僕ですか？　僕は明度Ⅶ《バリューセブンス》です」

「じゃ、貴方からは四百キューブね」

にこりと笑ってから、今度は俺のほうを見る。

「ロイスは貧血気味のようだから、二百にオマケしといてあげる」

意味がわからないというように、タウンゼントは首を傾げた。

説明するのも面倒だ。俺は左の袖をたくし上げ、ジョオンの前に腕を晒した。

「採ってくれ」

それで理解したらしい。タウンゼントは上着を脱ぎ、カフスボタンを外すと、糊の利いた袖を捲《まく》り上げる。

「いい脱ぎっぷりね。惚れ惚れするわ」

ジョオンは頬に手を当てた。煙草を消すと、パチンと指を鳴らした。

待ちかまえていたように、先程の給仕の青年が現れた。磨き上げられたトレイには注射器が二つ乗せられている。彼は俺の前に跪《ひざまず》くと、慣れた手つきで血管を探り、注射器の針を突き刺した。ガラス管にゆるゆると血が溜まっていく。その様子を満足そうに眺めながら、ジョオンは話し始めた。

「実は一ヵ月ぐらい前から、『純血種』の連中が妙に活気づいているのよね。連中の常套《じようとう》句《く》ではあるんだけれど、『神の鉄槌が振り下ろされる』とか、『我等は鍵を手に入れた』とか、声高に吹聴して回っているの」

純血種は廃棄地区のもっとも深い場所に根城を置く廃血マフィアだ。自分達は神の末裔であると主張し、頑なに純血を守り続けている。マフィアというより創造神を崇拝する宗教集団、もしくは狂信的な武装集団と呼んだほうが正しい。

「これはあくまでも噂なんだけど」

そう前置きし、ジョオンは憂いを眉宇《びう》に漂わせた。

「純血種の連中があんな悪所に根を張っているのは、革命で失われた『神の鉄槌』があそこに眠っているから。しかもその『神の鉄槌』を発動させるには、世界でもっとも優れた血が必要なんだって話、聞いたことない？」

「いや、初耳だ」

俺から血を抜き終わった青年は、タウンゼントの採血に取りかかった。鋼のような筋肉に覆われた彼の腕を、ジョオンは愛おしそうに見つめている。

「つまり奴等は『神の鉄槌』を発動させるために『奇跡の血』を欲したということか？」

「断言は出来ないけれどね」ジョオンは俺に視線を戻した。「そう考えれば、王子様の血が市場に出回らないのも頷けるでしょ」

噂の真偽はともかく、王子が世俗から隔絶された場所にいるのは間違いない。となれば、純血種の連中が彼を囲っている可能性はかなり高い。

「ありがとう。参考になった」

左の袖を引き下ろし、俺は立ちあがった。

「あとは純血種の奴等に直接尋ねることにする」

「けど純血種の根城は堅牢よ。訪ねて行っても追い返されるのがオチ。しかも執念深くて根に持つたちだから、敵に廻すと後々面倒なことになるわよ？」

「かまわないさ」

連中と仲良くするつもりはない。後々のことが面倒になるほど、長生きしたいとも思わない。

「貴方のそういうところ、嫌いじゃないわ」

でも——と、ジョオンは足を組み替えた。

「もし王子様が奴等の根城にいるとしたら、正面から乗り込むのは賢明とは言えないわね。王子様を人質に取られたら、貴方どうするつもりなの？　殺されるとわかっている場所に策もなく乗り込むことは、勇気とは呼べなくてよ？」

「彼女の言う通りだ」

タウンゼントが同意する。

俺は彼を睨んだ。何度言ったらわかるんだ。この店は女人禁制だ。生物学的にはジョオンも俺達と同じ男性だ。そう言ってやりたかったが、ジョオンの前でそれを口にした者がどんな運命を辿るのか、俺はよく知っている。それにジョオンは実業家だ。親身なことを言っていても、裏ではきっちりと計算を巡らせているに違いない。

そんな俺の考えなど知るよしもなく、タウンゼントは左腕に針を刺したまま、ジョオンへと向き直る。

「ジョオンさん。そこまで仰るということは、もしかして何か策をお持ちなのでは？」

「あら、わかる？」ジョオンは嬉しそうに両手を打ち合わせた。「私ね、連中の根城に通じる抜け道を知ってるの！」

乙女のようにはしゃいだ声だった。嫌な予感がした。チーズの匂いに誘われて、うかうかと罠にはまった鼠になった気分だった。

「特別に教えてあげてもいいわ」

ジョオンは唇に人差し指を当て、いたずらっぽく微笑んだ。

「そのかわり貴方達の血、それぞれあと四百キューブずついただくけど――もちろん異存はないわよね？」

店を出た時には、すでに足下が危うかった。視界が暗い。貧血のせいだ。脳に血が回っていないのだ。あの狡猾な吸血鬼め。もう二度と奴の顔など見たくない。

「君、大丈夫か？　顔が真っ青だぞ？」

八百キューブも血を抜かれたくせに、タウンゼントは平然としている。筋肉はより多くの血液を必要とするはずなのに、なぜこの男はぴんぴんしているんだ。

怒りにまかせて歩き出す。すぐ後ろをタウンゼントがついてくる。線路沿いのメインストリートを右に曲がった時だった。

「どこに行くんだ？」とタウンゼントが尋ねた。

「決まっているだろう。純血種の根城だ」

「けれど君、ふらついているじゃないか。そんな状態で乗り込むなんて無茶だよ」

彼は俺の腕を摑んだ。

「今日は『霧笛』に戻ろう。手勢は多いほうがいい。ティルダも連れて、明日の朝、もう一度出直そう」

「悠長なことを言っている場合か」俺はその手を振り払った。「純血種は王族を崇《あが》めたりしない。煌族だからと容赦もしない。俺達がこうしている間にもルークは――」

ぐらりと地面が傾いた。視界が急激に暗くなる。

「ロイス！」

肩を摑まれ、俺は意識を取り戻した。いつの間にか地面に膝をついていた。タウンゼントが心配そうに、俺の顔を覗きこんでいる。

「無理をしないでくれ。君に倒れられたら、僕はどうしていいのかわからない」

「そういう台詞は、女に言ってやれ」

「軽口が叩けるなら大丈夫かな」

タウンゼントは人差し指を前歯に挟み、思い切りよく嚙みつけた。そして血が滴る指先を、俺の目の前に差し出した。

「飲んでくれ。明度《バリュー》Ⅶ《セブンス》だけれど、気休めにはなる」

「必要ない」

「強がっている場合じゃないだろう」

「俺の色相《ヒュー》はM《マゼンタ》だ。お前の血を飲めば、お前の正体も、初体験の相手もわかってしまう」

「かわまないよ」タウンゼントは自嘲めいた笑みを浮かべた。「隠すほどのものじゃないし、いっそそのほうが気が楽かもしれない」

まったく、騎士道精神もここまで来ると病気だ。

ティルダは俺を骨董品《アンティーク》だと言ったが、俺は所詮、紛い物《フェイク》にすぎない。本当に価値のある骨董品《アンティーク》とは、タウンゼントのような男のことをいうのだ。彼の血を飲まなくても、彼がどんな生き方をしてきたのかはわかる。俺は彼のように強くも正しくもなれない。これ以上、惨めな思いはしたくない。

「お前の血など飲んだら、胸焼けする」

「失礼だな」彼は心外そうに眉をひそめた。「ああ、ほら。君が駄々をこねるから、血が止まってしまったじゃないか」

もう一度、指を噛もうとする。彼の手首を俺は摑んだ。

「血はいらない。店まで肩を貸してくれ」

「そういうことなら喜んで」

タウンゼントはステッキを右手に持ち替え、俺の右腕を肩に回して立ちあがった。彼は俺よりも上背がある。あやうく担ぎ上げられそうになった。懸命に足を伸ばしたが、爪先しか地につかない。そんな俺を半ば引きずるようにして、タウンゼントは歩き出す。

「正直言うとね、少し意外だったんだ」

前を向いたまま、タウンゼントは告白した。

「君はルーク殿下と面識がない。言葉は悪いけど赤の他人だ。そんな君が、彼のために自分の血を売るなんて、思ってもみなかった」

彼は頭を傾け、横目で俺を見た。

「何か理由があるのかい？」

「理由がいるのか？」刺々しい声で俺は尋ね返した。「命の危険にさらされている子供がいるなら、身体を張ってでも助ける。それが俺達、大人の役目じゃないのか」

答えに窮したようにタウンゼントは沈黙した。

俺達は押し黙ったまま廃棄地区を抜け、ライコスの外層を潜り抜けた。

「ごめん」

ようやく彼が口を開いた。

「君の言う通りだ。子供を救うのに理由なんかいらない」

俺は黙って頷いた。彼は照れたように笑った。

「僕の本名はヴィンセント・ゼントだ。どうかヴィンスと呼んでくれ」

ゼント。どこかで聞いた家名だが、どこで耳にしたのか思い出せない。貧血で頭が働かない。懸命に記憶を遡《さかのぼ》っているうちに、馴染みの街並みが見えてきた。雑然とした集合住宅に埋もれた小さな店、『霧笛』と書かれた鉄の扉を左腕で押し開く。

「おかえり、リロイス君」

飄々《ひょうひょう》とした声が出迎えた。タウンゼントの肩を借り、ようやく立っている俺を見て、ギィは不思議そうに首を傾げる。

「君達、いつの間にそんなに仲良しになったのかね」

「——増血剤をよこせ」

俺はタウンゼントから離れ、長椅子に倒れ込んだ。今朝ティルダが寝ていた場所だ。どこに行ったのか、店内に彼女の姿は見当たらない。

「だからいつも言っているだろう。きちんと食事を取らないから貧血になるのだと」

ギィの声が聞こえる。言い返したかったが、その気力がなかった。長椅子に横になったまま、腕を顔に乗せて目を閉じる。それでもまだ目が回る。

「出来たぞ、リロイス君」

ギィがカウンターにグラスを置く。俺はよろめきながら立ちあがり、調合血《カクテル》を一気に呷った。舌に突き刺さる苦みと渋み。これで動けるようになる。そう思った矢先、ぐらりと視界が傾いた。膝から力が抜けていく。騙されたと気づいた時には、もう立っていられなかった。俺はカウンターに肘をつき、気力をかき集めてギィを睨んだ。

「……何を入れた？」

「君に無理をさせないための秘薬を少々」

涼しい顔で答えると、ギィは謎めいた笑みを浮かべた。

「おやすみ、リロイス君。良い眠りと良い夢を」

最後まで聞かずに昏倒した。

もちろん夢など見る暇もなかった。

目覚めると、自室のベッドに寝ていた。シャツもクラヴァットも昨日のままだった。足下では猫が体を伸ばして寛いでいる。しかも二匹、灰色の雄猫と虎縞の雌猫だ。愛しそうに互いの毛を舐め合っている。どうりで重いはずだ。

服を脱いで冷たいシャワーを浴びた。さすがに今朝は血実を採る気になれない。身支度を調え、廊下に出ると、素晴らしくいい香りが漂ってきた。久しく嗅いだことのない匂いだった。きりきりと鳩尾が痛んだ。こんなに空腹を感じたのも久しぶりだった。

匂いに誘われ、二階に降りる。居間には深緑色の長椅子とテーブルが置かれている。今時珍しい木製の家具だ。キッチンに続く左手の出入り口を覗きこむと、ティルダとギィが肩を並べて朝飯を作っていた。

「おはよう、リロイス君」

いち早く気づいたギィが、いつも通りの挨拶をする。

ティルダはフライパンを揺らしながら、小馬鹿にするように鼻を鳴らした。

「ヴィンスから聞いたよ。あんた血を抜かれて倒れたんだって？　ったく、情けないねぇ。喰うもん喰わずに調合血《カクテル》ばっか飲んでるからだよ。喰い物は人間の身体を作る。殻中民《インナー》は血ぃ飲んでりゃ生きられると思ってるみたいだけど、大間違いもいいところさ」

「ライダ君は良いことを言う」

ギィはフライパンを覗きこみ、感心したように腕を組んだ。

「しかも料理の腕も良い。軍人など辞めて、私の店で働く気はないかね？」

あはは！　と声をあげ、ティルダは笑った。

「馬鹿言ってんじゃないよ。こんなシケた店で働けるかっての！」

そう言う割りには満更でもない様子だ。

「おはよう。よく眠れたかい？」

後ろから声がした。振り返ると、タウンゼントが居間に入ってくるところだった。いや、本名はゼントか。さすがにヴィンスと呼ぶ気にはなれないが、これからはヴィンセントと呼ぶことにしよう。

「俺を部屋まで運んだのはお前か？」

「君の自尊心を傷つけたなら謝るよ」

ヴィンセントはにやりと笑った。

「でもコートを脱がしただけだ。神に誓ってもいい。他には何もしてない」

「俺は神など信じない。神に誓われても意味はない」

「それは困ったな」

「野郎ども、喧嘩は飯の後にしな」

ティルダはフライパンに皿を伏せ、勢いをつけて引っ繰り返した。ふんわりとしたオムレツが皿の中央に乗っている。

「さあ、朝飯の時間だ。さっさと喰って、力をつけて、純血種の根城にカチ込もうじゃないか！」

正論だ。俺達は居間の長椅子に座った。ティルダとギィがテーブルに朝食を並べる。焼き立てのオムレツと程よく焦げたソーセージ。青野菜とラクシュのサラダ。カリカリに焼いた薄切りトースト。ジイノのジュースに淹れ立ての珈琲まである。

「これは旨そうだ！」

豪勢な朝食を見て、ヴィンセントが歓声をあげる。

「だろ？」

ティルダはさっそく焼き立てのトーストへと手を伸ばした。

俺はナイフでオムレツを切り、柔らかな卵を口に運んだ。半熟の卵が口の中でとろける。芳醇なバターの香り、ほどよい塩味、まろやかな味わいが渇いた舌に染み渡る。懐かしかった。強烈な既視感に捕らわれた。青緑色の大きな瞳、顔を縁取る金色の巻き毛、彼女と一緒に食べた朝食を思い出す。このオムレツはあの時と同じ味がする。

むせ返りそうになり、俺は卵を飲み込んだ。

「どうしたの？」ティルダがけげんそうに尋ねてくる。「口に合わない？」

「いいや——旨い」

俺はもう一口オムレツを食べ、その味と香りをしみじみと味わった。

「とても旨い」

「まったくだ。同じ卵とは思えない。焼き方ひとつでここまで味が変わるとは驚きだ」

卵を口に運びながら、ギィはティルダに目を向ける。

「このオムレツの作り方、是非とも御教示願いたい」

「いいよ、あたしの飲み代チャラにしてくれるならね？」

「承知した。取引成立だ」

「やった！」

指を鳴らすティルダに、ヴィンセントが空の皿を差し出す。

「ティルダ、おかわりはあるかい？」

「ヴィンス、あんたはがっつきすぎだ。もっと味わって喰いやがれ」

「だって旨いんだ」

「だってとか言うな。子供か、てめぇは」

言い合う二人を横目に見ながら、俺はソーセージを噛みしめた。パリッという歯ごたえの後、甘い肉汁が溢れ出す。肉の旨味を堪能し、慚愧《ざんき》とともにそれを飲み込む。

ギィの言う通りだ。美味しい料理と賑やかな食事は人生を豊かにする。

それに罪悪感を覚えてしまうのは、俺の心根が貧しいせいなのだ。

朝食を食べ終え、珈琲を飲み干し、食後の煙草を吸った後、「そろそろ行こう」と俺は言った。ヴィンセントとティルダが無言で頷く。先程までの笑みはない。剽悍《ひょうかん》な面構えは命の駆け引きに長《た》けた兵士のそれだ。

「その前に、君達に渡したいものがある」

ちょっと待っててくれと言い、ギィは居間を出ていった。二階廊下の突き当たりにある調血室に向かい、灰色の小箱を持って戻ってくる。

「まずはリロイス君に」小箱を俺に差し出す。「血実が溜まっていたから、銃弾加工しておいた」

その言葉通り、箱の中には赤い弾頭をつけた銃弾が並んでいた。俺の血を吸った血実を弾頭に用いた血実弾だ。着弾すれば血実は破裂し、俺の血が相手の体内に入り込む。血中《ブラッド》明度Ⅸ《バリューナインス》、色相M《ヒューマゼンタ》の血だ。ほんの一滴入っただけでも、俺は相手の身体を支配下における。人間だけでなく、凶暴な獣も無力化することが出来る。例外は血中明度X《ブラッドバリューテンス》を誇る煌族と、明度《バリュー》を持たない廃血だけだ。

「ありがとう。感謝する」

「騙したお詫びだ。礼には及ばない」

おや？　と思った。あまり感情を見せないギィでも罪悪感は覚えるらしい。

「それと――」ギィはティルダとヴィンセントに向き直った。「君達は色相R《ヒューレッド》だね」

「そうだけど？」

「これでも兵士の端くれだからね」

色相R《ヒューレッド》は肉体強化、摂取した血主の身体能力を模倣する。強靭な獣の血を摂取すれば、普段の数倍の身体能力を発揮することが出来る。とはいえ血の効果が切れた途端、身が軋むような筋肉痛に襲われることになるので、そこまで大技を使う者は滅多にいない。

だが兵士となれば話は別だ。色相R《ヒューレッド》の兵士は自分の身体に適合する強化血実を持っている。俊足と持久力を求めて草原馬の血を飲む者、俊敏性を重視して砂豹の血を飲む者、怪力を欲して灰色熊の血を飲む者もいる。

「君等の得意技を、さらに増幅させる薬を調合しておいた」

ギィは手を開いた。その上には青い錠剤が二つ乗っている。

「愛用する強化血実と一緒に噛み砕いて服用したまえ。肉体強化の効果が倍増するはずだ。君等の血中彩度《ブラッドクロマ》にもよるが、少なくとも二時間程度は持続するだろう。いざという時に限り、使用することをお勧めする」

「ホントに効くの？」

疑わしそうにティルダが薬をつまみ上げる。

「効く」ギィは断言した。「二十二番目の名にかけて保証する」

「って、いくつ名前があるんだよ、あんた」

呆《あき》れたように呟いて、彼女はそれを吊りズボンの胸ポケットにしまった。

「ま、いいや。もらっとく」

「本当だとしたら、これはすごい発明だよ」

ヴィンセントは青い錠剤を目の前にかざした。

「量産は出来るのかい？　もし可能なら、軍の上層部は喜んで買うと思うけど」

「量産は可能だが、軍での使用は奨励出来ない。強化効果が倍増する分、薬が切れた時の筋肉痛も倍増する。二、三日は歩くのにも苦労するだろう。たった二時間のために二日を無駄にしていては軍隊として成り立たない」

「うぇ」ティルダは苦々しく唇を歪めた。「そういうコトは最初に言いなよ」

「警告はしたよ、ライダ君」

如才なくギィは言い返した。

「いざという時に限り、使用することをお勧めする――とね？」


俺達は店を出て、再び廃棄地区へと向かった。

線路沿いの道を進み、赤鉄鉱採掘場の角を左に曲がる。目の前に聳える煤けた壁、向こう側からは水の流れる音がする。壁の手前にある鉄の蓋を持ち上げると、地下へと続く縦穴が現れた。錆びついた鉄梯子《てつばしご》を降りると真っ暗な空間に出た。今の側溝が作られる以前、排水路として使用されていた地下水道だ。この先が純血種の根城へと続いている。それが昨日、それぞれ四百キューブの血液と引き替えに、俺達が得た情報だった。

目が慣れてくると、周囲の様子が見えてきた。地下水道は年代物らしく、壁は煉瓦で出来ていた。漆喰《しっくい》は剝がれていたが、造りはまだしっかりしている。わずかに差し込んでくる光は、側溝に繋がる通水孔によるものだ。足下を照らすには不充分だが、可燃性の気体が充満している可能性があるので龕灯《がんどう》は使えない。

「……臭っせぇ」

耐えかねたようにティルダが呻いた。

「早く行こ。こんなとこ、長居したくない」

排水路を下流へと進んだ。雨期にはまだ間があるので、流れる汚水はせせらぎ程度だ。しかし臭いは強烈で、油断をすると吐きそうになる。せっかくの朝食を吐き戻したりしたら、ティルダに何を言われるかわからない。

俺は無言で歩き続けた。誰も口を開かなかった。それでも俺にはわかった。二人はすでに臨戦態勢に入っている。首筋の毛が逆立つような、ぴりぴりとした緊張感が伝わってくる。さすがはライコス兵、シルヴィア女王が世に誇る最強部隊の一員だ。

やがて周囲の様子が変化した。煉瓦の壁は姿を消し、継ぎ目も割れ目もない灰色の壁が現れる。天井を支える鉄骨は赤く錆びつき、廃材や布切れが絡みついている。それを避けながら先に進むと、黒く淀《よど》んだ水面に光が揺れるのが見えた。見上げると、真上に四角い穴が空いている。格子状の蓋をヴィンセントがステッキの先で押し上げる。格子は簡単に枠から外れ、縁にわずかな隙間が出来た。

「あたしが行く」

低い声で宣言し、ティルダは助走もつけずに跳躍した。縁に指先を引っかける。身体を引き上げ、左手で格子を押しのける。両手で縁を摑み、猫のようにしなやかに、天井の穴をすり抜ける。

「いいよ。あがってきて」

ヴィンセントと俺は顔を見合わせた。

「お先にどうぞ」と彼は言い、気障《きざ》な仕草で帽子に手を添えた。「それとも手をお貸ししましょうか？」

「必要ない」

俺は天井に向かってジャンプした。縁に手をかけ、懸垂の要領で身体を持ち上げる。

排水路の上は通路になっていた。所々に明かりはあるが、人の気配はない。灰色の壁に扉はなく、当然のように窓もない。廊下の両端は緩やかに曲がっていて先が見通せない。いったい誰が何のために作ったのか、まるで見当がつかない。

「感じの悪いところだな」

排水路から出てきたヴィンセントが誰へともなく呟いた。

「こんなとこに住んでる奴等の気がしれないね」吐き捨てるように言い、ティルダは俺を振り返った。「で、大将。どっちに行く？」

ジョオンが教えてくれたのはここまでだ。この先は未知の領域だ。左右に延びる通路には、わずかな傾斜がついている。ここはライコスの殻の下、深い深い地の底だ。これ以上、低いところに住みたがる人間はいないだろう。

「行こう」と言い、俺は歩き出した。緩やかな上り通路は、そう長くは続かなかった。正面に古びた鉄扉が見えてくる。鉄の把手《とって》を引っ張ってみたが、鍵がかかっているらしく、微動だにしなかった。

俺は未練がましく扉を叩いた。別の道を探すという手もなくはないが、出来れば先に進みたかった。鍵のかかった扉の中には、大概の場合、価値ある物が隠されているからだ。

「このくらいなら何とかなりそうだな」

鉄扉に手を置いて、ヴィンセントが呟いた。彼は銀色の薬入れを取り出すと、梟《ふくろう》の紋章が刻まれた蓋をずらし、掌の上に小さな赤い粒を落とした。それは混合血を封じ込めた特殊な血実、兵士が肉体強化を行うための強化血実だった。

ヴィンセントは強化血実を口の中へと放り込み、奥歯に挟んで噛み潰した。目を閉じて、血の効果が全身に行き渡るのを待つ。そんな彼を見ているうちに、ぞわぞわと鳥肌が立ってきた。肉食獣のすぐ傍に立っている。そんな不安と危機感を覚えた。

数秒後、ヴィンセントは目を開いた。瞳孔が開き、目は吊り上がり、歪んだ唇からは尖った犬歯が覗いている。まるで牙を剝いた草原狼だ。

「二人とも離れていてくれ」

そう言う声まで低くこもっている。人の声というより獣の唸り声に近い。

俺とティルダは壁際までしりぞいた。ヴィンセントは床にステッキを置き、上体をかがめた。鉄扉に突進し、左肩をぶち当てる。重く鈍い響きを上げ、扉がひしゃげた。それでも彼は間を空けることなく、体当たりを繰り返した。五回目で鉄扉が悲鳴をあげた。ばつん！という破裂音をたて、鍵が壊れる。歯が浮くような軋みとともに、扉が左右に開かれる。

ティルダは扉の隙間をすり抜けた。これだけの音をたてたのだ。近くに人がいれば気づかれないはずがない。俺はホルスターから拳銃を引き抜くと、歪んだ扉を押し開けた。

何もない四角い部屋に出た。光源は見当たらなかったが、不思議なことに仄明るい。灰色の壁と床、天井も同じ灰色だ。正面には出入り口らしき長方形の穴が開いている。俺は耳をそばだてて周囲の気配をうかがった。頭上から重苦しい機械音が響いてくる。それ以外は足音も人の声も聞こえない。

「ちょっと様子を見てくる」

そう囁くと、ティルダは部屋を横切り、前方の出入り口へと消えた。

俺は拳銃をかまえたまま、背後の扉に声をかけた。

「大丈夫か？」

「ああ、どうってことない」

扉の向こう側からヴィンセントが現れる。髪は乱れ、上着は裂け、肩に血が滲んでいるが、平気そうな顔をしている。彼は左肩をぐるぐる回すと、白い牙を見せて笑った。

「回復の早さと身体の頑丈さには自信があるんだ」

「──そうみたいだな」

俺は足音を潜め、正面の出入り口へ向かった。その先は階段になっていた。床には砂埃が堆積している。ずいぶんと長い間、使われた様子がない。

階段を上っていくと、先の踊り場で何かが動いた。咄嗟《とっさ》に銃口を向けると、ティルダが顔を出した。彼女は唇に指を当てた後、上ってこいと合図する。

踊り場の先は、鉄の格子門によって閉ざされていた。格子には鎖が巻かれていたが、すでに錠前は開かれ、鎖も外されていた。ティルダの仕業だろう。鉄格子の門を抜けると、広い空間に出た。壁に吊るされたオイルランプ、その下には水汲み場らしき石積みがある。剝き出しの岩盤をくり貫いた通路が右に向かって延びている。

ようやく知っている世界に戻ってきたと一息吐く暇もなく、今度は声が聞こえてきた。右の通路から誰か来る。足音が近づいてくる。

ティルダが通路の前を横切り、向こう側の壁に背中を張りつかせた。俺は反対側の壁際に立ち、銃をかまえた。そのまま息を殺し、声の主が現れるのを待つ。

「暑いねぇ。いい加減、何とかならんもんかねぇ」

「空調整備係はいったい何してるんでしょうね」

「整備係は関係ないよ。悪いのはあの機械だよ。あれがやたら熱量《カロリー》喰うもんだから、空調を全稼働することが出来ないんだよ」

聞こえる声は二種類。両方とも男だ。足音も二人分。警戒した様子はない。

「大主教様も考えが古いよ。あんなもの動かすより、先にやるべきことがあるだろうに」

「組み上げポンプの修繕とか？」

「それもあるけどね。まずは魔女の息子を鎖に繋ぐべきなんだよ。でなきゃ何をしでかすか、わかったもんじゃない」

通路から男が出てきた。小太りの中年男と痩せぎすの若者だ。二人とも一枚布で出来た粗末な長衣を着ている。ベルトの代わりに荒縄を巻き、両手に空の桶を提げている。

ティルダが中年男の背後に忍び寄った。その首に腕を回し、一気に絞め上げる。同時に俺は若者の襟首を摑み、岩の壁に叩きつけた。何か言おうとする彼の口に、すかさず銃口を突っ込む。

「声を出すな」

若者の喉仏が上下した。桶を投げ出し、肩の高さに両手をあげる。

もう一方の男は、彼ほど従順ではなかった。ティルダに絞め上げられ、顔を真っ赤にしながらも、襟元から笛を取り出す。その意図を察したティルダは腕に力を込め、一息に男の首をへし折った。男の手足が痙攣《けいれん》し、全身が脱力する。糸が切れた操り人形のように、くたりと床にくずおれる。そんな中年男を見て、若者は声にならない悲鳴をあげた。

「騒げばお前も同じ目に遭う」

わかったか――と問うと、若者は銃口を咥えたまま、コクコクと頷いた。俺は慎重に銃を引き抜いた。彼の服でよだれを拭いてから、今度は額に銃口を突きつける。

「跪け」

両手をあげたまま、青年は崩れるように膝をついた。

「こ、殺さないでくれ」

「本当のことを教えてくれたら命までは奪わない。けれど嘘を言ったら即座に殺す」

俺はゆっくりと撃鉄を起こした。

「教えてくれ、ルークはどこにいる?」

その名を聞いた途端、若者の顔が嫌悪に歪んだ。

「お前達、魔女の手先か？　あいつを取り戻しに来たのか？」

「質問しているのは俺だ」

銃口で額を小突いても、若者は唇を引き結んだままだった。どうやら素直に話すつもりはないらしい。

「ヴィンセント、見張りを頼む」

「わかった」

「ティルダ、この男を押さえていてくれ」

彼女は青年の背後に回り、彼の両肩を押さえつけた。

俺は銃をホルスターに収め、彼の前に片膝をついた。

「俺の場合、骨折しても七日で治癒する。だが純血種はそうはいかないのだろう？　やはり数週間かかるのか？」

青年の頬が引き攣《つ》った。闇雲に立ちあがろうとして、ティルダに押さえ込まれる。

「まずは右手からだ。小指から順番に折っていく。両手の次は足の指だ。それでも答えないようなら膝を撃つ。入っているのは血実弾だ。拒絶反応は苦しいぞ。高熱を出し、全身が腫れ上がり、息が出来なくなって死ぬまで、五日間は苦しむことになるぞ」

俺は改めて、彼を見た。

「話す気になったか？」

彼の目には恐怖が浮かんでいた。顎の先が細かく震えていた。それでも青年は勇ましく歯を剝き、唸るように言い返した。

「人獣め、地獄に落ちるがいい！」

「では始めよう」

俺は唇の片端を吊り上げ、酷薄な笑みを浮かべてみせた。

「話す気になったら、いつでも遠慮なく言ってくれ」


結局、彼は三本目で口を割った。

「この通路を抜けた先、広場の右側の建物、出入り口を入った一階の奥の部屋にいる！」

痛みに喘ぎながら告白する。

その真偽を確かめるため、俺は彼の人差し指を折った。青年は「ケダモノめ、地獄に落ちろ！」と喚《わめ》き散らした。念のため親指も折った。すると今度は「ちゃんと話したじゃないか。もう許してくれ」と呻いた。さらに左手の小指を折ると、彼はすすり泣き、「殺すならさっさと殺せ」と言った。

それでようやく確信が持てた。

首を折らないよう手加減して、彼の延髄を手刀で叩いた。昏倒した男の服の裾を裂き、布切れで猿轡《さるぐつわ》を嚙ませた後、腰の荒縄を使い背中側で両手を縛る。

「彼を階段下に隠す。手伝ってくれ」

「隠すより殺《や》っちゃったほうが早くない？」

「教えてくれたら命までは奪わないと約束した」

昏倒した青年を、俺は肩に担ぎ上げた。

「もし嘘だったら戻ってきて殺す。そのためにも今は生かしておく」

例の四角い部屋に失神した青年と中年男の死体を隠し、俺達は先を急いだ。

「ロイス、君はもっと冷静な男だと思っていたよ」

通路を足早に進みながら、ヴィンセントが言った。その声音には非難の念が込められている。どうやら先程の俺の行為を快《こころよ》く思っていないらしい。誰かの指を折ることは、俺にとっても愉快なことではない。けれど必要とあらば何度でも同じことをする。だから言い訳はしなかった。

「冷静だったじゃないか」

言い返したのはティルダだった。

「顔色ひとつ変えずに指を折ってくなんてさ。最高にクールだよ」

「無駄話をしている暇はない」

出口が見えてきた。用心しながら外に出る。といっても、ここはライコスの殻の下だ。どこまでいっても地下であることに変わりはない。空洞の上部は青白く光るライコスの殻に覆われ、四方は岩をくり貫いて作られた住居になっている。幸いなことに人影はない。俺達は身を低くしたまま、右手にある建物に向かった。

出入り口から中を覗くと、薄暗い廊下の突き当たりに鉄の扉が見えた。前には長銃で武装した二人の男が立っている。廊下に身を隠す場所はない。彼等に気づかれることなく、扉に近寄ることは出来そうにない。

「ここは僕達に任せてくれ」

ヴィンセントが囁いた。同時にティルダが走り出す。二人は一気に廊下を走破し、門番に襲いかかった。勝負は一瞬でついた。門番は長銃をかまえることさえ許されず、事切れて床に転がった。

その間に俺は扉へと駆け寄った。閂《かんぬき》を外し、中に入る。薄暗い部屋には、いくつもの棚が並び、用途のわからない機械類が詰め込まれていた。無事でいて欲しいと願う気持ちと、すでに殺されているだろうという諦観を抱きながら、棚の間を奥へと進んだ。

前方にオイルランプの明かりが見えた。壁面の書架を埋め尽くす古書。テーブルに並べられた実験機器。ギィの調合室によく似た光景だった。

「なぜだ、なぜ動かない！」

甲高い声が聞こえた。声変わり前の少年の声だった。

「認識装置が壊れているのか？　それとも他に原因があるのか⁉」

声とともに一人の少年が立ちあがった。あの写真の少年だった。俺が想像していたよりもずっと小柄で、少女のように華奢《きゃしゃ》だった。

その姿に違和感を覚えた。煌族は色相《ヒュー》B《ブルー》、G《グリーン》、R《レッド》だけでなく、稀少種の色相《ヒュー》Y《イエロー》、M《マゼンタ》、C《シアン》の能力をも網羅し、誰よりも剛健で強靭な肉体を誇る。それが俺の認識だった。

「ルーク殿下！　よくぞご無事で！」

立ち止まった俺の横を、ヴィンセントがすり抜けた。少年に駆け寄ると、感極まった様子で、その足下に跪く。

「お迎えに参りました。もう心配はいりません。ともに翠玉離宮へ戻りましょう！」

そんなヴィンセントを、少年は侮蔑《ぶべつ》の眼差しで見下ろした。

「私は戻らぬ」

「――は？」

「わからぬのか、この能無しめ！」

少年の白い頬が、みるみるうちに赤くなる。

「純血種は私を必要としている。私の知恵と能力を必要としている。その期待に応えるために、私は自分の意志でここに来たのだ！」

「殿下は騙されておいでです。奴等はオルタナ王家を憎んでおります。ここにいては、いずれ殿下も殺されてしまいます」

「あんな場所に戻るくらいなら、ここで死んだほうがましだ！」

彼は甲高い声をあげて笑った。

「翠玉離宮では誰もが私を疎《うと》んだ。誰もが私を邪魔者扱いし、役立たずと嘲笑った。そんなに目障りなら、いっそ殺せばよかったのだ。なのに誰も……誰も私を殺そうとはしなかった！　奴等にとって私は殺す価値さえなかったのだ！」

拳を振り上げ、テーブルに並んだ試験管を叩き落とす。試験管が砕け、血や薬剤が撒き散らされる。

「もう無視はさせぬ。私が『神の鉄槌』を発動させ、このライコスを引っ繰り返してやる。私を蔑《ないがし》ろにしてきた者達に、今こそ目にもの見せてくれる！」

激高する口調とは裏腹に、少年の目は暗く陰っていた。

愛情の反対語は憎悪ではなく無視だという。人は孤独《ひとり》では自分の有り様を知ることが出来ない。その不安を解消するため、人は他人という名の鏡を求める。鏡に映った自分を見て、自分が愛されているのか、嫌われているのかを計る。自分が何を求め、何を守り、どこに向かえばいいのかを知る。

けれど彼は無視された。誰もいない暗闇の中に、何も聞こえない沈黙の中に、一人置き去りにされたのだ。だからルークは純血種の甘言に乗った。それが偽りだったとしても、歪んだ鏡とわかっていても、目をそらすことが出来なかった。それほどまでに、彼は認めて欲しかったのだ。君が必要だと、誰かに言って欲しかったのだ。

「もういい」

そう言って、俺は前に出た。

「お前の声は充分に届いた。後は離宮に戻ってから、直接文句を言ってやれ」

少年は険しい眼差しで俺を睨んだ。

「この無礼者め。私を誰と心得る。我こそはルーク・20・オルタナ。英雄オルタ・オルタナの血を継ぐ女王シルヴィアの正当なる御子なるぞ！」

「ああ、知っている。お前はオルタナの子孫だ。そして純血種はオルタナの血を憎悪している。奴等はお前を必要としているわけじゃない。ただ利用しているだけだ」

「貴様に何がわかる！」裏返った声でルークは叫ぶ。「彼等は私を理解してくれている！我等は志を同じくする仲間なのだ！」

「ではなぜ扉の前に監視がいた？」

「それは私を守るため――」

「なぜ外側から閂がかけられていた？」

「外から……閂？」

ルークの顔色が変わった。どうやら気づいていなかったらしい。

「この部屋にある機械は相当な熱量《カロリー》を喰うらしいな。おかげで空調が止まって暑くて仕方がないと、連中がぼやいていたぞ」

「そんなこと――」

「お前がここに来て一ヵ月。そろそろ連中も痺《しび》れを切らしているんじゃないか？　お前がそれを動かせないとわかったら、奴等は間違いなくお前を殺すぞ。逆さ吊りにして喉を裂き、お前の血を最後の一滴まで搾りつくすぞ」

「嘘だ……」

「お前の肉は亡者達に喰いつくされ、お前の骨は汚水の中で朽ち果てる。それでもいいのか？」

「嘘だ――嘘だ嘘だッ!!」

少年は飛びのいた。壁に駆け寄り、そこにあった伝声管に叫ぶ。

「誰か、来てくれ！　侵入者だ！」

数秒後、うぉぉぉんという音が鳴り響いた。

「この馬鹿ッたれ！」ティルダが忌々しげに悪態をついた。「ったく、餓鬼を挑発してどうすんのさ！」

「挑発したわけじゃない。自分が置かれている状況を教えただけだ」

「言い訳は後で聞く！」

彼女はポケットから血実を取り出した。口に含み、噛み砕く。魔法のように鮮やかに、両手にナイフが現れる。彼女の横ではヴィンセントがステッキをかまえている。

「僕達で道を開く。ロイス、君は殿下を頼む」

言い終わらないうちに扉が開かれた。最新式の回転銃を手に、大勢の男がなだれ込んでくる。

「待て」

殺気をぎらつかせる男達を割って、一人の老人が現れた。持っているのは銃ではなく、歩行を助けるための杖だ。彼は老人らしからぬ炯々《けいけい》とした目で俺達を睥睨《へいげい》した。

「聖域を穢《けが》す人獣どもが……」

「勝手に入って悪かった」

右手に拳銃を握ったまま、俺は両手を掲げてみせた。

「争うつもりはない。ルークさえ返してもらえれば、何もせずに出て行く」

「私は戻らぬ！」金切り声でルークが叫んだ。

老人は一瞬、少年を見やり、すぐに俺へと視線を戻した。その眼差しは自信に満ち、皺深い口元には狡猾な笑みが浮かんでいる。

「聞いての通りだ。獣は獣らしく、ここで犬死にするがよい」

「動くな」

右腕を伸ばし、俺は老人の額に狙いを定めた。

「この拳銃には血実弾が入っている。手足に喰らっただけでもお前は死ぬ」

「私は死など恐れぬ」

老人は大仰な仕草で両手を広げた。

「こちらの銃には『奇跡の血』と野獣の血の混合血実弾が籠《こ》められておる。貴様らのような人獣相手に使うにはもったいないが、特別にくれてやろう。身も心も獣と化し、発狂して死ぬがよい」

『奇跡の血』、明度X《バリユーテンス》の血は、そう簡単に手に入るものじゃない。

だが、ここには一人、『奇跡の血』を持つ煌族がいる。

「ルーク」

長老の額を狙ったまま、俺は少年に問いかけた。

「奴等にお前の血を渡したのか」

答えはない。それこそが答えだった。

「お前、自分が何をしたかわかっているのか」

ルークは答えなかった。答える代わりに叫んだ。

「大主教よ！　こやつらを撃て！　私は明度X《バリユーテンス》だ。たとえ流れ弾が当たろうとも、私が死ぬことはない！」

俺はテーブル上の機器をなぎ倒した。老人に銃口を向けたままテーブルを跨《また》ぎ越し、ルークの傍へ駆け寄ると、空いているほうの手で彼の頬を叩いた。利き手ではない。手加減もした。それでも彼はあっけなく床に倒れた。

「痛いか？」呆然と頬を押さえる少年に尋ねる。「撃たれる痛みはそんなものじゃない。明度X《バリューテンス》でも、当たりどころが悪ければ死ぬ」

俺は銃口をルークに向けた。

「試してみるか？」

「やめろ、ロイス！」

ヴィンセントが叫んだ。

「何をしているんだ！　僕達は殿下を助けるためにここまで来たんだぞ！」

「助ける必要はない。彼が死んだという証拠さえあればいい」

ルークに銃を突きつけ、俺は老人を振り返った。

「部下達に銃を捨てさせろ。でなければ王子を撃つ」

「愚か者めが」老人は呵々《かか》と笑った。「それで脅しているつもりか！」

その言葉が終わるのも待たず、俺は引き金を引いた。乾いた破裂音とともに、少年の左頰に赤い筋が浮き上がる。血実弾が掠めたのだ。

「次は頸動脈を撃つ」

「所詮は人獣よ。王子よりも自分の命が惜しいと見える」

老人は薄い胸を反らした。侮蔑を込めて目を細める。

「殺したければ殺せばよい。大口を叩くばかりで何も出来ない、何の役にも立たない愚かな餓鬼だ。そろそろ始末しようと思っていたところだ」

「……何だと？」

目の前にある銃口のことも忘れ、ルークはよろよろと立ちあがった。

「大主教、私を裏切るのか！」

「黙れ！」

老いた純血種は眦《まなじり》を吊り上げ、唾を飛ばして叫んだ。

「汚らわしい！　貴様に主教と呼ばれるだけで虫酸《むしず》が走るわ！」

「では嘘だったのか。力を貸してくれと言ったのは、私が必要なのだと言ったのは――」

「呪われた魔女の息子、貴様のような人獣が、我等純血種の仲間になれるはずがなかろう。そんなことさえわからぬとは、頭の中身まで獣並みとみえる」

老人は嘲笑し、右手の杖を振り上げた。

「かまわん。全員殺せ！」

銃声が鳴り響く中、ティルダが数本のナイフを投げた。最前列にいた男が三人、喉にナイフを受け、声もあげずにのけぞった。ヴィンセントは走りながらステッキの柄を握り、そこから鋼の刀身を引き抜いた。血がしぶき、純血種達が銃を取り落とす。俺はテーブルを倒して盾にした。手を伸ばし、その陰にルークを引きずり込む。

「わかったか。あれが奴等の本性だ」

少年は両手で頭を抱えていた。膝を曲げ、幼子のように背を丸めていた。

「ルーク、俺を見ろ」

彼の顎を摑み、無理矢理顔を上げさせる。

「一度しか言わない。だからよく聞け」

ルークは目をそらした。その目から涙がこぼれる。薄い肩が震え、自身を抱きしめた細い腕も、哀れなほどに震えている。

「俺は探索者《サーチャー》だ。ある人からの依頼を受けて、お前を捜していた」

銃声、剣戟《けんげき》の響き、悲鳴と怒号。それらにかき消されないよう、一言一言を嚙みしめながら、俺は彼に語りかけた。

「お前が煌族だと聞いた時、俺は依頼を断った。煌族が廃棄地区で生きていられるはずがない。死んだ者は捜せない。捜し出しても意味はない。そう思ったからだ。しかし依頼人は言ったそうだ。『ルークが死んだという確かな証拠が得られるまでは、絶対に諦めない』と」

ルークは目を見開いて俺を見た。彼の翠色の双眸は、息が止まるほど美しかった。

「心当たりがあるようだな？」

少年はおずおずと頷いた。その肩に、俺は手を置いた。

「依頼人はお前が生きていると信じている。無事に帰ってくることを願っている。お前はどうだ？　その人のところへ戻りたいか？」

血の気の失せた白い顔がくしゃりと歪んだ。目に涙を溜めたまま、必死に嗚咽を押し殺し、彼は無言で頷いた。

「ならば、戦え」

俺は拳銃の輪胴を振り出し、血実弾を籠め直した。立ちあがり、立て続けに二発撃った。入り乱れる人々の中、あの老人が喚いている。頭を狙い、引き金を引く。一瞬、老人の白髪が血に染まり、すぐに見えなくなった。

血実弾には鉛弾ほどの破壊力はない。その目的は致命傷を与えることではない。相手の体内に血を送り込み、相手の身体を自由に操ることだ。しかし廃血は血中明度《ブラッドバリュー》を持たない。他者の血を受けつけない。血実弾を撃ち込まれたら拒絶反応を起こし、例外なく死に至る。

棚に隠れた純血種を狙い撃ち、三人倒したところで弾がつきた。テーブルの陰に戻り、血実弾を再装塡しながら、俺はルークに尋ねた。

「走れるか？」

彼は頷いた。もう泣いてはいなかった。

「では来い」

俺はフロックコートの前を開き、懐にルークを抱え込んだ。彼は煌族だ。急所にさえ当たらなければ、血実弾程度で死ぬことはない。

「合図したら、立ちあがって一緒に走れ。言っておくが、絶対に頭は出すな」

ルークは俺の腰に手を回し、襟の陰から俺を見上げた。

俺は輪胴を収めた。左腕をルークの肩に回し——

「走れ！」

テーブルの陰から飛び出した。

「行け、ロイス！」

「木っ端《こっぱ》どもはあたしに任せな！」

ティルダは両手でナイフを振るい、投げ、また振るう。彼女の指先には次々と新しいナイフが現れる。ヴィンセントはステッキに隠していた細身の剣で、男達をなぎ倒していく。

純血種も必死の抵抗を試みるが、力は彼にかなわない。速さも彼にはかなわない。肉体強化中の兵士に銃弾を撃ち込むのは至難の業《わざ》だ。そのため兵士は飛び道具よりも刃物を好む。色相R《ヒューレッド》同士の争いは必然的に肉弾戦か剣術戦になる。

ヴィンセントとティルダが道を切り開く。先程に較《くら》べ、二人とも段違いに動きが速い。ギィの薬を飲んだのかもしれない。純血種の相手は彼等に任せ、俺は走ることに専念した。

廊下を駆け抜け、建物の外に出た瞬間、拳銃を持った男と鉢合わせる。

男が銃をかまえた。俺は咄嗟に身体を捻り、左肩でルークを庇《かば》った。同時に、男に向かって発砲する。俺の血実弾は男の頸動脈を引き裂き、彼の放った銃弾は俺の左肩にめり込んだ。

「う……撃たれた?」

うわずった声でルークが尋ねる。

「貴様、撃たれたのか!?」

「ああ」

壁際までしりぞいてから、俺は銃を左手に持ち替えた。コートを引き裂き、被弾箇所を探る。固い手応え。肩の骨に当たって弾が止まっている。俺は傷口に指を突っ込み、弾を抉《えぐ》り出した。取り出した鉛色の塊を掌の上で転がす。

「血実弾じゃない。鉛弾だ」

ルークは連中に自分の血を渡したらしいが、その量はさほど多くなかったのだろう。明度《バリ》X《ユーテンス》の血でも、薄めすぎては意味を成さない。つまり連中が使っている弾のほとんどは、混合血実弾ではなく、ただの鉛弾である可能性が高い。

「どうやら死に損ねたようだ」

鉛弾を投げ捨て、俺は拳銃を右手に持ち直した。

「ロイス、殿下は無事か?」建物からヴィンセントが出てきた。

「こっちはあらかた片づいた――」と言いかけて、ティルダは目を細めた。俺の左肩を見て、ナイフをかまえる。「あんた、撃たれたのかい？」

「弾頭は鉛だった」

「あ、そう」ふっと息を吐き、ナイフを下ろす。「悪運の強い男だね」

もしこれが『奇跡の血』と野獣の血の混合血実弾であったなら、俺は精神と身体を乗っ取られ、飢えた獣と化していた。そうなる前に、ティルダは俺を殺すつもりだったのだろう。彼女はぶれない。迷わない。その強さが好ましい。

「早く止血したほうがいいぞ」

掠れた声でルークが言った。

「私には医術の心得がある。すぐに手当を――」

「頭を出すな」

俺は銃把《じゅうは》でルークの頭を押さえつけた。

向かい側の建物から別の一団がやってくる。

「新手が来たな」

「急ごう」

俺達は水汲み場に向かった。幸いなことに洞窟内は無人だった。俺達がどこから侵入してきたのか、奴等にはまだ知られていないようだった。先行するティルダを追って通路を走る。一足ごとに左肩に痛みが突き抜けるが、立ち止まっている暇はない。弾丸が耳を掠め、跳弾が足下で弾ける。ヴィンセントが振り返り、剣を一閃《いっせん》した。弾き飛ばされた銃弾が壁にめり込む。もしかして飛んできた弾を斬ったのか？　この男、いったいどんな動体視力をしているんだ。

「早く、こっちへ！」

ティルダが鉄格子を開いて待っている。俺はルークを抱えたまま、転げ落ちるように階段を下った。

突然、銃撃がやんだ。追っ手の足音も聞こえない。どうやら純血種にとって、ここは不可侵領域であるらしい。

「銀の魔女に伝えろ！」

階段の上から憎々しげな声が響いてきた。

「強大な権力には責任が伴う。殴る者は殴られる。殺す者は殺される。貴様等に安住の地などない。創造主が目覚める時、必ずや天罰が下るとな！」

「負け犬の遠吠えだね」

ティルダは肩をすくめ、鼻で嗤った。

その隣ではヴィンセントが剣をステッキに戻しながら、心外そうに呟いた。

「一緒にしたら、犬に失礼だよ」

四角い部屋まで戻ってきた。転がした死体はそのままだったが、若者は意識を取り戻していた。俺達を見て、彼は必死に立ちあがろうとした。が、後ろ手に縛られているため上手くいかない。裾を踏んでは倒れ、起き上がっては転んでいる。そんな彼を跨ぎ越し、俺達はひしゃげた扉に向かった。

その前で、ヴィンセントが立ち止まった。

「どうした？」

問いかけると、彼は気がかりそうに靴の踵《かかと》で床を蹴った。

「奴等が『神の鉄槌』を復活させたら大ごとになる。だったら今のうちに、破壊しておくべきかなと思って」

「そんなのあたしの仕事じゃない」ティルダの返答は明快だった。「あたしは金にならない仕事はしない主義だ」

「どうしても戻るというなら止めはしないが……」

俺はホルスターに銃をしまい、呆れたように笑ってみせた。

「ルークが一カ月かけても動かせなかった代物だ。純血種が束になって取り組んだところで、どうこう出来るはずがない」

ヴィンセントは気まずそうに耳の後ろをかいていたが、やがて納得したように頷いた。

「確かに――君の言う通りだ」

　俺達は扉を通り抜け、灰色の廊下を進んだ。格子を外した穴から、まずはヴィンセントが排水路へ降りる。俺はルークに降りるよう促し、ヴィンセントが下から彼を抱き留めた。続いて俺とティルダも排水路に降りた。凄まじい悪臭に閉口しながら、歩き出そうとした時だった。

「降ろせ」

　自分を抱き上げたままのヴィンセントに、ルークが居丈高《いたけだか》に命じた。

「余計な気遣いは無用だ。自身で歩ける」

「この先は下水路です。御足《おみあし》を穢すわけには参りません」

「かまわぬ、降ろせ」

「下水路の先は廃棄地区です。廃血の多くはオルタナ王家を恨んでおります。殿下の身をお守りするためにも、ライコスの殻中までは私がお運びいたします」

「やかましい！　お前は王子の命令が聞けぬと申すか！」

　そう言われ、ヴィンセントは渋々ルークを排水路に降ろした。靴を塗らす汚水に顔をしかめながら、少年はおもむろに俺を振り返る。

「貴様のフロックコートを貸せ」

　ルークが着ているのは仕立てのよいシャツ一枚だけだ。排水路の空気は冷たいが、寒さを感じるほどではない。

「お寒いのでしたら私の——」

「お前は黙っていろ！」

上着を脱ぎかけるヴィンセントを一喝し、ルークは再び俺に目を向けた。

「貴様のだ。貴様のコートがいいのだ」

貸すのはかまわないが、俺のフロックコートは左腕が血に染まっている。

「こんなものを着たら、お前の服にも血がつくぞ？」

「つべこべ言わず、その襤褸《ぼろ》切《き》れをよこせ！」

やれやれ、我《わ》が儘《まま》な坊やだ。

俺はコートを脱いで彼に渡した。ルークは腕を通さず、それを頭の上から被った。

「こうして顔を隠していれば文句はなかろう」

彼がいいならそれでいい。

俺達は排水路を遡った。吐き気を催す悪臭にも、ルークは何も言わなかった。離宮育ちの王子様がいきなり銃撃戦に巻き込まれ、命の危険に晒されたのだ。体力的にも精神的にも疲弊しているはずだった。それでも彼は『霧笛』までの道程を、誰の手も借りずに歩き通した。

汚水と血に塗れ、全身から悪臭を放つ俺達を見ても、『霧笛』の主人は動じなかった。

「おかえり、リロイス君、ゼント君、ライダ君」

いつも通りの声音で言い、ギィはにこりと微笑んだ。

「『霧笛』にようこそ、ルーク殿下」

シャワーを浴び、ギィがどこからか調達してきた古着に着替えると、ルークは店の長椅子に倒れ込んで眠ってしまった。猫のように背を丸め、俺のコートを抱え込んでいる。取り上げようと引っ張ってみたが、しっかり摑んで離そうとしない。

諦めて、俺は手を離した。

まあいいさ——と心中で呟く。血塗れで、左肩には大穴が開いて、もう着られやしないけれど、気に入ったのならお前にやるよ。

「うう、きっつい」

シャワーを浴び、服を着替えたティルダが、どさりと長椅子に腰掛けた。彼女は横目でギィを睨み、これみよがしに唇を歪めた。

「マスター、あんたが作ったあの薬、いろんな意味でえげつないわ」

どうやら薬の効果が切れて、筋肉痛に襲われているらしい。ヴィンセントも同じだろう。なのに彼は汚れた服装のまま、ステッキを手に立ちあがる。

「ティルダはここに残ってくれ。僕は依頼人に殿下の無事を知らせてくる」

「タフな男だねぇ」

厭味たらしく呟いて、ティルダはひらひらと手を振った。

「了解ですよ。ゼント大尉」

小さく頷いてから、ヴィンセントは俺を振り返った。

「ロイス、負傷しているところに申し訳ないが――」

「わかっている」遮《さえぎ》って、俺は続けた。「ルークを依頼人に引き渡すまでが俺の仕事だ。最後まで手は抜かない」

それを聞いて、安心したように彼は笑った。カウンター内のギィに会釈を残し、ヴィンセントは『霧笛』を出て行った。

「あんた、少し眠りなよ」

テーブルの上に足を投げ出し、ティルダが俺に呼びかけた。

「けっこう出血してたみたいだし、無理するとまた倒れるよ？」

「血は止まった」

先程シャワーを浴びた時に確認した。傷口は赤く腫れ上がっていたが、当て布をしておけばシャツを汚すことはない。

「眠るのは仕事が終わってからでいい」

俺はティルダの向かい側に腰掛けた。テーブルに足を乗せ、腹の上に銃を置く。

ライコスの殻中に廃血が入ることは許されない。もし発見されたなら、その場で殺される。とはいえジョオンの言う通り、純血種は執念深い。命の危険を冒してでも、報復しに来ないとも限らない。

「君達、テーブルに足を乗せるのはやめたまえ」

言いながら、ギィがカウンターから出てきた。両手にグラスを持っている。俺達が足を降ろすと、ギィはそこにグラスを置いた。

「ライダ君には『目眩《ヴァーティゴ》』を。リロイス君には増血剤を。私のおごりだ」

俺は目を見張った。ギィは貴賤にかかわらず、万人に対して平等な態度を貫く。しかし売り物である調合血《カクテル》を無償で提供することはほとんどない。

「どういう風の吹き回しだ？」

「君達には徹夜で店を守ってもらわなければならない。その賃金だと思ってくれ」

「店が襲われるかもしれない理由を作ったのは俺達だぞ？　その迷惑料は計算に入れなくていいのか？」

「君達が何をしたとしても私には関係ない。私の店を襲撃しようとする者は撃退しなければならない」

よくわからない理論だが、まあいい。

俺とティルダは、ギィが作ってくれた調合血《カクテル》を飲みながら、寝ずの番をした。

青いステンドグラスの向こう側、渦巻く霧が明るくなってきた。どうやら夜が明けたらしい。

諦めたのか、もはや用はないと判断したのか、ついに純血種は現れなかった。

昼前になって、ようやくルークは目を覚ました。

ティルダが作った温かいスープを飲みながら、彼は独り言のように話し始めた。

「私は攫われたわけではない。自らの意志で翠玉離宮を出たのだ」

ことの始まりは、彼の寝室に置かれた手紙だった。そこには彼の力を必要とする旨が綴《つづ》られていた。最初は誰かの悪ふざけだろうと思ったそうだ。けれど置き手紙は二通、三通と繰り返された。その切々とした文章を読むうちに、この手紙は本物だと思うようになった。そこでルークは自分の血を一滴、飲み物に混ぜ、侍従と護衛官に飲ませた。そうして彼等の心身を操作し、誰に見咎められることもなく、離宮を抜け出した。それから純血種に雇われた商隊と落ち合い、ともに列車に乗り、殻の底へ降りたのだという。

「廃血どもの甘言に惑わされるとは痛恨の極み、一生の不覚だ」

そう言って、恥じ入るようにルークは俯《うつむ》いた。

孤独な少年が狡賢《ずるがしこ》い大人達の奸計《かんけい》に踊らされるのは致し方のないことだ。そう思ったが、俺は何も言わなかった。彼を叱るのも慰《なぐさ》めるのも俺の役目ではなかった。

「聞いているのか、探索者《サーチャー》」

少年は顔を上げ、俺を睨んだ。

「黙っていないで、何とか言ったらどうなのだ」

強気なその台詞を聞いて、ティルダがぷっと吹き出した。さすがに不味いと思ったのだろう。彼女は顔を背けたが、それでも肩が小刻みに震え続けている。

それを見てますます気を悪くしたらしい。ルークは怒りの眼差しを俺に向けた。

「無礼者めが。私はまだ貴様の名前すら、聞いてはおらぬのだぞ」

「ああ、そうだったな」

笑いそうになるのを堪えるため、俺は小さく咳払いをした。

「俺の名は――」

そう言いかけた時だった。扉の外に人の気配を感じた。俺はホルスターから銃を引き抜き、ティルダはスツールから飛び降りた。その両手には、すでにナイフが握られている。

鈴の音が鳴った。扉が開かれ、霧とともに二人の人物が入ってくる。一人はヴィンセント、もう一人は謎の依頼人の代理人ユイア・ノイアだった。

ノイアはルークに駆け寄った。長椅子の傍に跪き、そこから彼を見上げる。

「殿下、よくぞご無事で」

ルークは居心地悪そうに身じろぎをした。

「うむ……出迎え、ご苦労」

「もったいないお言葉です」

ノイアは立ちあがると、布袋をテーブルに置いた。

「残りの報酬です。指定の額よりも多めに入れてあります。経費には充分でしょう」

否《ノー》とは言わせない一方的な口調だった。彼女は俺の答えも待たず、再びルークへと向き直った。持っていたマントを広げ、彼の肩に羽織らせる。

「参りましょう。このような場所に長居は無用です」

促されるままにルークは立ちあがった。

ノイアに背を押され、渋々と歩き出す。胸に俺のコートを抱えたまま、何か言いたげな顔で、何度も何度も振り返る。

「お急ぎ下さい、殿下」

ノイアはルークにフードを被せた。肩に手を回して引き寄せる。もう誰にも奪わせないというように。

結局、何も言わないまま、ルークは店から出て行った。

「忙《せわ》しない人だな」

珍しく苦言を呈して、ヴィンセントは山高帽《ボウラーハット》を頭に乗せた。

「やっぱあの女、苦手だわ」

ティルダはため息をつき、カウンターのギィを振り返った。

「また『目眩《ヴァーティゴ》』を飲みにきていい？」

「もちろんだ」ギィは頷いた。「歓迎する」

ヴィンセントは帽子の鍔に手を添え、「では、また」と言って会釈した。

ティルダはふふんと笑い、「じゃあね」と言って手を振った。

そうして彼等は去って行った。

別れを告げる鈴が鳴る。灰色の霧を飲み込んで、ゆっくりと扉が閉まる。

彼等と俺とでは住む世界が違う。もう二度と会うことはないだろう。

「結局ミリアムのことは何もわからなかったな」

穏やかな声でギィが言った。

「ああ、そうだな」と答え、テーブルに残された報酬を手に、俺は立ちあがった。「でも収穫はあった」

「収穫――？」

ギィが首を傾げる。それを無視し、俺は奥の扉に向かった。

「少し寝る。何かあれば起こしてくれ」

言い残して店を出た。階段を上り、三階の自室へと向かう。

ベッドは三匹の野良猫に占領されていた。俺はホルスターを外し、銃をサイドテーブルに置いた。そして猫達を押しのけ、ベッドの上に横になった。

クラヴァットを解き、胸元に手を差し込む。首にかけた鎖を辿り、それに吊るした一粒の血実を握る。これは死の間際、グローリアが俺に残した彼女の運命、彼女のすべてが内包された彼女の血だ。血の記憶は時間に邪魔されない。この血を飲めば彼女に会える。もう一度だけ、彼女と話せる。

グローリアの血実を握りしめ、俺は目を閉じた。

心地のよい疲労感に意識が溶けていく。

眠りに落ちる直前、瞼《まぶた》の裏に、草原を走って行くミリアムの後ろ姿が蘇った。

地平の虹を追いかけて、草原を走って行ったきり、ミリアムは戻ってこなかった。手がかりは何もなかった。離宮がある地上層には許可証を持つ者しか入れない。王族か十八士族か、もしくはそれに仕える使用人がミリアムを攫った。そうとしか考えられなかった。

ルークの場合も同じだ。純血種は地上層に入れない。彼に手紙を残したのは、離宮に出入りする身近な誰かだ。その正体を突き止めなければ、きっとまた同じことが起きる。防ぐことが出来るのはただ一人。今回の依頼人だけだ。

ルークの無事を信じ、俺に彼の捜索を依頼してきた唯一の味方。それが誰なのか、俺は知らない。

だからこそ、祈らずにはいられない。

どうか彼を守ってくれ。彼の声を聞いてくれ。目をそらさず、彼を抱きしめてやってくれ。どんなに賢くても、偉そうに強がっていても、ルークはまだ子供なのだから。

俺のように、手遅れになる前に、あの子を暗闇から救い出してやってくれ。

その願いは、奇妙な形でかなえられることになった。

七日後の朝、ヴィンセントがルークを連れて、再び『霧笛』にやってきたのだ。

「離宮の安全が確認されるまで、ルーク殿下をここで預かって欲しい」

僕とティルダも交替で護衛につくからと言って、ヴィンセントは笑った。俺が断るはずがないと、確信している笑みだった。

「ここは託児所じゃないぞ？」

俺がそう答えると、ルークは眦を吊り上げた。

「馬鹿にするな！　こう見えても私は王立生体医学研究所の上級研究員であり、調血と分析の専門家であり、さらには医学の博士号を——」

「それは素晴らしい」

遮ったのはギィだった。『霧笛』の主人は胸に手を当て、うやうやしく一礼した。

「私の名はギィ、調血師です。以前から腕の良い助手を探しておりました。ぜひとも殿下にご助力をお願いしたい」

「うむ、まかせておけ」

得意げに小鼻を膨らませ、ルークは俺を振り返った。

「これは貴様に。依頼人からだ」

抱えていた油紙の包みを差し出す。

いったい何だろう。いぶかしく思いながら、俺は包みを受け取り、油紙を解いた。

現れたのは真新しいフロックコートだった。強烈な既視感が心を揺さぶる。これは偶然か、それとも故意か。謎の依頼人が意図したものなのか。

「コートを台無しにしてしまったお詫びだそうだ」

俺の顔を覗きこみ、王子は満足そうに笑った。

「さあ、着てみるがいい」

俺はフロックコートに腕を通した。肩のあたりがぶかぶかした。裾の長さも肩幅も、以前のものとまったく同じだった。ポケットに手を差し込むと固い物が指に触れた。前のコートのポケットに入れていた俺の煙草入れだった。蓋を開くと、煙草の間に一枚の紙片が挟まれている。

『ありがとう。上着をお返しします』

それを見て、確信した。

依頼人は俺のことを知っている。グローリアのことも知っている。だから依頼人は俺にルークの捜索を依頼したのだ。俺ならば――いまだミリアムを捜し続けている俺ならば、ルークを見つけ出すまで諦めない。依頼人には、それがわかっていたのだ。

そして奇跡は起きた。ルークは生きていた。殺されることも血を搾り取られることもなく生還した。ならばミリアムも生きている。きっとどこかで俺が来るのを待っている。

「確かに渡したぞ！」とルークは自慢げに胸を張る。

ああ、受け取ったよ。

ささやかな希望を。

諦めるなという伝言を。

「確かに受け取った」

「ならば、そろそろ自己紹介をしたらどうだ？」

「ですから彼の名は――」と言いかけるヴィンセントに、

「黙れ黙れ黙れ！」王子は癇癪《かんしゃく》を起こした。俺を指差し、「貴様から直接聞きたいのだ！」と喚いた。

やれやれ。相変わらずの我が儘っぷりだ。

俺は煙草入れから煙草を一本抜き出した。マッチを擦って火をつける。ゆっくりと味わい、瀕死のシーリングファンに紫煙を吐き出す。王族の前で煙草を吸う。そんな不遜な行為にルークは目を剝いている。口をぽかんと開いたまま、文句を言うことさえ忘れている。その顔がおかしくて、俺はつい笑ってしまった。

「自己紹介をする前に言っておく。この家の主人はギィだ。その決定に口を出すつもりはないが、ここでは自分の面倒は自分でみるしかない。それは承知しているか?」

「――無論だ」

羞恥と怒りに頬を赤く染め、ルークは言い返した。

「私はただの子供ではない。高貴な血を誇るばかりで何の役目も果たさない能無しどもと一緒にするな」

「ならいい」

素っ気なく答え、俺は再び紫煙を吐いた。

「俺の名はロイス。今の稼業《しごと》は探索者《サーチャー》だが、以前はシルヴィア女王の第一子、グローリア・1・オルタナの護衛官をしていた。グローリアは俺の妻で――俺の一人娘ミリアムの母でもあった」

ルークは驚きに目を見開いた。

その頬から今度は血の気が引いていく。

「今から四年前、ミリアムは消えた。俺が探索者《サーチャー》になったのはミリアムを捜すためだ」

だから――と言って、煙草を挟んだ指でルークを指差す。

「お前にかまっている暇はない。ここに住むのは勝手だが、俺の手を煩《わずら》わせるな。秘密の依頼人が翠玉離宮の掃除を終わらせるまで大人しくしていろ」

ルークは何か言おうとした。

けれど、それが言葉になることはなかった。

彼が何を言おうとしていたのか、俺は尋ねなかった。深く考えようともしなかった。本当は考えるべきだったのに、そうしていれば何かが変わっていたかもしれないのに、一時の違和感は霧のように流れ去り、二度と戻ることはなかった。

第二話　Same Love／同じ愛

変化は時を選ばない。どんなに変えたいと願っても、変えられないものがあるように。変わらないでくれと願っても、変わってしまうものがあるように。変化は突然やってくる。待ってはくれない。拒否も出来ない。ただ受け止め、翻弄されるしかない。

足音が階段を駆け上ってくる。

俺はベッドから跳ね起きた。

サイドテーブルに手を伸ばし、拳銃を摑んで扉に向ける。

「ついに捕らえたぞ！」

部屋に入ってくるなり、ルークは意気揚々と鉄駕籠《てつかご》を掲げた。中には小さな蛇がいる。相当に振り回されたのだろう。駕籠の底でぐったりと伸びている。

「こやつが我が安眠を妨げた侵入者だ。昨日は餌《えさ》だけを取られてしまったが、今回は入り口を改良し、見事成功した。私の作戦勝ちだ！」

ルークは駕籠を眺め、にんまりと笑う。

「見ろ、砂縞蛇《すなしまへび》だ。本来は砂漠に生息する生物だが、暖を求め、下層に迷い込んでしまったのであろう。このまま打ち捨てるのも憐《あわ》れだ。私が離宮に戻る際には、仲間達のもとに戻してやろう。それまでは私の下僕として、養ってやるのも悪くはない！」

一気に捲し立て、自慢げに胸を反らした。

かと思うと、今度は不愉快そうに唇を歪める。

「なんだその顔は。ここは賞賛すべきところであろうが？」

俺は拳銃を下ろし、左手で顔を覆った。

「……入る時はノックをしろと言ったはずだ」

「ノックなら――」ルークは逡巡し、探るような目で俺を見る。「……したであろう？」

「いいや」

「うぬ」

ルークは部屋を出て扉を閉じた。ノックを四回。改めて扉を開き、鉄駕籠を掲げる。

「謎の侵入者を捕らえた」

「もう聞いた」

「正体は砂縞蛇だった」

「それも、もう聞いた」

「――面白味のない奴だ」

フンと鼻を鳴らし、ルークは部屋を出て行った。

俺は大きく息を吐いた。脱力感に襲われる。寝直したい。そんな誘惑を振り払い、ベッドから立ちあがる。変化は時を選ばない。それは承知しているつもりだった。しかし子供に叩き起こされる日々が再びやって来ようとは、想像もしていなかった。

ルークがここに来て約一ヵ月。早朝に強襲をかけられたのは、これで四度目だ。

彼はがらくたを利用して罠を作り、自分で調合した餌を仕込み、部屋に出没する小動物を捕まえる。最初は鼠、六日前は蜈蚣《むかで》、一昨日は蜥蜴《とかげ》、そして今朝は砂縞蛇だ。捕獲に成功するたび、わざわざ俺に見せにくる。そのたび俺は叩き起こされる。過去を思い出す暇も、喪失を憂う暇もない。毎朝、起きるべきか死ぬべきか葛藤していた日々が、遠い昔のように思えてくる。

まったく、いい教訓になった。

汝《なんじ》、子供の適応力を侮るなかれ——だ。

ルークを助手として雇うという言葉に嘘はなく、ギィは彼のために個室を用意した。といっても部屋と呼べるほど立派なものではない。二階に上る階段の下、一階の廊下に面した物置を整理し、不要品を運び出したのだ。

そこに雑貨屋のハリーが寝台をしつらえた。家政婦のマギーは古着を持ってきてくれた。

二人には「遠縁の子を預かることになった」と説明してあったが、なにしろルークは護衛付きだ。口調や性格からしても、平民の子供というには無理がある。それでも二人は何も詮索しなかった。訳ありな事情に深入りする人間は長生き出来ない。最下層の住人である彼等は、それをよく心得ていた。

ハリーとマギーの協力の下、ルークの個室は完成した。元々は物置なだけあって、独房のように狭苦しい。天井は低く、斜めになっていて、前屈みにならなければ入れない。

「狭すぎやしないか?」と俺が言うと、マギーは呆れたように肩をすくめた。

「わかってないねぇ、ロイスさん。子供にゃ、この狭さが丁度いいんですよ」

「そうそう、屋根裏と階段下ってのは子供にとっちゃ特別な場所さぁ」自信たっぷりにハリーも請け合った。「ここは秘密基地だよ。これを気に入らねぇ子供はいねぇよ」

しかしルークは翠玉離宮に住む王族だ。豪勢な個室を持つ王子様だ。階段下の秘密基地を見ても、一般的な子供のように素直に喜ぶとは思えなかった。

「なんだ、これは」

案の定、部屋を一目見るなり、ルークは馬鹿にするように鼻を鳴らした。

「まるで犬小屋ではないか。この私に、こんな場所で暮らせというのか?」

悪態をつきながら寝台に飛び乗った。勢いをつけ、幾度も身体を弾ませる。

「なんと堅い寝台だ! まるで石の上にいるようだ!」

そう言う声まで弾んでいる。散々飛び跳ねた後、今度はマギーが持ってきた古着を広げはじめた。その一枚一枚を手に取りながら、いちいち難癖をつけていく。

「これはひどい。襟がない。結び紐もない。襤褸布《ぼろぬの》もいいところではないか」

台詞は傲慢《ごうまん》だが、口元には笑みが浮かんでいる。そんな彼を見てマギーは嬉しそうに目を細め、ハリーはそれ見たことかというように俺の脇腹を肘で小突いた。

それでも俺は疑わなかった。ここには給仕も召使いもいない。身の回りの世話をする侍従もいない。最下層の霧は濃く、空気は汚れ、届く光は弱々しい。路地には廃棄物が溢れ、治安はすこぶる悪く、一人で外出することさえままならない。そんな不自由な生活に離宮育ちの王子様が耐えられるはずがない。

そう思っていた。

だが意外なことに、ルークは労働を厭《いと》わなかった。自ら進んでギィを手伝い、暇さえあれば調血室の書籍や資料を読み漁った。ティルダにオムレツの焼き方を習い、食事の後は率先して後片づけをした。居間の掃除をしてはマギーを慌てさせ、倉庫の品々を分類別に整頓してハリーを驚かせた。生意気で高慢な性格に変化はなかったが、その表情は日を追うごとに明るくなっていった。

つい先日まで、自暴自棄になって王族に復讐しようとしていたことを思えば、この心境の変化は賞賛に値する。とはいえ諸手を挙げて歓迎する気にはなれなかった。問題が解消されたなら、ルークは離宮へ戻っていく。いずれ去るとわかっている者を快く受け入れられるほど、俺は強くも優しくもない。


身支度をすませて部屋を出た。階段を下りると、トーストと溶かしバターの匂いが漂ってきた。開け放された扉の奥、居間ではルークとヴィンセントが朝食を食べていた。ティルダは不在のはずだが、テーブルに並んだメニューはなかなかに豪勢だ。

「ようやく起きてきたか」

ルークはフォークをテーブルに置くと、尊大な態度で俺を手招いた。

「こっちに来て座れ。オムレツが冷めるぞ」

それを無視し、俺は一階へ向かった。

「待て！　私を無視するな、この無礼者！」

ルークの叫び声が追ってくる。

俺は振り返ることなく、階段を下った。

『霧笛』の店内に入ると、棚にはたきをかけていたギィが、手を止めて振り返った。

「おはよう、リロイス君」

はたきをしまい、タオルで手を拭《ぬぐ》う。

「『朝食《ブレックファスト》』を飲むかね？」

「ああ」

俺はスツールに腰掛けた。煙草を取り出し、火をつける。

「リロイス君、君はなぜ殿下を無視するのだね？」

慣れた手つきで調合血《カクテル》を作りながら、ギィが問いかけてくる。

「殿下がオムレツの作り方を習得したのは君を喜ばせるためだ。それがわからない君ではあるまい」

「言ったはずだ」灰皿に灰を落とし、俺は答えた。「俺は子守りはしない」

「君は殿下のことを高く評価している。その心情の変化を喜んでもいる。しかし君の殿下に対する言動は過剰に冷たい。それには何か理由があるのかね？」

「訊いてどうする」

「どうもしない。ただ興味があるだけだ」

黒い瓶を掲げ、ギィは優雅に微笑んだ。

「教えてくれるなら、もう一匙、龍血をサーヴィスしよう」

俺は黙って煙草を吹かし続けた。わだかまる紫煙を、死にかけたシーリングファンがかき乱す。空虚な店内に調合血《カクテル》をかき混ぜるカラカラという音が響く。

「ルークには自分の居場所が必要だ。けれど彼が住むべき場所はここじゃない」

ため息に乗せて煙を吐き、俺は灰皿の底で煙草を押し潰した。

「いずれ彼は地上層に戻る。ここでの生活に馴染むべきではない。それは結局、誰のためにもならない」

「なるほど」

頷いて、ギィは俺の前に『朝食《ブレックファスト》』を置いた。

「リロイス君、私は君を誤解していたよ。君が殿下に冷たく当たるのは怖いからだと思っていた。殿下の存在を受け入れてしまったら、別れが辛くなるからだと思っていた」

俺はグラスを手に取った。赤い液体を一息に呷る。血の臭いが鼻をつく。口内に鉄錆の味が広がる。それを飲み下し、空のグラスをカウンターに戻した。

「その通りだよ」

吐き捨てるように言って、俺は席を立った。

「わかっているなら、訊くんじゃない」


店の外には深い霧が立ちこめていた。

乳白色の霧が視界を覆う。白い闇の中、色彩のない人々が幽鬼のように歩いて行く。鎖が鳴る音がする。重機は呻き、歯車が悲鳴をあげている。

いつも通り、ミリアムに繋がる情報を求めて人血売買人のところを回った。そして何の情報も得られないまま、クレアの店までやってきた。珈琲を注文し、代金を支払おうとした時だった。

「お代はいいよ」とクレアが言った。「その代わり、あんたのとこの調血師に、薬の分析を頼んじゃもらえないかね」

「かまわないが――」俺は右目を閉じた。「理由を訊いてもいいか？」

「もちろんさ」

クレアは目で礼を言い、豆を挽きながら話し始めた。

「お願いしたいのは『ティンカー』っていう、キセノン製薬の麻酔薬」

キセノン製薬は創業二百年を超える一大製薬会社だ。『良薬を万人の元に』という創業者の座右の銘に則《のっと》り、貧民にも安価で良薬を販売し、無料診療所に出資もしている。今の時代には珍しい、良識ある企業だ。

「よく出来た薬でね。副作用が少なくて効き目も穏やかだから、子供にも安心して使えるんだ。このあたしもね、『ティンカー』を使わずに子供の手術をするのは、正直気が進まないんだわ」

熱湯の入ったポットを手に取り、クレアは物憂い息を吐く。

「けど最近、『ティンカー』で眠らされた患者がね、目を覚まさなくなるって事例が多発してるんだよ。幸いなことに、あたしのとこではまだそういう症例は出てないから、全員が全員、目覚めなくなるわけじゃないみたいなんだけど――」

粉を載せた濾紙《ろし》に少しずつ熱湯を垂らしていく。しっとりと湯気が立ちあがる。天鵞絨《ビロード》を思わせる芳しい香りが漂ってくる。

「もしかしたら変な成分が混入してるのかもしれないだろ？　だからね、ギィにちょいと調べてもらえないかと思ってさ」

言付けてもらえるかい——と言って、クレアは珈琲を差し出した。

「わかった」俺はそれを受け取った。「試薬を分けてもらえるか？」

彼女はエプロンのポケットを探り、一本の試験管を取り出した。中には赤く色づいた透明な液体が入っている。

「無理を言って悪いんだけど、来週までに処置したい手術の予定が入ってるんだ。出来るだけ早く結果を教えてもらえるとありがたい」

「伝えよう」

俺は試験管を煙草入れに収め、ポケットにしまった。

クレアに別れを告げ、珈琲を飲みながら階段を下った。この後は廃棄地区を回るつもりだったが、予定を変更して『霧笛』に戻った。

店内は無人だった。階段を上っていくと、居間から声が聞こえてきた。

「あんた、食べるの早すぎだって前にも言わなかったっけ？」

「すまない。旨かったんで、つい」

ティルダとヴィンセントの声だった。彼等は交互にルークの護衛につく。おかげで店の長椅子は彼等のベッドと化し、居間は団欒《だんらん》の場になりつつある。目障りではあるが、ギィが何も言わない以上、俺に口を出す権利はない。

居間に入ると、ヴィンセントが分厚いステーキを食べていた。朝食を食べてから、まだ四時間も経っていないのに、よく食べる男だ。

「やあ、おかえり」

ヴィンセントが片手を挙げて挨拶する。

「旨いよ。君も食べるかい？」

「結構だ」と答え、ギィはどこにいる——と尋ねようとした時だった。

「ロイス、あんた、また朝飯喰わなかったんだって？」

ティルダがキッチンから現れた。右手に握られたフライパンには牛肉と思しき厚切り肉が乗っている。ここに来るたび、彼女は豪勢な料理を振る舞う。高級食材を思う存分使えるのが楽しいらしい。先日も雑貨屋のハリーに何やら値の張るものを注文していた。もちろん、ギィのツケでだ。

「飯を喰わなきゃ身体がもたないって、何度言えばわかるんだよ」

ティルダは眉間に縦皺を寄せた。

「あんたの分も焼いてやるから食べてきな」

「昼からステーキなど喰えるか」

「ヴィンスは二枚も喰ったけど？」

「その狼男と一緒にするな」

軍隊は上下関係が厳しい。ヴィンセントは近衛兵隊の大尉で、ティルダは傭兵部隊の軍曹だという。しかしティルダがヴィンセントに敬意を示したことはない。ヴィンセントのほうも気にする様子はない。女王に見棄てられた王子の護衛という面倒な任務を彼等が担うことになったのは、このおおらかさに原因があるのかもしれない。

「ギィはどこにいる？」

俺が問うと、ティルダは不満げに肩をすくめた。

「マスターなら、ルークと一緒に調血室に籠もってるよ」

俺は居間を出た。廊下の突き当たりにある調血室の扉をノックする。

「入ってもいいか？」

間を置いて、ギィの声が聞こえた。

「どうぞ、入りたまえ」

俺は扉を開いた。薬品の刺激臭が鼻をつく。向かって左の書架には書籍と書類が、右手の棚には機械や計器の類が収められている。中央のテーブルには試験管やフラスコが並び、試薬の瓶やオイルランプなどが所狭しと置かれている。いつ見ても、何度見ても慣れることがない。まるで異世界だ。足を踏み入れるたび、場違いな舞台に立たされた気分になる。

「おかえり、リロイス君」

律儀にギィが出迎える。テーブルの向こう側にはルークの姿もある。彼は白衣を着て、両手に試験管を持っていた。

「クレアから薬の分析を頼まれた」

俺は煙草入れから試験管を取り出した。

「『ティンカー』という麻酔薬だ。これを使った者が目覚めなくなるという事件が最近多発しているらしい。何か異常な成分が混入していないか、調べて欲しいと言われた」

「承知した」

ギィは試験管を受け取った。中の液体をペトリ皿に垂らし、細くて白い薄紙を浸す。そして数秒待ってから、液体が染みた薄紙をつまみ上げた。

「人血は含まれていないな」

再び俺に目を向ける。

「あとは精密検査をしてみないとわからない。少なくとも四日、結果によってはもっとかかるかもしれない」

「来週までにすませたい手術の予定が入っているそうだ。なるべく早めに頼む」

「承知した」「私に任せろ」

ギィの返事に、ルークの声が重なった。

「私は色相《ヒュー》G《グリーン》の能力も有している。試薬を少し舐めるだけで、成分を分析することが出来る」

「駄目だ」俺は即答した。「お前は口を出すな」

「なぜだ！」

ルークは声を荒らげた。

「私には分析の知識も経験もある。『ティンカー』の成分だって知っている。反対する理由がどこにある！」

「お前は預かり物だ。危険を冒させるわけにはいかない」

「私の血中明度《ブラッドバリュー》はX《テンス》だ！　どのような血を摂取しようと影響を受ける心配はない！」

「しかし殿下」ギィが口を挟んだ。「王族は禁忌を犯すことのないよう、血の混入を嫌うのではなかったかね？」

ギィの言う通りだ。王族は血の交換を嫌う。オルタナ王族の尊き血に卑賤《ひせん》な血など混ぜられない——というのが表向きの理由だが、その裏側には密かに語られる闇がある。

オルタナ王家の祖、英雄オルタ・オルタナは自らの娘の血を飲んで魔獣と化した。それ以来、オルタナ王族にとって血族の血を飲むことは最大の禁忌となっている。まかり間違っても過ちを犯すことのないよう、自分が他者の血を飲むことも、他者が自分の血を飲むことも厭う。

「それは頭の固い輩《やから》の言い分だ」

ルークは憎々しげに吐き捨てた。「優れた血を持つ者は、市井《しせい》の者に能力を還元する義務がある。己の能力を活かすことが出来ない者に、高貴な血を誇る資格はない」

「なるほど。革新的な考え方だ」

「お前は黙っていろ」

ギィを睨みつけてから、俺はルークへと向き直った。

「分析は許可しない」

「貴様の許可など必要ない！」

ルークはテーブルに手を伸ばした。俺は彼に駆け寄ろうとして、床に置かれた計器に邪魔された。その間にルークはペトリ皿から『ティンカー』をすくい取る。

「よせ」

俺はルークの腕を摑んだが、一瞬遅かった。

指先の薬を舐め取り、ルークは軽く目を閉じる。

「この匂い、青臭さの残る苦味、これは麦の蒸留液——稀釈剤だな。次に匂うのは春《スプリング》・の儚い命《エフエメラル》、草原に咲く花の香り、主成分である催眠花の蜜だ」

少年特有の高く澄んだ声で、彼は『ティンカー』の成分を謳う。

「青々とした若葉の中、奔放に生きる野生の匂い。催夢作用のあるギムノス猿の血だ。あとは温泉水と岩塩。それぞれごく一般的な保存剤と調整剤だな」

目を開き、彼は勝ち誇ったように俺を見た。

「間違いない。キセノン製薬の『ティンカー』だ。余計な成分は何も含まれていない」

「異常はないか？」

「聞いていなかったのか？　余計なものは含まれていないと言ったであろう」

「薬のことじゃない。お前の身体のことだ」

ルークは驚いたように目を瞬いて、ほんの少し、口元を緩ませた。

「麻酔薬を一舐めしただけだ。私に異常など出るはずがなかろう」

だとしても無謀すぎる。王族の禁忌の例もある。煌族の血も無敵ではないのだ。

「殿下にわからないのであれば、分析機にかけても無駄かもしれないが、ダブルチェックは分析の基本だ。今度は私が調べてみよう」

そう言って、ギィはテーブルの機器を指差した。

「作業の続きを任せてもいいかね？」

「もちろんだ」ルークは鷹揚《おうよう》に頷いた。「こちらのことは私に任せて、お前は分析に集中するが――」

声が途切れた。

「どうした？」

「森の匂いがする」茫洋《ぼうよう》とした口吻で彼は答えた。「これはギムノス猿の血ではない。似ているが、少し違う。もっと深い……生い茂った森の匂いだ。でも怖くはない。暖かくて懐かしい。そうだ……これはマーテル、マーテルの血だ」

様子がおかしい。俺はルークの腕を引き寄せ、彼の頬を軽く叩《はた》いた。

「ルーク、俺がわかるか？　俺の声が聞こえるか？」

「わかります。わかりますとも！」

ルークは俺に抱きついた。白い頬を押しつけて、涙声で囁いた。

「母上、お待ちしておりました。必ず迎えに来て下さると、信じておりました」

その膝が折れた。倒れかかる彼を抱き留める。

「ルーク！」身体を揺さぶる。それでも彼は目を開かない。「起きろルーク！　目を覚ませ！」

「動かさないほうがいい」

ギィはルークの手を取った。手首に触れて脈を診た。

「脈拍も呼吸も正常だ。発熱も発汗もみられない。ただ眠っているように見える」

「麻酔成分のせいか？」

「摂取したのは少量、しかも殿下は煌族だ。血中明度《ブラッドバリューテンス》Xの人間に作用する成分など滅多にない……殿下をこちらへ」

　ギィは俺の腕からルークの身体を抱き取った。

「だがこうして眠ってしまった以上、この薬には何かがある。明度X《バリューテンス》にさえ作用する、未知の成分が含まれている」

　そういえば、気を失う前にルークは言った。

「マーテルの血？」

「その説明は後だ。今は殿下の状態を把握するのが先だ」

　ギィはルークを抱き上げた。

「急ぎたまえ、リロイス君。至急クレアを呼んでくるのだ」

　ライコス外殻に続く階段を駆け上り、クレアを連れて戻ってきた時、ルークは居間の長椅子に寝かされていた。

　ヴィンセントが長椅子の後ろに立っている。ティルダは心配そうにルークを見つめている。ルークの脈を診ていたギィは、クレアに場所を譲った。彼女は俺から黒鞄を受け取り、聴診器を取り出した。

　胸の音を聴き、熱を測り、手足の反応を調べる。慣れた手つきで一連の診察を終えた後、彼女は首から聴診器を外した。

「身体に異常はみられない。眼球運動がみられるから昏睡状態でもない。眠っているだけのように見えるけど、足の裏をくすぐられても目を覚まさないのは、正常な睡眠状態とは言えないね」

そこで言葉を切り、クレアはルークを指差した。

「おやまあ、笑ってるよ」

確かに口角が上がっている。微笑んでいるようにも見える。

「すまないね。あたしが余計なことを持ちかけたばっかりに――」

「貴方のせいではないよ、クレア」俺の代わりにギィが答えた。「ご足労願って申し訳ない」

「謝らないでおくれ。この坊やのこと、失念していたあたしが悪いんだ」

「いや、私の認識が甘かったのだ」

「責任の所在を議論するのは後にしてくれ」

苛々《いらいら》しながら遮った。

「説明しろ。マーテルとは何だ？」

「マーテルは巻き貝都市国家《スネイル》ラピシュの近郊にのみ生息していた類人猿の一種だ」

「そのマーテルの血が、なぜ『ティンカー』に混ざっていた？　キセノン製薬がギムノス猿の血と取り違えたのか？」

「あり得ない」ギィは断言した。「マーテルはすでに絶滅している。今やマーテルの血は、『奇跡の血』よりも稀少なのだよ」

「詳しく話せ」

「承知した」

ギィはクレアに座るよう促してから、再び口を開いた。

ラピシュ近郊の森でマーテルの存在が確認された時、その数はすでに二百頭ほどしかいなかったという。その後マーテルの血は幸福な夢を見せるという噂が広まり、密猟が横行、マーテルの個体数は激減した。六十年ほど前、もはや自然交配は不可能と判断し、ラピシュ政府は生き残ったマーテルを捕獲、生態研究所に保護した。研究員はマーテルを繁殖させようと様々な手を尽くしたが、すべて失敗に終わったという。そして五年前、最後の一頭が死亡し、マーテルはついに絶滅した。このライコスにはもちろんのこと、十七都市国家のどこを探してもマーテルは存在しない。

「だがライコスの王立生体医学研究所にはマーテルの血実が保存されていると聞く。その稀少さゆえ厳重に保管されていて、よほど高名な学者でもない限り、見ることも触れることもかなわないはずだが――」ギィは眠るルークに視線を落とした。「彼は知っていたようだな」

「口を挟んでごめんよ」

そう前置きをして、クレアはけげんそうに首を傾げた。

「『ティンカー』にマーテルの血が混じってるって、この坊やが言ったのかい？」

「そうだ」俺は頷いた。「心当たりがあるのか、クレア？」

「心当たりと呼べるかはわからないけど、まだあたしが若かった頃にね、マーテルを見たことがあるんだよ」

「どこでだ？　王立生体医学研究所か？」

「五十年以上前の話になるかねぇ。友好の証として、ラピシュの生態研究所からバークレイ動物園にマーテルが送られてきたんだよ。若い雌で、シシィって名前だった」

懐かしそうにクレアは頬に手を当てた。

「見た目はギムノス猿に似てたけど、動きは緩やかで、性格もおっとりしてたね。とても賢くて、話しかけると手話で返事をしてくれたよ。機嫌のいい時には踊ったり、鼻歌を歌ったりしてね。可愛くて愛嬌があって、動物園いちの人気者だったんだ」

マーテルが人間並みの思考能力を有しているのであれば、血の能力を使うことも可能だろう。色相C《ヒューシアン》の人間は己の血を他者の体内に送り込み、相手の心身を意のままに操る。『マーテルの血は幸福な夢を見せる』という噂話にも説明がつく。

「眠りにつく前、ルークは俺のことを母親と見間違えた。おそらくあれは精神侵食だ。マーテルは色相C《ヒューシアン》の能力を持っているんだ」

「猿のくせに色相《ヒューシアン》C？　そんなのあり？」

驚いたようにティルダが呟く。

その隣では、ギィが思案顔で腕を組んでいる。

「しかし『ティンカー』は調血済みの製剤だ。調合血《カクテル》に用いる血や樹液と同様に、変質防止の保存剤が混ぜられている。たとえマーテルが色相《ヒューシアン》Cの能力を有していたとしても、生血のような劇的な効果を引き起こすとは考えにくい」

「そうでもないよ」とクレアが答えた。「理論上、彩度《クロマ》に上限はないんだ。だからマーテルが桁外れに高い血中彩度《ブラッドクロマ》を持っていたとしても不思議じゃない。能力の持続時間は血中《ブラッド》彩度《クロマ》に比例するからね。もしどこかにマーテルが生き残っていて、その血が『ティンカー』に混入していたとしたら、精神侵食を仕掛けることも可能だと思うよ」

「しかし血中明度《ブラッドバリュー》の低い者が、自分よりも血中明度《ブラッドバリュー》の高い者に精神侵食を仕掛けることは出来ない」

そうだろうと問うように、ギィは俺に目を向けた。

「いいや、可能だと思う」

俺が答えると、ギィは興味深そうに細い顎に拳を当てた。

「その根拠を聞かせてくれたまえ」

「誰にでも願望はある。ルークは母親に認められたいと願っていた。もし母親の腕に抱かれる夢に誘われたなら、きっと彼は抗《あらが》わない。今のルークは彼自身の能力と願望によって、精神侵食されている状態なんだ」

「あのさぁ。おバカなあたしにもわかるように言ってくんない？」

ティルダが不愉快そうに、鼻の頭に皺を寄せた。

「つまり誰が、何の目的で、麻酔薬に猿の血を入れたのさ？」

「それはわからない。けれど、この眠りがマーテルによる精神侵食であるなら――」

「猿を見つけてボコればルークは目を覚ますってこと？」

「端的に言えば、そうなる」

「じゃ、とっととその猿をとっちめに行こう！」

拳で掌を叩き、ティルダは眉を吊り上げた。

「で、どこを探せばいい？　キセノン製薬の薬品工場？」

キセノン製薬は大会社だ。どこでマーテルの血が混入したのか、調べるだけで何日もかかる。事は急を要する。キセノン製薬の工場をしらみ潰しに当たっている暇はない。

「クレア、そのバークレイ動物園はどこにある？」

「中層の上郭、ラーソン通りにあったんだけどね。閉鎖されちゃったんだよ」

悲しそうに眉根を寄せ、クレアはため息をつく。

「九年前、九国連合と大きな戦争があったろ？　あの後、女王は軍の強化にお金を注ぎ込んでね。バークレイ動物園は国営だったから、その煽りを喰ったんだ。飼育されていた動物達は他国の動物園に引き取られたり、自然に還されたりしたって話だけど、今思うと、どうにも怪しい話だねぇ」

クレアの言う通りだ。マーテルの血がそれほど稀少なものならば、ライコス政府がそう簡単に手放すとは思えない。

もしマーテルが生きていて、その血が『ティンカー』に混入しているのなら、俺もそれを飲むことで、マーテルの居場所を感じ取ることが出来るかもしれない。だがもし過去の夢を見せられたなら、俺はそこから抜け出せなくなる。

それも悪くはないと思う。

しかし、今は駄目だ。

「クレア、俺が戻るまでルークを見ていてくれるか？」

「うん、まかせといて」

頼んだと言い残し、俺は居間を出て行こうとした。

「僕も一緒に行こう」

背後からヴィンセントの声が聞こえた。

「必要ない」振り返りもせず俺は答えた。「血の探索は俺の仕事だ」

「でも君、生体医学研究所に行くつもりなんだろう？」

「俺が研究所に入れると思うのか?」

「じゃ、バークレイ動物園があった場所に行くのかな?」

ヴィンセントは自分のコートを手に取り、ポケットから一枚の紙片を取り出した。

「いずれにしろ、こいつが役に立つと思うよ」

それは最下層と地上層を繋ぐ唯一の螺旋《らせん》線路を走る特急列車《エクスプレス》の乗車券だった。

「一枚しかないけど個室《コンパートメント》の切符だからね。追加料金を払えば、もう一人ぐらい乗せてもらえるさ」

特急列車《エクスプレス》に乗車出来るのは尊族か軍の関係者だけだ。リロイス家の一員であった頃ならまだしも、今の俺には手が届かない。中層上郭まで行くには、少なくとも三本の蒸気列車を乗り継ぐ必要がある。どちらが早いか、考えるまでもなかった。

「五分で支度してくれ」

俺の答えを待たずして、ヴィンセントはコートに袖を通した。帽子を頭に乗せ、銀色のステッキを小脇に挟む。

「列車の発車時刻は――」

ベストのポケットから懐中時計を取り出し、ぱちりと蓋を開いた。

「三十八分後だ」

下層に存在する唯一の旅客用駅舎。そのホームには巨大な機関車が停まっていた。機関車の後ろには赤黒い血製石炭《ブラッドコークス》を積んだ燃料車が一輌、明るい赤と暗い赤の縞模様に彩られた客車が四輌、紺色の乗務員車輌を挟んで、黒塗りの貨車が五輌連なっている。

俺とヴィンセントがホームに駆け込んだのは、発車時刻の二分前だった。ホームに乗客の姿はなく、紺色の制服に身を包んだ車掌だけが乗降口に立っている。

「間に合ってよかった」

ヴィンセントは車掌に切符を手渡した。

「切符は一枚だけど、もう一人乗せてくれないかな。もちろん相部屋でかまわない」

言いながら、掌に千プルーフ銀貨を重ねる。

「上層まで連れて行けとは言わない。中層上郭で降りるよ。君に迷惑はかけない」

車掌は胡乱な眼差しで俺を見た。

「二輌目の三号室に入って下さい」

陰気な声で告げ、銀貨をポケットに押し込む。

「お連れの方は個室《コンパートメント》の外に出さないように願います」

まるで囚人扱いだなと思ったが、今は乗車が許可されただけで充分だった。俺達は客車のステップを上り、ランプが灯された狭い廊下を抜け、指定された個室《コンパートメント》に向かった。

「ここだ」と言って、ヴィンセントが引き戸を開く。

彼に続いて足を踏み入れると、臙脂《えんじ》色の絨毯に靴が沈んだ。壁紙は紺色で、オイルランプの装飾は金。窓枠も金色だ。王冠の模様が織り込まれた赤いカーテンが広い窓を覆っている。右手の壁には姿見と洗面台、左の壁際には小さな机と肘掛け椅子、窓の下には細長い寝台が置かれている。

「何か食べるかい?」

洗面台の上にある荷物置きに鞄を押し上げながら、ヴィンセントが問いかけた。

「昼も何も食べていなかっただろう?」

「必要ない」

答える声に汽笛の音が重なった。ため息のような蒸気音とともに、列車がゆっくりと動き出す。

「何をそんなに焦ってるんだい?」

ヴィンセントはコートを脱ぎ、壁のフックに吊るした。

「君、普段は怖いくらい冷静なのに、こと殿下が絡むと急に平静を失うね。僕は子供を持ったことがないからわからないけど、それが父性愛ってものなのかい?」

「ルークは俺の子供じゃない。それぐらい俺にもわかっている」

「わかってはいるけど、どうしても重ねて見てしまうってことだね」

分岐器《ポイント》を乗り越え、列車が大きく揺れた。耳障りな音を立てて動輪が軋む。そのたび列車は左右に揺れる。俺は壁に手をついて、寝台に腰を下ろした。

ヴィンセントは椅子に腰掛け、足を組んだ。

「だから君は、殿下を突き放そうとしたんだな」

「……そうだ」

無性に煙草が吸いたくなった。けれど客室に灰皿は置いていなかった。俺はコートのポケットに右手を差し込み、未練がましく煙草入れをもてあそんだ。

「ルークは俺の気を引きたがっていた。それを俺は無視した。ルークがあんな無茶をしたのは、自分も役に立つのだということを、俺に認めさせたかったからだ」

「僕もそう思う」

ヴィンセントは腹の上で手を組み、背もたれに頭を預けた。

「ギィの家に行くことになった時、殿下はとても嬉しそうだった。翠玉離宮を出られるからじゃない。君にまた会えると思ったからだよ」

「俺は、好かれるようなことは何もしていない」

「本当にそう思ってるんだとしたら、君は天然の人タラシだね」

彼は目だけを動かして俺を見た。

「なぁロイス、純血種の根城から逃げ出す時、鉄扉の前で僕がなんて言ったか、覚えているかい？」

『神の鉄槌』を破壊しておくべきだと言ったことか？」

「そう、それだよ」嬉しそうに手を打って、ヴィンセントは身体を起こした。「対して君は『ルークが一ヵ月かけても動かせなかった代物だ。純血種が束になって取り組んだところで、どうこう出来るはずがない』と答えたんだ」

言われてみれば、そんなことを言ったような覚えもある。

「幼い頃から、殿下は自分の存在価値を示そうと努力してきた。その結果、彼は驚くような知識と技術を身につけた。けれど周囲の大人達は、実の母親である女王陛下でさえ、それを認めようとしなかった。そんな殿下の能力を君は理解し、疑おうともしなかった。あの瞬間、殿下にとって君は特別な存在になったんだよ」

「だとしても俺はルークが生きるべき場所に、彼の居場所を作ってやれない」

「わかってる。だから今だけでいい。殿下が目覚めたら、怒ったり叱ったりする前に、笑いかけてやってくれ。彼を安心させてやってくれ。それは君にしか出来ないことだから、必ずそうすると約束してくれ」

ヴィンセントの眼差しは恫喝するように鋭く、それでいて悲しみに満ちていた。王族に対する義務感や忠誠心から言っているのではなかった。彼は心からルークの身を案じ、その立場に同情していた。

「約束すると言ってくれ」

繰り返し、彼は言った。

「でなけりゃ、今すぐ君を窓から叩き出す」

冗談めかした口調だったが、その目は笑っていなかった。子供を助けるのに理由はいらないと俺が言った時、ヴィンセントは同意を示した。それにはきっとわけがある。今はまだ語ることの出来ない、複雑な事情があるのだ。

「わかった」俺は両手を挙げ、降参の意を示した。「約束しよう」

「契約成立だね」

椅子に身体を沈め、ヴィンセントは安堵《あんど》の笑みを浮かべた。

「そのベッドは君が使ってくれ。遠慮しなくていい。何も食べてないんだから、せめてゆっくり休まないと」

「そうはいかない」俺は立ちあがった。「個室に侵入した上に、ベッドまで占領したとあっては、さすがに寝覚めが悪い」

「頑固だな、君は」

ヴィンセントは肩をすくめた。しょうがないなと呟いて、ポケットから銀色の硬貨を取り出す。

「じゃ、これで決めよう。勝ったほうが寝る場所を選べる」

そう言うや、銀貨を俺に投げてよこした。

「確認してくれ。女王の肖像が『表《ヘッズ》』、ライコスの紋章が『裏《テイルズ》』だ」

俺は銀貨を掌の上で転がした。確認するまでもない。どこにでもある千プルーフ銀貨だ。

「君が投げろ」

返事をする代わりに、俺は銀貨を親指で弾いた。ピィンと澄んだ音を響かせ、銀貨が中空に跳ね上がる。それを左手の甲で受け止め、右手を重ねる。

「表《ヘッズ》」

間髪を容れずにヴィンセントが言った。

俺は右手をどけて銀貨を見た。気取ったシルヴィア女王の横顔が現れる。表《ヘッズ》だ。

「僕の勝ちだな」

彼はネクタイを緩めると、長い足を前に投げ出し、「おやすみ」と言って、山高帽《ボウラーハット》を顔に乗せた。

俺は仕方なくランプの螺子《ねじ》を捻って明かりを落とした。靴を履いたまま寝台に横になる。背中に動輪の軋みを感じながら目を閉じる。

その瞬間、気づいた。

跳ね起きて、ヴィンセントを睨んだ。

「お前、見えていたな？」

弾丸を剣で弾き飛ばすほどの動体視力を持った男だ。回転するコインの裏表くらい、見極められてもおかしくはない。

「自分が先に答えるために、俺にコインを投げさせたな？」

「手遅れだよ」

帽子の鍔を押し上げ、ヴィンセントはニヤリと笑った。

「コインを投げる前に気づくべきだったね？」

言い返せなかった。まったく彼の言う通りだった。


列車に揺られているうちに、いつしか眠りに落ちていた。

瞼の裏側にちらつく光を感じ、俺は目を開いた。カーテンの隙間から朝日が差し込んでいる。

身を起こし、カーテンを開くと、そこには一面の田園風景が広がっていた。ライコスの中層は上中下の三郭に分かれ、各居住区の間には畑や牧場がある。目の前に広がるこの風景が、それらのどこに当たるのか、俺にはわからなかった。

「おはよう」

引き戸が開かれ、ヴィンセントが個室《コンパートメント》に入ってきた。昨夜は椅子で寝たはずなのに、疲れた様子はまるでない。服装に乱れはなく、髪もきれいに撫でつけられている。

「『朝食《ブレックファスト》』をもらってきたよ」

彼は真鍮のカップを掲げた。

俺は寝台から足を下ろし、彼からカップを受け取った。

「お前の分は？」

「僕は朝食を食べてきた」

さすがは特急列車《エクスプレス》だ。食堂車まであるらしい。

俺は『朝食《ブレックファスト》』を一気に呷った。ギィが調血したものに較べ、味も匂いも薄い気がした。それでも腹に熱量《カロリー》が入ったおかげで、ようやく頭が働き始める。

「ここはどのあたりだ？」

「中層中郭を抜けたところだよ。あと三十分ほどで中層上郭駅に到着する」

あまり時間がない。急いで身支度を調えた。車窓に煉瓦造りの街並みが現れる。歯が浮くような金属音とともに、列車の速度が落ちていく。荷物置きから鞄を下ろし、ヴィンセントは言った。

「さあ、行こうか」

汽笛を響かせ、特急列車《エクスプレス》は駅舎に入った。鉄骨とガラスで出来た建物は優雅で繊細な飴細工のようだった。俺達は列車を降り、人の流れに沿って駅舎を出た。

早朝だというのに霧は薄く漂う程度しかない。頭上にはライコスの殻が白く輝き、周囲には光が満ちている。同じライコスの殻中でも中層と最下層では空気が違う。そんなことすら忘れていた、自分自身に驚かされる。

「ちょっと待っててくれ」

そう言って、ヴィンセントは自分の鞄を叩いた。「荷物を預けてくる」

「もう充分だ。お前は帰れ」

「殿下の身を案じているのは君だけじゃない。このまま帰るなんて出来ないよ」

決闘を申し入れるかのように、ヴィンセントはステッキの柄を突き出した。

「いいから連れて行け。いざという時、僕は必ず役に立つ」

探索者《サーチャー》は堅気の稼業《しごと》ではない。賄賂《わいろ》や暴力が必要になる時もある。こんなにも爽やかで公明正大な正義漢を伴うのは、正直言って気が重い。とはいえ、無下には出来ない。ヴィンセントには借りがある。

「わかった」と答え、俺は駅舎に向かって顎をしゃくった。

「すぐ戻るよ」

言い残し、ヴィンセントは駅舎へと戻っていく。彼の姿が回転扉に飲み込まれる。

俺は駅前広場を行き交う人々を眺めた。そのほとんどが中郭や下郭に住む労働者だった。彼らは毎朝蒸気列車に乗って、この上郭まで働きに来るのだ。

「旦那、靴磨いてかないか？　安くしとくよ？」

「弁当はいらんかね。自家製パンにたっぷりのバター、羊肉もたっぷり挟まってるよ」

道行く人々に靴磨きや弁当売りが呼びかける。

「速報、速報だよ！」

新聞売りの少年が声を張る。まだルークと同じくらいの歳だ。

「女王陛下がポイニクスに書簡を送ったよ！　その内容は宣戦布告か、和平の申し込みか。これに詳しく書いてあるよ！　さあ、買った買った！」

見事な口上だった。求めに応じて新聞を捌く手つきもこなれている。おそらく彼はもっと幼い頃から新聞を売ってきたのだろう。その人生は幸か不幸か、俺にはわからない。人は出自を選べない。血の運命には逆らえない。簡潔で理不尽で残酷な掟だ。

「お待たせ」

ヴィンセントが戻ってきた。俺達は辻馬車を拾い、バークレイ動物園があったというラーソン通りに向かった。

一頭立ての二輪馬車《ハンサム》はお世辞にも乗り心地がいいとは言えなかった。幌《ほろ》には穴が開き、座席は狭くて堅かった。馬車が跳ねるたび、隣に座ったヴィンセントと肩がぶつかる。

俺は彼から目をそらし、市街の様子を眺めた。大通りの両側には華やかな商店が並んでいる。服飾店、宝飾店、百貨店に飲食店。銀行、骨董屋、写真撮影の店もある。道行く人々も垢抜けていて、紳士達は皆、洒落た山高帽《ボウラーハット》を被り、婦人達は裾の長い優雅なドレスに身を包んでいる。

やがて馬車は賑やかな一角にさしかかった。装飾華美な建物の前で、顔を白く塗った道化師が競うようにビラをばらまく。ここ劇場街では日ごと夜ごとに恋人達が愛を語らい、勇ましい英雄譚が繰り広げられる。役者が仮初《かりそ》めの人生を演じ、観客が一時の夢に酔いしれる。

グローリアが元気だった頃、彼女と俺は幾度となく水晶宮を抜け出し、素性を隠してここに通った。彼女は席から身を乗り出し、瞬きするのも忘れて舞台に見入っていた。空中に舞う埃が、まるで彼女を言祝《ことほ》ぐように、金色に輝いていたのを覚えている。

今はもう遠い、はるか昔の思い出だ。

劇場街を過ぎ、辻馬車は閑静な住宅街に入った。似たような建物が整然と並んでいる。中層上郭には医者や弁護士、銀行員や会計士などが暮らしている。ここは平民と呼ばれていても、比較的血中明度《ブラッドバリュー》が高く、それなりの教育を受けてきた者の街なのだ。

「どーう、どうどう」

御者《ぎよしや》は手綱を引いて馬を止めた。どうやらラーソン通りに到着したらしい。

座席から腰を浮かし、俺は周囲の様子を眺めた。

「以前、このあたりに動物園がなかったか？」

「おや旦那、よくご存知ですね」

幌の後ろから、御者が愛想よく答えた。

「ええ、ありましたよ。バークレイ動物園ってのが。結構流行《はや》ってたみたいなんすがね。ずいぶん前に潰れちまってねぇ」

「動物園の関係者に会いたいんだが、このあたりに誰か残っていないだろうか？」

「どうでしょうねぇ。この十年で、ここらの家賃は倍近く跳ね上がっちまいましたから、動物相手に働いてた奴等には、ちょいと厳しいでしょうねぇ」

動物の飼育係は重労働だ。厩舎《きゅうしゃ》の掃除に糞尿の処理、猛獣相手では危険も伴う。そのくせ賃金は決して高いほうではない。当時はまだここで暮らせたかもしれないが、今はもっと家賃の安い場所へ移ってしまっているだろう。

少し考えてから、俺は別の質問をした。

「このあたりに図書館はないか？」

「ありますぜ。三ブロック先に」

「では、そこまで頼む」

「かしこまりやした」

御者は鞭をふるった。再び二輪馬車《ハンサム》が走り出す。

「図書館に行ってどうするんだ？」

興味深そうにヴィンセントが問いかけてくる。

俺は彼を一瞥《いちべつ》し、再び目をそらした。

「当時の新聞を探す」

図書館の前で俺達は馬車を降りた。御者に礼を言って料金とチップを渡し、情報量として銅貨を一枚追加した。彼は満面の笑みでそれを受け取ると、駅のほうへと戻っていった。

厳《いか》めしい鉄の扉を押し開き、俺達は図書館に入った。館内は薄暗く、埃と古紙の匂いがした。積み重ねられた知識と歴史の匂いだった。

受付で身分証を提示してから、奥の書庫へと足を進めた。

中央フロアは吹き抜けになっていた。天井には窓があり、そこから淡い光が差し込んでいる。両脇には背の高い書架が並び、革装丁の本が隙間なく詰め込まれていた。時刻が早いせいか、人影は見当たらない。

案内板に従い、螺旋階段を二階へと上った。幅広の棚には年代物の古新聞が時代ごとに収められていた。クレアの話では、バークレイ動物園は九年前の大戦後、まもなく閉鎖されている。俺は棚に記された年号を見ながら、該当する年の新聞束を担ぎ出した。

記事はすぐに見つかった。中層上郭に拠点を置く中堅新聞社の《ミドルランド》は、動物園閉鎖のニュースにかなりの紙面を費やしていた。園長の挨拶文、閉園を惜しむ人々の声、一番の人気者マーテルのシシィが描いたという絵も載っていた。森と思しき曲線の中に大きな丸と小さな丸が描かれている。解説によると、この絵は親子の姿を描いたものであるという。記者は愛情溢れる筆致でシシィの賢さと魅力を書き連ねた後、記事をこう締めくくっていた。

『マーテルは絶滅危惧種だ。もはや自然の森には還せない。だが安心して欲しい。シシィは仲間達が待つラピシュの研究所に還される。我等の親友シシィが穏やかな余生を過ごせるよう、願ってやまない』

「手がかりなしか」

俺の肩越しに同じ記事を読んでいたヴィンセントが低い声で呟いた。

「次はどうする？　シシィが本当にラピシュに還されたかどうか、調べるのかい？」

「シシィはライコスを出ていない」

俺は彼から離れた。自分よりも背が高く、体格もいい男に、背後に立たれるのは気分のいいものではない。

「ラピシュにはオルタ同盟から離反した過去がある。力関係で言えば圧倒的にライコスが上だ。もしライコスから『マーテルは搬送の途中で死んだ』と言われたら、ラピシュはそれを信じるしかない」

「なぜそう思うんだ？」

俺は新聞の片隅を指差した。そこには閉園式に参列した名士達の名前が載っていた。

「一番右、上から二番目の名前を読んでみろ」

「──マノン・キセノン？」

その名を音読し、ヴィンセントは目を見張った。

「キセノン製薬の代表じゃないか」

俺は頷いた。

「偶然とは思えない。シシィは生きている。今もキセノンの手の内にある」

「だとしても……わからないな」

ヴィンセントは腕を組み、首を捻った。

「キセノン製薬はなぜ今になって、いったい何が目的で、マーテルの血を『ティンカー』に混ぜたりしたんだ？」

仮説はあるが、確証はない。

俺は新聞を棚に戻し、一階に降りた。そして今度は薬学の本を探した。薬学は専門外だ。書かれている数式や記号は、まるで暗号のようだった。なかなか要領が摑めないまま、時間だけが経過した。十数冊もの空振りを経て、ついに目的の一文を見つけた。

「やはりそうだ！」

俺は本のページを叩いた。

「キセノン製薬から『ティンカー』が売り出されたのは、今から八年前だ」

「しーっ」と言って、ヴィンセントは唇に指を当てた。「声が大きいよロイス」

俺は本を彼に突き出し、声を潜めて言い返した。

「動物園の閉鎖が九年前、『ティンカー』の発売が八年前。マーテルの血が『ティンカー』に混入したのは最近になってからじゃない。『ティンカー』には最初から、マーテルの血が含まれていたんだ」

「でもマーテルの血は稀少なんだろう？」

書架の上段に本を戻しながら、ヴィンセントは自問するように呟いた。

「なら薬品に混ぜるより、血実にして売り出したほうが儲かるんじゃないか？」

「シシィはラピシュに戻されたことになっていた。その血を販売することは出来ない」

「市場には出せなくても、闇市場には流せるだろう？　ジョオンも言ってたじゃないか。『違法な血の売買はうちでもやってる』って」

確かに言っていた。

けれど、やはり甘い。

「ジョオンは実業家だ。もし生きたマーテルがライコスにいるとわかったら、手練《てだ》れを送り込んで強奪する」

「剣呑《けんのん》だな」

「そういうものだ」

「では発売当初から『ティンカー』にはマーテルの血が入っていたと仮定して――」

ヴィンセントは両手を叩いて埃を払った。

「どうして今になって、目覚めない者が出始めたんだ?」

「それはシシィに直接訊くしかないな」

「シシィをどうやって捜す?　マノン・キセノンに直接尋ねるかい?」

マノン・キセノンは大会社の代表者だ。紹介もなしに面会することは不可能に近い。たとえ会えたとしても、彼が真実を語るとは思えない。血に尋ねることも出来なくはないが、彼のような大物に手荒なまねをして、何も出なければこちらが治安警察に捕まる。

となれば、残る手段はひとつしかない。

「先程の新聞記事、マノン・キセノンの横に知っている名前があった。ネイモス・エレイモス。王立生体医学研究所の血液学博士で、かつては十八士族グラント家の専属医師だった男だ」

そこで一息分の間を置いて、俺は続けた。

「エレイモスはグローリアの主治医だった」

ヴィンセントは困ったような顔をした。ここでその札《カード》を切るのは反則だろう。そう言いたげな顔だったが、俺は素知らぬ風を装った。

「お前はグローリアの死因を知っているか?」

彼は咳払いをし、注意深く言葉を選んだ。

「よくは知らない。けれど、若くして病死したという話は聞いている」

「まだ二十三歳だった」

感情が出ないよう、声音を抑える。

「グローリアは煌族だった。中でも色相《ヒューイエロー》Yの能力は群を抜いていた」

色相《ヒューイエロー》Yの血は、本来交わることのない血を掛け合わせるための媒体として使われる。

羊の毛皮を持つ乳牛や寒冷に強い麦も、色相《ヒューイエロー》Yの血の能力により生み出されたものだ。

「しかし高い血中明度《ブラッドバリュー》が災いし、彼女の血は暴走した。何を食べても、何を飲んでも身体に影響が出た。本人の意志とは関係なく、彼女の細胞は変質していった」

まずは消化器官がやられ、続いて呼吸器官にも腫瘍が出来た。変質は全身に及んだが、皮肉なことに脳だけは侵されなかった。彼女は死に至る直前まで、明晰《めいせき》な知性を保ったままだった。

「体細胞の病変には激痛が伴った。それを和らげるため、エレイモスは鎮痛剤を使った。薬が効いている間だけ、グローリアは眠ることが出来た。目覚めた時、彼女は言った。『踊っている夢を見た』と。『とても幸せな夢だった』と」

彼女は全身を病魔に冒されていた。その両足は壊死《えし》が進み、もはや切断するしか手はなかった。踊るための足はもうないのだと、彼女も俺も知っていた。

「幸せな夢か」ヴィンセントは悲しげに呟いた。「マーテルの血の効果だと思うかい？」

「あの鎮痛剤は生血のように赤かった」

記憶を振り払うため、俺は首を横に振った。

「エレイモスは閉園式に参列していた。無関係とは思えない。だから確かめに行く。彼の家に行き、彼から直接話を聞く」

「引っ越していないといいけど……」

「彼は血液学博士だ。家賃が倍になったとしても生活には困らない」

行こう——と言い、俺は歩き出した。

図書館を出て、大通りまで戻ってきた時には午後二時を回っていた。エレイモスの家は中層上郭、ライコスの外殻近くにある。馬車を使えば三十分もかからない。もし彼が言い渋るようなら、非合法な手段を取らざるを得ない。人目につかないよう、暗くなるまで待つべきだろう。

「今のうちに何か食べよう」

そんなヴィンセントの提案に乗り、裏通りのカフェに入った。軽食を取り、珈琲を飲み、煙草を吸った。紫煙は中層の空気に馴染めないらしい。居心地悪そうに揺らめいて、光の中に消えていく。

「吸いすぎだよ」

俺が五本目の煙草を咥えた時、ヴィンセントが言った。

「喫煙は君の健康を害する」

かまわずに、マッチを擦って火をつけた。

「俺には長生きをする理由がない」

「守りたいものがある限り、生きていたいと僕は思うよ」

「守りたいものは俺にもあった。でも、守ることは出来なかった」

「娘さんのことは、まだ諦めてないだろう？」

俺は返答に詰まった。彼の言う通りだ。今はまだ諦めるわけにはいかない。だがこの先も、諦めずにいられるとは思わなかった。そう遠くない未来、わずかな希望を指していた針が、絶望に傾く時が来る。人生は長すぎる。守るべきものもなく、目的もなく生きるには、人生は長すぎる。

「君はもう少し、自身を大切にするべきだ」

真面目な顔でヴィンセントは続けた。

「君が死んだら、僕は悲しい」

俺はまじまじと彼の顔を見た。

勝手なことを言う男だ。押しつけがましいにも程がある。出身も素性も、その真意さえわからない輩に、そこまで言われる筋合いはない。彼に、君が死んだら悲しいと言われても、迷惑だとしか思えない。それでも突き放すには至らない。精悍《せいかん》だが獰猛な狼に懐かれたら、こんな気分になるのかもしれない。

「その台詞を言った人間は、お前で三人目だ」

俺は天井を見上げた。嘆息に乗せ、紫煙を吐いた。

「そういう台詞を言う人間に限って、俺よりも先に死ぬんだ」


あたりが薄暗くなるまでカフェで粘ってから、俺達は店を出た。大通りで二輪馬車《ハンサム》を捕まえ、エレイモスの家に向かった。

外殻近くの家並みは優雅に年老いていた。歩道の敷石は古く、旧式の瓦斯燈も年代を感じさせる。ラーソン通りの住宅街が見目麗しい貴婦人なら、この家々は充実した人生を過ごした老婦人だ。しかも夜は始まったばかり。どの家も夕餉《ゆうげ》の時を迎えようとしている。玄関には温かな明かりが灯り、カーテンの隙間からは優しい光が漏れている。耳をすませば歓談の声まで聞こえてきそうだ。

数ブロック手前で馬車を降りた。言葉を交わすこともなく、俺達は人気《ひとけ》のない歩道を歩いた。

「ここだ」と言って、俺は立ち止まった。

どこか懐かしい街並みの中で、その家だけが沈んでいた。つまはじきにされたみたいに闇の中に取り残されていた。外壁はひび割れ、窓ガラスは埃で汚れ、玄関脇の植え込みは伸び放題になっている。

「本当にここかい?」

疑わしげにヴィンセントが呟く。

俺はそっと門扉を開いた。階段を上り、玄関扉の把手を観察する。真鍮製のそれは真っ黒に変色していたが、握りの部分には本来の色が残っていた。人が暮らしている証拠だ。

俺は扉の飾り窓に顔を寄せた。廊下は真っ暗で、部屋から漏れる明かりも見えない。

「まだ戻ってきていないようだ」

俺はヴィンセントを振り返り、玄関脇の植え込みを指差した。

「そこに隠れて帰りを待とう」

植え込みの陰に身を潜めると、伸びた枝先が首の後ろをちくちくと刺した。ずいぶんと長いこと、手入れをされた様子がない。

エレイモスは妻帯者だった。息子も一人いたはずだ。庭遊びをするようなやんちゃな年頃は過ぎているかもしれないが、庭土に足跡がひとつも残っていないのはおかしい。もし奥方が健在であるならば、あんなに色褪せたカーテンをそのままにしておくはずがない。賭けてもいい。ここに住んでいるのはエレイモスだけだ。彼の妻も息子もここにはいない。

待っている間に夜は更けて、気温は急激に下がっていった。最下層では滅多に味わえない寒さだった。周囲の家々から明かりが消えていく。今夜は戻ってこないかもしれない。そう思い始めた時だった。

遠くから蹄鉄《ていてつ》が石畳を蹴る音が聞こえてきた。車輪の音が徐々に大きくなってきて、門扉の外で止まった。一言二言、言葉を交わした後、再び馬車が動き出す。一人の男が階段を上って来る。老人のように背を丸め、俯いたまま歩いて来る。すっかり老け込んでしまっているが、その顔には見覚えがあった。彼はネイモス・エレイモス。不治の病に苦しむグローリアに一時の安らぎを与えてくれた彼女の主治医だ。

俺は植え込みから出た。

突然現れた人影に、エレイモスはぎょっとしたように立ち止まった。

「こんばんは、エレイモス先生」

害意はないと示すため、俺は両手を肩の高さに持ち上げた。

「お久しぶりです。ご記憶でしょうか。私はロイス——ロイス・リロイスです」

「ああ、ロイス君。久しぶりだね」

エレイモスは帽子を取り、薄い髪を撫でつけた。

「その節は力になれなくてすまなかった」

「いいえ、先生には感謝しております」

「それで……君は元気にやっているのかね？」

その問いかけを作り笑いでやり過ごし、俺は本題を切り出した。

「先生はマーテル・シシィをご存知ですね？」

「……何のことだ？」

エレイモスは目に見えてうろたえた。

「よくわからないが今夜はもう遅い。出来ればまた日を改めて――」

「失礼は承知の上です」

反論を封じ、俺は語気を強めた。

「グローリアに使った鎮痛剤。あれはマーテルの血だったのでしょう？」

「知らない！　私は何も知らない！」エレイモスは俺を押しのけようとした。「帰ってくれ！　でないと治安警察を呼ぶぞ！」

エレイモスは恩人だ。彼はグローリアに幸せな夢を見せてくれた。出来れば手荒なことはしたくなかったが、他に手はない。俺はポケットから一粒の血実を取り出した。カフェで時間を潰している間に血実弾から外したものだ。中には俺の血が入っている。

「失礼します」

左手でエレイモスの顎を摑んだ。指先に力を込め、顎骨を引き下げる。わずかに開いた前歯の間に血実を挟むと、右手で口を塞ぎ、左の拳で顎の下を殴った。くぐもった呻き声をあげ、エレイモスの喉仏が上下する。

そのまま数秒待った。様子を見に来る者はいない。街は眠り続けている。静かな夜に、エレイモスの喘鳴《ぜいめい》だけが響いている。

「逃げないで下さい。声も出さないで下さい」

命じてから、ゆっくりと手を離した。エレイモスは口を開いたが、乾いた吐息が漏れるばかりで声にならない。

「鍵を開けて、私達を家に入れて下さい」

エレイモスはぎくしゃくと動き出した。コートのポケットから鍵を取り出し、扉を開く。彼に続いて家に入った。棚に置かれていたランプに火を入れ、俺は言った。

「奥の部屋に行きましょうか」

エレイモスは廊下を進んだ。

広々とした居間は、血液学博士の家に相応しいものだった。その豪華さとは裏腹に、棚に飾られた家族写真は埃を被り、暖炉には汚れた灰が堆積していた。床には新聞が散乱し、テーブルには幾本もの酒瓶が並んでいる。

そのうちの一本、まだ中身が入っている瓶を手に取った。

「飲みますか？」と問いかけ、「声を出してもいいですよ」と続ける。

エレイモスの喉が鳴った。詰まった水道管のような音だった。

「こんな真似をして、ただですむと思うな。一生鎖に繋がれて、二度と牢屋から出られないようにしてやる」

「ご自由にどうぞ」

俺は酒瓶をテーブルに戻した。

「座りなさい」

命令に従い、エレイモスは座椅子に腰を下ろした。顔が真っ白だ。どうやら神経侵入されたのは初めてらしい。

「私の色相《ヒュー》がM《マゼンタ》なのは、すでにご承知ですね」

色相《ヒュー》M《マゼンタ》の者は自分の血を相手の体内に送り込むことで、対象者を自由に操る。しかも俺の血中明度《ブラッドバリュー》はⅨ《ナインス》。この支配から逃れられる者はそう多くはない。とはいえ色相《ヒュー》M《マゼンタ》の血が操れるのは対象者の身体だけだ。色相《ヒュー》C《シアン》のように対象者の精神を侵食し、五感を操作したり、記憶を改竄することは出来ない。

エレイモスからシシィの行方を聞き出すには、彼の血を飲み、彼の思考と記憶を俺の頭に招き入れるしかない。この方法には危険が伴う。心身に著しい負荷がかかるうえ、共鳴や共振を起こせば逆に精神を乗っ取られる恐れもある。血中明度《ブラッドバリュー》に差があっても油断は出来ない。色相《ヒュー》B《ブルー》の尋問官は必要な訓練を受けているが、俺のやり方は自己流だ。よほどのことがない限り、こんな手段は選ばない。

しかし今は時間がない。

俺は椅子の背に手を置いて、エレイモスの目を覗きこんだ。

「人の心は怪物です。誰もがその笑顔の下に凶暴な獣の顔を隠している。私も出来ることなら、貴方の血に尋ねることだけは避けたい。だから今のうちに教えて下さい。バークレイ動物園にいたマーテル・シシィが今どこにいるのか」

エレイモスは恐怖に顔を引き攣らせた。

「言えない……言えないんだ」

冷汗を流し、顎の肉をわななかせながら、エレイモスは答えた。

「頼む、やめてくれ。言えば殺される。今度こそ殺されてしまう」

「では仕方がない」

俺はエレイモスに声を出さないよう命じた。ポケットから煙草入れを取り出し、そこからヴィランドの種枝を抜き取る。

「動かないで下さい」と言い、エレイモスの右手に吸血樹の枝を突き刺した。数秒後、小枝に赤い実が出来る。俺は種枝を抜き取ると、彼の血実を摘み取った。

「乱暴を働いたことはお詫びします」

左手で彼の両目を覆い、俺は静かに命じた。

「目を閉じて、どうかそのまま眠って下さい」

掌の下、瞼が下りるのを感じた。俺は種枝をしまい、ヴィンセントを振り返った。

「今からエレイモスを俺の頭の中に招く。三時間経っても戻らなかったら、ぶん殴って起こしてくれ」

ヴィンセントは無言で頷いた。その表情は硬い。他者の血を飲むことの危険性を、彼も承知しているのだ。それでも飲むなとは言わない。こういうところがあるから、鬱陶しく思っても、この男のことが嫌いになれないのだろう。

俺は長椅子に腰掛け、背もたれに頭を乗せた。深呼吸をし、緊張した筋肉を緩め、精神を集中させる。思い描くのは『白い部屋《ホワイトルーム》』、他人の意識を招き入れる尋問部屋だ。

心の準備が整ったことを確認してから、俺は血実を口に含んだ。


頭の中に思い描いた部屋に、自分の分身を立たせる。それが出来るようになるまで、かなりの鍛錬が必要だった。だが一度習得してしまえば、多少間《ま》が空いたとしても、その感覚が失われることはなかった。

疑似空間を維持するのに、もっとも重要視されるのが安定性だ。衝撃を受けても揺るがない、共鳴しない、乗っ取られない。それには強靭な精神力が必要だ。複雑なものを思い描こうとすれば隙が出来る。作りは単純に限る。

『白い部屋《ホワイトルーム》』はその名の通り、壁も床も天井も真っ白な部屋だ。窓もなく出入り口もない。必要に応じて机と椅子は出現するが、それ以外には何もない。今回は中央にテーブルを置いた。その向こう側には椅子があり、エレイモスが腰掛けている。

「エレイモス」

空間を波立たせないよう、穏やかな声で呼びかけた。

「俺の声が聞こえるか？」

「……き、こえる」

たどたどしくエレイモスの血が答えた。

人の口は嘘をつく。けれど血は嘘をつけない。それは人の脳が否定文を理解出来ないからだ。『白い犬を思い浮かべるな』と言われても、つい脳裏に白い犬の姿を思い描いてしまうように。どんなに隠そうとしても、思考を止めることは出来ない。

「バークレイ動物園にいたマーテル・シシィは今、どこにいる？」

「血清研究所に、いる」

「その血清研究所はどこにある？」

「中層の中郭と下郭の間。牧草地帯の西の外れ、だ」

なぜそんな辺鄙《へんぴ》な場所に研究所を作ったのだろう。そこで何の研究をしているのだろう。

「し——至高、の血」

エレイモスが呟いた。問いかけたつもりはなかったが、俺の疑問に反応したようだ。

「至高の血とは何だ？」

「すべての色相《ヒュー》を持ち、明度《バリューテンス》Xを超越し、無限大の彩度《クロマ》を誇る最強の血だ」

「それがマーテルとどう関係しているんだ？」

「マーテルは、現存する生物の中で……最高の血中彩度《ブラッドクロマ》を持つのだ」

呻くように言って、エレイモスは頭を垂れた。

「王家に知られてはいけなかったのに、私はマーテルの血を彼女に使った。それで彼等に殺されかけた。次はないと脅され、資格を奪われ、計画から外された。けれど……ああ、それが何だと言うんだ。私は彼女を助けたかった。彼女を救うためなら、何を差し出しても惜しくなかった。家にも戻らず、研究に没頭し、エレインはルーモスを連れて出て行った。だが……そんなことは、どうでもよかった……なのに……」

唸るような低い声。エレイモスは嗤っていた。呪詛《じゅそ》のようなその響きに、彼の周囲が暗く淀んでいく。後悔、苦悩、悲哀、絶望。負の感情は重力を生じる。その重さに耐えきれず、床が歪み始める。

「グローリアは死んだ！」

エレイモスの叫び声に『白い部屋《ホワイトルーム》』が震えた。噴出する激情に俺の心が同調している。いけない。このままでは彼の感情にからめ捕られて動けなくなる。

「もういい、エレイモス」

強い口調で俺は彼に呼びかけた。

「グローリアが死んだのは貴方のせいではない。自分を責めることはない」

「違う！　違う違う！」

彼はテーブルに頭を打ちつけた。幾度も幾度も、まるで自分を罰するかのように。

「私は腹立たしいのだ！　グローリアを、あの美しい人を、私の前から連れ去ったものが、王族の血が、血の運命が、そのすべてが呪わしいのだ！」

額が割れて血が滲む。荒々しい息を吐き、よだれを垂らしながら、彼は叫び続ける。

「ああ、グローリア！　病み伏しても貴方は美しかった。愛しい愛しいグローリア。私は貴方を愛していた。心から愛していたんだ！」

『白い部屋《ホワイトルーム》』が菫青《きんせい》離宮の寝室へと変化する。白いテーブルが寝台へと姿を変える。そこにはグローリアが目を閉じて横たわっている。

「やめろ！」

気づいた時には叫んでいた。

見たくない。ここで何があったか。彼がグローリアに何をしたのか。知りたくない。そう思えば思うほど、見えてしまう。止められない。

「この指……雪のように白い肌……」

うっとりと囁き、エレイモスはグローリアの右手を取った。

「触れるだけで、心が震える」

「その手を離せ！」

俺は彼に駆け寄ろうとした。けれど足が動かなかった。床が化け物のように牙を剝き、俺の両足を挟み込んでいた。そうだ、俺は何も出来なかった。弱っていく彼女に何もしてやることが出来なかった。その無力感が、苛立ちが、俺を捕らえて離さない。

「愛しています、グローリア」

エレイモスが彼女の手を舐め回す。恍惚《こうこつ》とした表情で彼女の指を嚙む。

「グローリアに触るな！」

俺は子供のように喚き散らした。見たくなかった。なのに目をそらせなかった。

エレイモスはグローリアを抱き寄せた。その唇に唇を重ねた。夜着の上から彼女の乳房を愛撫した。

殺してやると思った。

ぶつりと、何かが切れる音がした。

顎に衝撃を受けた。

脳が揺さぶられ、目の前が暗くなる。

「ロイス！　しっかりしろ、ロイス！」

誰かに名を呼ばれ、再び瞼を開いた時、俺は長椅子の上に伸びていた。頭の中で割れ鐘が鳴り響いている。顎が痛くてたまらない。

「正気に戻ったか？」

不安そうにヴィンセントが尋ねてくる。

俺は目を閉じ、問い返した。

「今、何時だ？」

「午前二時過ぎだ。まだ三時間は経っていない。けど君の様子がおかしかったから、大ごとになる前に、とりあえず殴った」

ああ、顎が痛むのはそのせいか。

「俺は何をした？」

「銃を抜いて、エレイモス氏を撃とうとした」

俺がエレイモスを——撃とうとした？

ああ、そうだ。

俺は彼を殺そうとしたのだ。

病魔に冒されたグローリア。誰もが彼女を見離していく中、エレイモスだけは懸命にグローリアを救おうとしてくれた。俺が絶望しそうになるたび、「私も死力を尽くすから」と励ましてくれた。そんな彼に感謝していた。親しみさえ覚えていた。こんなものは見たくなかった。彼の心など、知りたくはなかった。

俺を気遣うように、ヴィンセントは小声で問いかけた。

「シシィの居場所はわかったのか？」

「……ああ」

俺は目を開き、上体を起こした。足下に抜いた覚えのない銃が落ちている。それを拾いあげ、ホルスターに収めた。

「血清研究所。中層中郭と下郭の間にあるそうだ」

言えば殺されるとエレイモスは言った。血清研究所では王家に知られてはいけない研究が行われている。その秘密を守るためには殺人さえも厭わない連中がいる。それでも行くしかない。ルークを目覚めさせるには、どうしてもシシィに会う必要がある。

俺は立ちあがった。途端、激しい頭痛に襲われた。呻き声を奥歯で噛み殺し、目を閉じて眉間を押さえる。それでも目眩《めまい》が治まらない。

「無理するな」

ヴィンセントが俺の腕を摑んだ。

「どうせ朝六時まで蒸気列車は動かないんだ。幸いエレイモス氏も眠っているようだし、もう少しここで休ませてもらおう」

『白い部屋《ホワイトルーム》』に入った後は精神《こころ》も身体《からだ》も疲弊する。しかも今回は相手の感情に引きずられ、見たくもない記憶まで見てしまった。無理をすれば頭痛だけではすまなくなる。それは俺にもわかっていた。けれど今は、理性よりも感情が勝った。

「ここにはいられない」

目を閉じたまま、俺は駄々をこねた。

「エレイモスが目を覚ましたら、俺は彼に、何をするかわからない」

その理由を、ヴィンセントは尋ねなかった。彼は「わかった」と言って、俺の肩に腕を回した。「足下に気をつけろ」と言って、俺を連れてエレイモスの家を出た。

凍るような夜気の中を駅に向かって歩き続けた。夜半を過ぎた街並みは深い眠りについている。あたりに人影はない。誰も見てはいない。それでも男に肩を抱かれて歩くのは屈辱だった。

俺はヴィンセントの腕を叩いた。

「もう大丈夫だ」

彼は疑わしげな目で俺を見たが、何も言わずに手を離した。

劇場街の外れに、うら寂れたホテルを見つけた。フロントにいた青年は、胡散臭そうに俺を見た。酔っ払いか薬物中毒者だと思ったのだろう。渋る彼を説得するため、ヴィンセントは法外な宿代を支払った。

おかげで鍵をもらうことが出来たのだが、辿り着いたその部屋は個人用ではなく夫婦用のそれだった。狭い室内を占拠する巨大なベッドを見て、俺は不快の唸り声をあげた。

「文句は聞かない」

洋服掛けに帽子とコートを掛けながら、ヴィンセントが言った。

「君、自分がひどい顔色をしているって自覚はあるかい？　もし寝ている間に吐いたりしたら大変なことになる。一人では寝かせられないよ」

お前と同じベッドで眠るくらいなら、吐瀉物を喉に詰まらせて死んだほうがましだ。そう言ってやりたかったが、口を開いたら本当に吐いてしまいそうだった。無理をおして歩いたツケが回ってきたらしい。視界が揺れて、立っているのも難しい。

「ベッドは君が使ってくれ」

そう言って、ヴィンセントは微笑んだ。

「安心してくれ。僕も男と同衾する趣味はない」

それで納得したわけではない。罪悪感を覚えなかったわけでもない。けれど、もう限界だった。俺はベッドに倒れ込んだ。厭味を言う余裕も、礼を言う余力もなく、ぶつりと意識が途切れた。

目を覚ますと、世界はまだ暗かった。窓に目をやると、薄いカーテンの隙間から、ぼんやり光る外殻が見えた。どうやら夜明けが近いらしい。

「始発にはまだ時間がある」

窓とは反対の方向から囁き声が聞こえた。扉の前にヴィンセントが座っている。扉に背を預け、片膝を立て、ステッキを抱えたまま目を閉じている。

「もう少し眠ったほうがいいよ」

俺がベッドで寝ている間、ずっとああしていたんだろうか。だとしたら、かなり気まずいものがある。

「交替だ」頭を振って、俺は立ちあがった。「今度はお前が寝台を使え」

「お気遣いありがとう」

ヴィンセントは目を開き、かすかに笑った。

「でもご心配なく。床で寝るのには慣れてるんだ」

そんな彼の物言いに、ひりつくような苛立ちを覚えた。

この二日間、ろくに寝ていないくせに文句も言わない。うっすら浮いた無精鬚《ぶしょうひげ》さえ様になる。シャツに皺が寄っていても、髪が乱れていても、糞忌々しいほどの好男子だ。ああ、わかっている。これは嫉妬だ。自分と彼とを比較して、勝手に劣等感を抱いているだけだ。

しかし俺にも矜持はある。はい、そうですかと寝直すわけにはいかない。

「目を覚ましてくる」と言い、浴室に向かった。冷たいシャワーを浴びると少しだけ気分がよくなった。けれど鏡に映った自分の顔を見て、再び気が重くなった。殴られた顎には紫色の痣《あざ》ができ、右目は毛細血管が切れて白目が赤く染まっている。

服の埃を払い、再び身につけた後、ヴィンセントと交替した。彼がシャワーを使っている間、俺は眠気を追い払おうと、ひたすら煙草をふかし続けた。

ライコスの殻が白々と光を放ち始める頃、俺達は部屋を出た。薄く漂う朝靄の中、駅に向かって歩き出す。途中で早売りの屋台に立ち寄り、屑肉と野菜の切れ端を挟んだパンと珈琲を買った。歩きながら朝食をすませ、中郭行きの一番列車に飛び乗る。出入り口近くのボックス席に座り、俺は前の座席に足を乗せた。

「少し寝る。中郭に着いても眠っていたら――」

「起こすよ」ヴィンセントは器用に右目を瞑《つむ》った。「大丈夫。今度は殴らない」

礼を言うべきだとは思ったが、やはり言わなかった。俺は窓枠に頭をもたれた。目を閉じると、すぐに眠りに落ちた。

浅い眠りの中、夢を見た。

グローリアの夢だった。

天蓋つきの寝台の上に、やせ細った彼女が身体を横たえている。

俺は寝台の傍の椅子に座り、黙って彼女を見つめていた。

「不思議な夢を見たわ」

グローリアが囁いた。春風のような声だった。歌うような口吻だった。懐かしかった。

渇望が胸を焦がした。それでも俺は何も言うことが出来なかった。

「こんなことを言うと怒られそうだけれど、知らない男の人に恋をする夢だった」

身体の芯《しん》が痛んだ。夢の男に嫉妬した。そして以前にも一度、同じような気持ちになったことを思い出した。

「その人はね、フレディというの」

不意に記憶が蘇った。この光景を俺は見た。彼女の告白を聞いた。たとえ夢の中でも彼女が他の男に恋をするのが許せなくて、俺はフレディの名前を記憶から消し去っていた。

そう気づきはしても、やはり留めておくことは出来なかった。目覚めた時、俺は忘れてしまっていた。フレディの名前も、それを思い出したことさえも。


中郭駅で列車を降りた。駅前で辻馬車を拾おうとしたが、行く先を告げると断られた。

「そんな遠くまでは行かれないよ」

「土の上を走ると馬車が汚れる」

そんな理由だった。

仕方なく、俺達は歩き出した。ライコスの背骨を左手に見ながら、緩やかな坂を下っていく。中郭の街並みは雑然として騒がしかった。朝の市場に飛び交う声が頭の中に反響する。まるでハンマーで殴られているようだった。実際に殴られた顎も痛い。

それでも何とか市街を抜け、中郭と下郭の間にある緩衝地帯に出た。なだらかな丘には牧草が茂り、遠くには草を食《は》む牛の姿も見える。

本来、巻き貝《スネイル》の中に土はない。この土壌は先人が長い年月をかけ、外界から運び入れたものだ。その名残は今でも風習として残っている。外から殻中にやってくる者は、箱一杯の土を持ってくる。それが礼儀とされていた。

轍《わだち》の残る一本道を、一時間ほど歩いた時だった。

「大丈夫かい、兄さん」

通りかかった荷馬車から誰かが声をかけてきた。のろのろと顔を上げると、御者台に座った農夫らしき老人が心配そうに俺を見ていた。

「ずいぶん具合が悪そうだが、病気かい？」

「……ただの二日酔いだ」

見え透いた言い訳だ。それは自覚していたが、もう考えるのも億劫だった。

「どうかおかまいなく」と言い、俺は歩き続けた。

それでも老人は去ろうとせず、俺達に馬の歩を合わせてくる。

「どこに行きなさるね。こっちにはもう牛と羊しかおらんよ？」

「血清研究所に行くんです」とヴィンセントが答えた。

「研究所ねぇ？」

老人は思案顔で白い顎鬚を撫でつける。

「そんなもん、ここいらにあったかな？」

「西の外れにあると聞きました」

俺はヴィンセントを睨んだ。しかし彼は老人を見上げたまま、俺には目もくれなかった。

「ああ、あのけったいな建物か」

何かに思い至ったらしい。老人はぽんと手を打った。

「てことは、あれかい。いよいよ取り壊すことになったんかい？」

「ええ、そうです」

愛想よく、ヴィンセントは嘘をつく。「今回はその下検分です」

「そりゃあいい」

老人は笑った。皺深い顔にさらに笑い皺を寄せ、上機嫌に荷台を叩いた。

「なら乗って行きなせぇ。老いぼれ馬だから速くは走れんし、乗り心地も悪かろうが、歩くよかましだ」

「いいんですか？　ではお言葉に甘えて――」

言いかけるヴィンセントのコートの袖を俺は掴んだ。今からその研究所に不法侵入しようとしているのだ。赤の他人を巻き込むな。そう伝えようとしたのだが――

「ここは僕の言う通りにしろ」

先んじてヴィンセントが命令した。有無を言わせぬ口ぶりは軍隊仕込みのそれだった。彼の部下になった覚えはない。けれど俺は黙ったまま、彼の袖から手を離した。

「ありがとう。乗せていただきます」

ヴィンセントは荷馬車に乗り込んだ。そこから手を伸ばし、俺を荷台に引き上げた。

老人は買い物の帰りらしかった。錆びついた荷台には小麦の袋やロープの束、農作業のための道具などが積まれている。それらを避け、藁屑《わらくず》だらけの床に腰を下ろした。

「じゃ、行こうかぁ」

牧草地帯の一本道を荷馬車は進んだ。緑の丘に風が吹き、青草の海がうねり輝く。その様子は東の果てに似ていた。さわさわと揺れる草原にミリアムの姿が見える気がした。

俺は目を閉じた。嫌なものを見たせいで心が弱っているらしい。こんなことでは戦えない。俺は自分を鼓舞するため、コートの上から銃把を握った。今はミリアムのことは忘れろ。シシィに会い、ルークを救うことだけに集中しろ。

荷馬車に揺られること二時間弱。行く手に赤錆色の巨大な建造物が見えてきた。

「あれだよ」

老人は手綱を引いて馬を止めた。

「こっからは歩いてってくれ」

「ありがとう。助かりました」

笑顔で礼を言い、ヴィンセントは荷台を降りた。

「少ないけれど、受け取ってくれ」

そう言って、俺は老人に千プルーフ銀貨を渡そうとした。

農夫は呵々と笑い、俺の手を押し戻した。

「気遣いは無用さね。困った時はお互いさまさぁ」

「しかし――」

「どうしてもって言うんなら、その金で角笛印《つのぶえじるし》のソーセージを買ってくれや。自慢じゃあねぇが、ウチの腸詰めは絶品だよ！」

結局、受け取ってもらえなかった。

俺は道の真ん中に立ち、荷馬車を見送った。

「世の中、まだ捨てたもんじゃない」

独り言のようにヴィンセントが言った。それから俺を見て、誇らしげに笑った。

「君もそう思うだろう？」

「ああ」歩き出しながら、俺は答えた。「感動して泣いてしまいそうだ」


血清研究所の外観は、研究所というよりも機械工場のようだった。錆びついた巨大建造物の後ろには細長い棟が並んでいる。監視塔らしき姿もあるが、そこにも人影は見えない。

秘密の研究が行われているにしては、いささか不用心すぎる気がする。

とはいえ、ここが相当に金のかかった施設であることは、敷地を取り囲む鉄柵からもうかがい知れた。黒い鉄柵は俺の背丈よりも高く、上部には幾重にも鉄条網が巻かれている。梯子でもない限り、乗り越えるのは難しそうだ。

どこかに出入り口があるはずだ。俺は周囲を見回した。うねうねと続く緑地に沿って、黒い鉄柵が続いている。どこにも門や道らしきものは見当たらない。

「錆びてるな」塗装の剝げた鉄柵を握り、ヴィンセントが呟いた。「これなら何とかなりそうだ」

またか──と思った。

胡乱な目を向ける俺を無視し、彼は銀色の薬入れを取り出した。蓋をずらし、小さな赤い粒を掌の上に振り出す。

「その強化血実は何の血だ？　草原狼か？」

「申し訳ないが、それは教えられない」

ヴィンセントは親指と人差し指で強化血実を挟み、目の前にかざしてみせた。

「我が家に伝わる秘伝のレシピなんだ」

冗談めかしてそう言うと、彼は強化血実を口に含んだ。奥歯に力を入れて嚙み砕く。

効果が出るまで、わずか数秒。上品な好青年の面影はなりを潜め、代わりに猛々しい獣の貌《かお》が現れる。この変化を見るのは二度目だが、それでも驚きを禁じ得ない。外見が変わるわけではない。獰猛な獣と化すわけでもない。なのに傍から逃げ出したくなる。

「さて──」

ヴィンセントは腕まくりをすると、一本の鉄柵を摑んだ。さほど力を入れたようには見えなかったが、重い音を響かせて鉄柵はへし折れた。歪んだ鉄棒を放り捨て、今度はその両隣の柵を両手で摑んだ。それらを左右に、力任せに押し開く。

「……冗談だろう？」

もはや笑うしかない。あの強化血実には狼の血だけでなく、灰色熊の血も入っているに違いない。

「何が冗談だって？」

ヴィンセントはステッキを拾いあげると、鉄柵をすり抜けて血清研究所の敷地に入った。赤錆色の建造物は巨大な棺《ひつぎ》を思わせた。近づくほどに、その大きさに圧倒された。壁面は汚斑《しみ》だらけで、継ぎ目には赤錆がこびりついている。まるで巨大な棺から血が滲み出しているように見える。

横腹に開いた穴から巨大棺の中に入った。天井の隙間からわずかな光が差し込んでくる。広々とした空間に仕切りはない。檻も重機も工作機械の類《たぐい》も見当たらない。空気は乾いて、死体置き場のように寒々しい。床に堆積した錆混じりの赤土に、牧草が白い花を咲かせている。

「何もないな」

　ヴィンセントの声が空の棺に反響する。

「使われている様子もない」

「……そうだな」

　俺は天井を見上げた。幾本もの鉄骨が巨大な屋根を支えている。この建物は何なのだろう。窓もない。出入り口も見当たらない。その目的がわからない。

「別の場所を探そう」とヴィンセントが言った。

　同意し、歩き出そうとして——何かを蹴った。それは懐中時計だった。錆びついて壊れている。ガラスはひび割れ、文字盤はほとんど見えない。裏面に文字らしきものが刻まれている。俺は親指の腹で、こびりついた土を拭き取った。

　マーティンへ　愛を込めて
　ケイトより
　30／7／498

　記されていたのは百年以上も前の年号だった。

こんな骨董品が、なぜこんな場所に落ちている？

ヴィンセントが足を止め、けげんそうに俺を見ている。「どうしたんだ？」

「ロイス？」

「いや、なんでもない」

赤土に咲く白い花の前に、その懐中時計を置いた。

ヴィンセントを追って横穴を潜り抜けようとして、俺はそれに気づいた。

大穴の縁はささくれて、尖った角が外に向かって飛び出していた。この穴は錆びついた壁が崩落して出来たのではない。内側から強い力によって突き破られたのだ。

俺は一歩下がり、穴の周辺を調べてみた。壁の内側は無数の傷で埋めつくされていた。平行に走る四本の筋。血を思わせる赤い錆——

ぞくりとした。

これは爪痕だ。棺の中に閉じ込められた者達が、外に出ようともがき苦しんだ痕跡だ。しかもこの数、十人や二十人ではとても足りない。百人、二百人、あるいはもっと大勢の人間が、ここに閉じ込められていたのだ。この建物は多くの人間達を葬るための容れ物、まさしく巨大な鉄棺だったのだ。

そこまで考えて、俺は頭を振った。

あり得ない。ここは法治国家ライコスの中層だ。それほど大勢の人間を監禁したら、騒ぎにならないはずがない。この傷が爪痕だったとしても、人間のものだと断定する根拠はない。これが人間のものであるはずがない。

そう思っても、首筋の毛が逆立つような感覚は消えなかった。

足早に外に出ると、ヴィンセントはすでに隣接する棟に向かって歩き出していた。洗練された二階建ての建物だ。かつては最先端を行く研究施設だったのだろうが、これもまた廃墟のようだ。白い壁は黒く煤け、窓ガラスも割れてしまっている。

窓から建物内に入った。細長い部屋には抽斗《ひきだし》だらけのキャビネットが置かれている。開こうとしてみたが、鍵がかけられているらしく、俺の力ではびくともしなかった。

諦めて奥へと進んだ。突き当たりにある扉を抜けると、長い廊下に出た。同じ形の扉がずらりと並んでいる。

「僕はこっちを見てくる」

ヴィンセントは廊下の左手を指差した。「君はあっちの扉を頼む」

俺は廊下の端にある引き戸を開き、外の様子をうかがった。間近に監視塔が聳えている。鉄の梯子は錆びついていて、古い櫛のように歯抜けになっていた。注意深く半身を乗り出し、周囲を見回してみる。敷地にも監視塔にも人影は見えない。俺は引き戸を閉じ、廊下を引き返した。

その途中、わずかに開いている扉を見つけた。中を覗いてみると、キャビネットが倒れ、床に書類が散らばっていた。足下に落ちていたファイルを拾った。紅茶色に変色した紙製のファイルだった。表紙には黒いインクで『ウエス・ウェルス』と記されている。

ファイルには三枚の書類が挟まれていた。一枚目にはウェルス氏の氏名と生年月日、血の三属性が書かれていた。これによるとウェルス氏は今から百五十六年前に生まれ、九十七年前に死んだらしい。二枚目には彼の経歴と病歴。最後には『死亡』の朱印が押されていた。三枚目の紙には彼の両親と思しき名前と三属性、さらに祖父母の名と三属性が記されていた。

すぐ傍に壊れた抽斗が転がっていた。その中には、これと同様のファイルがぎっしりと詰まっていた。いくつか取り出してみたが、同じ名前はひとつもなかった。

俺は室内を眺めた。これらのファイルは誰が何のために作ったのだろう。すべての部屋、すべてのキャビネット、すべての抽斗に、これと同じファイルがしまわれているのだとしたら、その総数はいったいいくつになるのだろう。

「ここにいたのか」

扉を開いて、ヴィンセントが入ってきた。

「来てくれ。怪しい連中を見つけた」

俺達は部屋を出て、廊下を進んだ。扉をそっと押し開き、外の様子をうかがう。

隣の棟には車庫があり、その前に幌付きの荷馬車が止まっていた。長銃で武装した兵士が五人、馬車の周囲をうろついている。黒い制服を着ているが、ライコス軍のものではない。警察官の制服でもない。おそらくキセノン製薬に雇われた私兵だろう。一番近くにいる私兵まで、およそ十メートル。狙えない距離ではない。

俺は拳銃を抜き、撃鉄を起こした。

「銃はよせ」

俺の耳元でヴィンセントが囁いた。

「他に仲間がいるかもしれない。大きな音を立てるのはよくない」

「では、どうする」

「彼等の背後に回り込む」彼は嬉々として唇を指で叩いた。「危なくなったら援護してくれ」

そう言うや、止める暇も与えず、するりと外へ出て行った。

俺は舌打ちをした。扉に背を当て、三秒数えてから、扉を蹴って飛び出した。

「銃を捨てろ！　治安警察だ！」

歩きながら、一番近くの兵士に狙いを定めた。

「これより敷地内の捜索を行う。直ちに銃を置き、両手を頭の後ろで組め！」

私兵達は従わなかった。誰何《すいか》することなく、警察証を見せろとも言わず、銃口を俺に向けた。侵入者は誰であっても抹殺せよとの命令を受けているのだろう。

「抵抗すれば命の保証はない！」

それでも俺は治安警察を演じ続けた。彼等が警告に従うとは、最初から思っていなかった。ただ、ほんの二、三秒、躊躇してくれるだけでよかった。

荷馬車を迂回した狼男が、私兵達に襲いかかった。背後を突かれ、彼等は浮き足立った。同僚の姿が射線に重なり、狙い撃つことが出来なかった。長い銃身も、彼等の動きを邪魔した。ほんの数秒で勝負は決まった。相手に一発も撃たせず、自身は一筋の傷も負わず、ヴィンセントは五人の私兵を昏倒させた。

俺は銃を収めた。地に転がる私兵達を眺め、再びヴィンセントに視線を戻した。

「剣は収めたままか？　余裕だな？」

「君が注意を引いてくれたからね」

俺の厭味を受け流し、ヴィンセントは照れくさそうに笑った。

俺達は荷馬車のロープを拝借し、私兵達を拘束し、車庫の物置に押し込んだ。その間も警戒は怠らなかった。警備が彼等だけとは思えなかった。廃墟と化した研究所は見せかけで、どこかに本当の姿が隠されているに違いない。そんな予想に反し、新たな私兵は現れなかった。それが余計に不気味だった。

俺は右手に銃をかまえ、車庫の奥にある扉を開いた。両側に木箱が雑然と積み上げられている。揮発性の薬品の臭い、かすかに血の臭いも漂ってくる。遠くでガラスの砕ける音が聞こえた。俺は足音を殺し、木箱の間をすり抜けた。

大きな窓のある部屋に出た。窓辺には瓦斯炉と流し台があり、中央には大きな実験机が置かれている。机の上にはいくつもの丸いペトリ皿が並べられている。その手前に陣取って、顕微鏡を覗いている男がいた。顔は見えないが、その白髪からして、かなりの老齢であるようだ。

「これも駄目だ……こいつも、こいつも」

文句を言いながら、男はペトリ皿を投げ捨てていく。

俺はヴィンセントを振り返った。指を二本立て、ここで見張っていてくれと合図する。彼が了解のサインを返すのを見て、俺は老研究員の背後に歩み寄った。

「声を出すな」

その後頭部に銃口を押し当てる。

「ゆっくりとこちらを向け」

老人は椅子ごと身体を回し、俺を見上げた。

「なんだ、まだいたのか」

眼前にある銃を見ても、彼は怯えるそぶりさえ見せなかった。

「戻ってマノン・キセノンに伝えろ。お目当てのものはまだ出来ていないとな」

「俺はキセノンの関係者じゃない」

「では何者だ？　治安警察か？　女王の狗《いぬ》か？」

「黙れ」

俺は彼の眉間に銃口を突きつけ、撃鉄を起こした。

「マーテルはどこだ。言えば命だけは助けてやる」

「頭の悪そうな脅し文句だ。さてはお前、廃血マフィアだな」老人は蝿を追い払うように手を振った。「汚らしいウジ虫め。とっとと出て行け。実験の邪魔だ」

「質問に答えろ」

「殺したければ殺せ。いずれにしろ、お前の求めるものは手に入らん」

まったく話が通じない。こういう相手には何を言っても無駄だ。俺は銃を左手に持ち替えると、右手でヴィランドの種枝を抜き出した。それを逆手に持ち、老研究員の首に刺す。

「な、何をするッ！」

立ちあがった研究員の顎を銃把で殴った。昏倒した彼の首筋からヴィランドの枝を引き抜く。血実を摘み取り、汚れた床に胡座《あぐら》をかいた。実験机に背中を預け、摘んだばかりの血実を口の中に放り込む。それを奥歯で挟み、苛立ちとともに噛み潰す。

『白い部屋《ホワイトルーム》』に老人が座っている。

焦点の合わない目で、ぼんやりと中空を眺めている。

「俺の声が聞こえるか？」

「聞こえる！」

彼は、かっと目を見開いた。

「ここはどこだ？　儂《わし》は何をしているのだ？」

「お前に質問する権利はない」

冷徹な声で告げ、威圧的に腕を組む。

「シシィはどこにいる？」

「知らん」

そんなはずはないと言いかけて、間違いに気づいた。こいつにとってシシィは実験動物でしかない。名前など覚えているはずがない。

「この研究所にマーテルがいるだろう？」

「いるに決まっている。マーテルは『至高の血』を創り出すために、なくてはならない存在だ。血も、肉も、骨も、皮膚も、そのすべてが可能性の宝庫だ」

老人の喉が軋むような音を立てた。気に障る笑い声だった。苛立ちが制御出来なくなる。怒りで『白い部屋《ホワイトルーム》』の光が陰り、空気が滑《ぬめ》る。こんな立て続けに『白い部屋《ホワイトルーム》』を使ったことは今までなかった。精神が疲弊すれば危険度は増す。それは充分わかっていた。

それでもシシィに会う前に、知っておかなければならなかった。

「お前はシシィに何をした？」

老人はにたりと嗤った。

「そんなに知りたければ、見せてやろう」

机の上に赤毛の猿が現れた。黒目がちの目が怯えている。両手で自分を抱きしめて、全身をぶるぶると震わせている。

「これぞ、我らが至宝！」

老人は猿をうつぶせに押さえつけた。逃れようともがく猿の右肩に石切斧を振り下ろす。右腕が断たれて飛んだ。赤毛の猿が絶叫する。人間の子供にそっくりな叫び声。だが老人は容赦なく、猿の左腕も切り落とした。

「この血と骨は、我々の知恵となり、糧となる！」

両腕をなくした獣をひっくり返し、右足の付け根に斧の刃を当てる。骨が外れる音がする。腱が断たれ、肉が断たれ、右足が床に落ちる。左足も切断し、切り落とした両足を頭上に掲げる。

「血を！　もっともっと大量の血を！　そうだ、髄液を抜け！　内臓を取り出せ！」

彼は小刀で猿の腹を裂いた。腸を切り取り、肝臓を抉る。

「ここにあるはずだ！『至高の血』が、神に至る道が、ここに隠されているはずだ！それを見つけるまで、諦めてなるものか！　諦めてなるものか！」

ついには小刀を投げ捨て、両手を猿の腹腔《ふくこう》に突っ込んだ。血塗れの内臓を引き寄せては、力任せに引きちぎる。そのたびに胸が悪くなるような、ぬかるんだ音がする。

すべての気力を振り絞り、俺は命じた。

「――やめろ」

この男を殴りたいと思った。目鼻が潰れ、顔が原形を留めなくなるまで殴りたいと思った。けれど俺は色相M《ヒューマゼンタ》だ。色相C《ヒューシアン》のように相手の精神を侵食し、その心身を喰い荒らすことは出来ない。ここでこいつを殴っても、こいつの本体は何の痛痒も感じない。時間を無駄には出来ない。シシィは死にかけている。急がなければ間に合わない。

「お前が切り刻んだ、その獣はどこにいる？」

俺の問いかけに、老研究者は茫洋と答えた。

「ここの――地下にいる」


俺は目を開いた。

胃の腑が捩れ、吐き気が込み上げてくる。

立ちあがり、流し台に駆け寄り、胃袋の中身をぶちまけた。吐いて吐いて、吐き続けた。胃が空になり、吐くものがなくなっても、まだ吐き足りないというように喉がひくひくと痙攣していた。

「ロイス――」

ヴィンセントが俺の背中に手を当てた。傍らに膝をつき、俺の顔を覗きこむ。

「何を見た？」

説明したくても出来なかった。奴がシシィにしたことを思い出すだけで死にたくなった。

「シシィは、この地下にいる」

そう言うのがやっとだった。

嘔吐《えず》きそうになるのを堪えながら、俺は階段を探した。

下り階段は廊下の先にあった。ランプをかざしても足下は薄暗い。吐き気を催す悪臭が漂う。壊疽《えそ》の臭い、生肉が腐る臭いだ。

階段の先には、鍵のかかった扉も堅牢な檻もなかった。あったのは、手足を失ってもなお人の三倍はありそうな、巨大な肉の塊だった。毛を剃られ、皮膚を削《そ》がれ、内臓を切り刻まれた実験動物のなれの果て。頭は鉄のベルトで固定され、腹には幾本もの真鍮管が突き刺さっている。もしその胸が上下していなかったら、これが ま だ生きているとは、とても思えなかっただろう。

「シシィ、聞こえるか？」

傷痕だらけの横腹に手を置いて、俺は彼女に問いかけた。

「お前と話がしたい。お前の血を飲んでもかまわないか？」

くふ……と獣の喉が鳴った。シシィは手話でしか話せない。けれど彼女は手も失ってしまった。シシィの『声』を聞くためには、彼女の血を受け入れるしかない。

俺はヴィランドの種枝を取り出した。

「駄目だ、ロイス」

俺の手首をヴィシセントが摑んだ。その瞳は怒りと悲しみに揺れている。

「シシィは獣だ。人間の常識は通用しない。あとは僕がやる。僕がシシィを殺す。彼女が死ねば、ルーク殿下の精神侵食も解ける」

「精神侵食を受けている人間はシシィの支配下にある。もしその気になれば、彼女は彼等を道連れに出来る」

「そんな時間は与えない」

一撃で即死させる。そういう意味だろう。草原狼の俊敏さと灰色熊の強力を兼ね備える男だ。彼になら、きっと出来るに違いない。

けれど——

「シシィは人間並みの知性を有している。お前の殺意はもう彼女に伝わっている」

俺はシシィを見た。右側しかない真っ黒な瞳。左目の眼窩《がんか》には汚れた脱脂綿が詰め込まれている。

「人間はシシィにひどいことをした。シシィが精神侵食を試みたのは、自分の死期を悟ったからだ。死ぬ前に人間達に伝えたいことがあったからだ。ならば誰かが、彼女の声を聞くべきだ」

「だから君が血を飲むっていうのか？　シシィをこんな目に遭わせた奴等の罪を、君が肩代わりしようっていうのか？」

馬鹿げている——とヴィンセントは吐き捨てた。

「奴等がシシィに何をしたのか。この状態を見れば、僕にだってわかる。彼女は人間を憎んでいる。そんな獣の血を招き入れたら、いくら君でも無事ではすまない。たとえ身体は耐えられても、君の精神が壊れてしまう」

「それで彼女の赦しが得られるのであれば、やる価値はある」

俺はシシィの耳朶にヴィランドの種枝を刺した。膨らんだ血実を摘み取る。

「よせ！」

ヴィンセントは俺の手首を締め上げた。

「君は死にたいだけだ！　英雄として死ねる場所を求めているだけだ！」

そうかもしれない。きっと、そうなのだろう。

「俺は英雄になりそこねた。この命に代えても守ると誓ったのに、俺はミリアムを守れなかった。それをどんなに悔やんでも、時を巻き戻すことは出来ない。けれどルークは違う。彼にはまだ手が届く。今ならまだ間に合う」

　ヴィンセントが息を呑んだ。その顔に動揺が広がっていく。

　そんな彼に向かい、俺は少しだけ笑ってみせた。

「子供を守るのに理由はいらない」

　同意を求め、首を傾げる。

　俺を凝視したまま、ヴィンセントは沈黙した。

　結局、根負けしたのは彼のほうだった。らしくない舌打ちをして、ヴィンセントは俺の手を放した。

「三時間待つ。それまでに戻らなかったら、君が目を覚ますまで殴り続ける」

　冗談だろうと思った。けれど彼の目は真剣で、冗談を言っているようには見えなかった。

「お前は強化血実を使うと、性格まで荒っぽくなるようだな」

「ああ、そうだ。僕は肉体強化中だ。今の僕に殴られたら、そんな可愛らしい痣だけじゃすまないぞ」

　唸るような声で言い、ヴィンセントは俺のコートの襟を摑んだ。脅すように牙を剝き、ステッキの柄で俺の顎を小突いた。

「この形のいい顎骨を砕かれたくなかったら、必ず無事に戻ってこい」

　そう言い捨てて、彼は俺を突き放した。

　俺は床に座り、シシィの横腹に背中を預けた。

「ここまでつき合ってくれて、ありがとう」

ヴィンセントは何かを言いかけ、何も言わずに口を閉じ、怒ったように顔を背けた。

それでもかまわなかった。ようやく礼を言うことが出来て、少しだけ気分が軽くなった。

「行ってくる」

俺は血実を奥歯に挟み、ゆっくりと噛み潰した。


『白い部屋《ホワイトルーム》』は――白くなかった。

もはや部屋ですらなかった。

周囲を取り囲むのは鬱蒼とした藪《やぶ》だ。頭上には濃い緑色の葉が生い茂っている。薄暗いけれど恐ろしくはない。空気はほのかに暖かく、どこか懐かしい。

「こんにちハ」

不思議な抑揚の挨拶が聞こえた。

見れば、すぐ近くの岩の上に小さな獣が座っている。ふわふわと逆立った赤毛。小さな鼻に突き出した口。つぶらな黒い目が興味深そうに俺を見上げている。

「アナタ、カイテキ？」

カイテキ――？

ああ、そうか。

「快適だ」周囲を見回す。「素敵な森だな」

彼女の唇の端がくるんと巻きあがった。つい微笑み返したくなるような、愛嬌のある笑顔だった。

「貴方がシシィか？」

「そウ」

「では、ここは貴方の故郷か？」

「そウ」シシィは目を細め、嬉しそうに笑った。「昔、家族と一緒にいたところ」

そこで彼女は膝頭を揃えた。その上に皺くちゃな両手を置いた。

「ごめんなさイ」

丁寧に頭を下げる。

「ワタシ、とても古イ。もうすぐ暗くて暖かくて、とてもカイテキなトコロに行ク。ワタシ、子供達に夢見せること出来なくなル。だから今のうち、いっぱい夢見せようと思タ。アナタ、ソレをとても心配しタ。ワタシのせイ。ごめんなさイ」

予想外の告白だった。意外すぎて、すぐには理解出来なかった。

「貴方は人間に復讐するために、精神侵食を仕掛けたのではないのか？」

「違ウ！　違ウ！」

シシィは両手を振った。

「子供達、二回の昼と二回の夜に夢見ル。三回目の朝、元気に目覚めル」

「つまり害意はない――と？」

「そウ」シシィは首を縮めた。「ごめんなさイ」

彼女の言葉に嘘はない。それはわかっていた。けれど問わずにはいられなかった。

「人間は貴方を監禁した。血を抜き、手足を奪い、内臓まで切り刻んだ。こんなにも残酷なことをされたというのに、なぜ貴方は人間を恨まない？」

きょとんとした顔でシシィは俺を見上げた。質問の意味がわかっていないようだった。

「故郷から遠く離れた場所に連れてこられて、貴方は怖くなかったのか？」

「うン。少し、怖かタ」

「家族から引き離されて、寂しくはなかったのか？」

「寂しくなかタ」

幸せそうにシシィは笑った。

「ワタシ、一人ではなかタ。ミンナ、ワタシに優しかタ。ワタシ、笑うが好き。ミンナ笑うはもっと好き。ワタシ、とてもカイテキ。とても、いっぱい幸せ」

嘘だ。人間はシシィに優しくなんてしてこなかった。しかし彼女にとっては、これが真実なのだ。どんなに信じがたくても、彼女は『人間は優しい』と信じているのだ。

「どうしてそんな風に思えるのか、俺にはわからない」

「ううン、アナタはわかてル。子供達とても可愛イ。アナタ、大切なヒトを持てル。大好きなヒトを持てル。それはとても、いっぱい幸せ」

シシィは俯いた。恥じらうように手を組み、捻っては解き、また捻る。

「ワタシも大好きなヒト持てル。フレディ、とてもとても、いっぱい優しかタ」

その瞬間、俺は思い出した。マーテルの血で眠らされたグローリア。彼女は夢から目覚めた時、「知らない男の人に恋をする夢を見た」と言った。俺が嫉妬した夢の男、その名前がフレディだった。

「フレディ、言葉教えてくれタ。いっぱい歌ってくれタ。ワタシ、いっぱい真似しタ。ワタシ、フレディのコトとても、いっぱい大好きになタ」

彼女は恥ずかしそうに両手で顔を覆った。まるで年頃の乙女のようだった。初めて恋を告白する可憐な少女のようだった。

「だからフレディと別れル、とてもとても辛かタ」

緑の木の葉が色褪せていく。枯れ葉が空へ舞いあがり、静かに悲しく降り積もる。

「檻に入って、ワタシ運ばれタ。フレディ、泣いタ。泣いて、檻を摑んダ。泣いて、大きな声で、やめてくれ、言タ。シシィを連れてかないでくれ、言タ。ワタシ、苦しくなタ。胸がキュウキュウして、涙とても、いっぱい出タ」

シシィの目から、涙の粒がぽろぽろとこぼれた。

「フレディいっぱい叩かれタ。いっぱい蹴られタ。それでもフレディ、檻を離さなかタ。ワタシ、フレディ怪我して欲しくなかタ。だから、ありがとうと言タ。忘れないと言タ。大好きと言タ。フレディ、大きな声で泣いタ。ワタシ、フレディにさよならと言タ。フレディ、ワタシにさよならと言わなかタ。けど、お別れしタ。新しい家に来て、いっぱい痛かタ。フレディに会えナイ。もっといっぱい痛かタ。ワタシ、泣いタ。とてもいっぱい、いっぱい泣いタ」

シシィは手の甲で涙を拭った。込み上げてくる涙を幾度も幾度も拭った。それを見て、俺は彼女を抱きしめたくなった。

「ワタシ、泣く嫌イ」

彼女は目を潤ませたまま、自分の両頬をつまみ、左右に引き伸ばした。頬の皺が伸びて、まるで大口蛙のような顔になった。

最低な気分だったのに、俺はつい笑ってしまった。

そんな俺を見て、シシィも笑った。

「ワタシ、笑うが好き。痛くて泣く子はいいコいいコしタ。寂しくて悲しい子はぎゅっと抱っこしタ。辛くて苦しい子には子守歌を歌タ」

彼女は幼子を抱く真似をした。子をあやすように身体を揺らした。

「シシィ、貴方はどうしてそんなに優しいんだ？」

「ワタシの血を分けたヒト、すべてワタシの子供。とても大事。子供達のため、ワタシ、とても、とても強くなル」シシィは勇ましく胸を叩いた。「ゾラパーチより強くなル」

けれど俺にはゾラパーチが何なのかわからなかった。人名なのか。獣の名前なのか。自然現象のことを指すのかもわからなかった。

「すまない。ゾラパーチの意味がわからない」

シシィは困ったように顎に手を当てた。思案するように首をひねった。

「愛は強イ。カデルディルより強イ」

「カルディ……何だって？」

「モナジェバフォルの角より強イ」

「ごめん、シシィ。わからない」

シシィは頭を抱えた。うう……と唸って、考え込む。

そして考えに考え抜いた末、彼女は言った。

「愛は強イ。愛は負けナイ。百人のくいいいいーんしるびあにも負けナイ」

今度はわかった。

「それは強い。ものすごく強い」

「うン、うン、そのとおり！」

通じたことがよほど嬉しいらしく、シシィは手を叩きながら、頭を前後に揺らした。

俺は彼女の前に跪いた。胸に手を当て、敬意をもって頭を下げた。

「——シシィ」

「貴方は完璧だ。完璧だよ、シシィ」

もし人が彼女のように生きられたら、この世界は素晴らしいものになっていただろう。だが人は利己的で残酷な生き物だ。どんなに理性的な人間でも、心の中には怪物が棲んでいる。俺だってそうだ。怒りや妬み、殺意や憎悪を抱かずにはいられない。人間は——俺は、シシィのようには生きられない。

だからこそ胸が痛むのだ。こんなに優しい生き物が、なぜこんな死に方をしなければならないのか。こんなにも完璧な生物が、なぜ絶滅しなければならないのか。

「……痛いノ？」

小さな手が俺の頭を撫でた。繰り返し繰り返し、シシィは俺の頭を撫で続けた。

俺は母の愛を知らない。けれど母親の愛が、いかに強いかは知っている。グローリアは命懸けでミリアムを産んだ。全身全霊を傾けてミリアムを愛した。その姿を見て俺は思った。母親とは、なんて強い生き物なのだろうと。『愛は強い』とシシィは言った。それはマーテルも人間も同じだ。親が子供を愛する気持ちは重く尊い。同じ愛だ。

「シシィ、俺に出来ることはないか？」

足下に跪いたまま、俺は彼女の手を握った。

シシィは目を瞬いた。恥ずかしそうに俯いて、足の指を擦り合わせた。

「ワタシ……もう一度、フレディに会いたイ」

俺は返答に詰まった。

今から手がかりを探し、フレディを見つけて戻ってくる。そのためには早くても二日、下手をすれば、それ以上かかるだろう。その間、彼女をここに閉じ込めた奴等が待ってくれるとは思えない。俺達が研究所に侵入し、マーテルと接触したことを知ったなら、奴等はシシィを運び出してしまうだろう。

何かいい手はないか、俺は必死に考えた。しかし一介の探索者《サーチャー》に出来ることは限られていた。

「貴方をここから運び出すことは、俺には出来ない。貴方が生きている間に、フレディを連れてくることも出来ない。俺に出来るのは、フレディに貴方の血を渡すことだけだ」

俺は言葉を切り、彼女を見つめた。

「それでいいか?」

シシィは、こくりと頷いた。

「ありがとウ」と言って、笑った。

その微笑みは温かくて、俺もまた、微笑まずにはいられなかった。

ゆっくりと瞼を開いた。

ヴィンセントが俺の顔を覗きこんでいる。

「ロイス、僕のことがわかるか？　僕の声が聞こえるか？」

「──ああ」

大きく息を吐いた。頭の芯が痺れているが、激しい頭痛は消えていた。吐き気も治まり、身体の怠さも軽減している。

「シシィに害意はなかった。彼女が精神侵食を行ったのは、自分の死期を悟ったからだ。自分が死ねば、もう夢を見せることは出来なくなる。だから彼女は今のうちに、苦しんでいる人々に幸せな夢を見せようとしたんだ」

俺はシシィに寄りかかった。背中越しに彼女の体温が伝わってくる。俺の頭を撫でた小さな手。その温もりを思い出す。

「眠るのは三日間だけだと言っていた。今頃ルークも目を覚ましているだろう」

信じられないというように、ヴィンセントは目を見張った。

「人間達はシシィをこんな目に遭わせたんだぞ？　なのに恨むどころか、幸福な夢を見せようとするなんて、僕には理解出来ないよ」

「マーテルには憎悪という感情がない。辛い、悲しいと思うことはあっても、それで誰かを恨んだり、憎んだりすることはない。シシィにとって、自分の血を分けた者達はすべて自分の子供なんだ。性別も年齢も種族も関係ない。誰もが愛しむべき子供達なんだよ」

俺は立ちあがった。ヴィランドの種枝を持ち、それをシシィの耳朶に刺した。

突然、シシィが唸った。

「すまない。痛かったか？」

答えはなかったが、それが苦痛の呻きでないことはわかった。彼女は歌っていた。口を閉じたまま、喉を震わせて、古い古い恋の歌を歌っていた。

そして、その歌が終わった時、シシィの呼吸も止まっていた。

俺は彼女の右目を閉じ、その瞼にキスをした。

「おやすみシシィ。良い眠りと良い夢を」

彼女の頬はまだ温かかったが、彼女の魂はもうここにはいなかった。シシィは逝ってしまった。この地を離れ、はるか虹の彼方へ。家族の待つ場所へ。暗くて暖かくて、とてもとても快適なところへ。

俺達は階段を上り、建物の外へ出た。

馬車馬を二頭借用し、街まで戻った。下り列車に乗り、殻の底を目指した。

最下層の朝は相変わらず最低だった。油臭い蒸気で空気は生温《なまぬる》く淀んでいる。灰茶色に濁った配管が壁を這い回り、錆びた鉄鎖やワイヤーが頭の上で交差する。猥雑な建築物、汚染された街路、灰白色の闇の中を幽霊のように歩く人間達。それを見て、戻ってきたことを実感する。

『霧笛』の扉を開くとカウンターにはギィの姿があった。

「おかえり、リロイス君。ゼント君」

その声が聞こえたのか、それとも鈴の音を聞きつけたのか。奥の扉からティルダが現れた。彼女は俺達を見て、これ見よがしに舌打ちをした。

「二人ともヨレヨレじゃないか。しかも汚ねぇツラしやがって。旦那様方、いったいどこでお愉しみで？」

鼻の頭に皺を寄せ、俺達を睨む。まるで背中の毛を逆立てた猫だ。機嫌の悪い猫には逆らわないほうがいい。同じネコ科でも彼女は砂豹だ。噛まれでもしたら大怪我をする。

「ルークはどうした？」

「王子様なら昨日の昼過ぎ、ぱっちり目を覚ましたよ」

あんたら無駄足だったねぇ？　と厭味を言うティルダに、俺は続けて問いかけた。

「会えるか？」

「って、あんたねぇ」

言いかけて、彼女は深いため息を吐いた。髪の中に右手を差し込み、爪を立てて頭皮を引っかく。

「目は覚ましたんだけどね。あんたがマーテルを捜しに行ったって聞いたら、自分の部屋に閉じ籠もっちまったんだよ。呼べば返事するし、体調も悪くないっていうんだけど、部屋から出てきやしねぇ」

　まいったよと、肩をすくめる。

「なんか泣いてるみたいだし。もう、どうすりゃいいのかわかんないよ」

「泣く子をあやすのは女の役目だろう」

「知るか、ボケ。あたしに母性を期待するんじゃないよ！」

「では俺が話してみる」

　俺は奥の扉を抜けた。階段下の元物置の前に立つ。

「ルーク、入ってもいいか？」

　返事はない。試しに把手を捻ってみたが、やはり鍵がかかっていた。

「ここを開けてくれ」

　ノックを四回。

「開けてくれないと、ぶち破るぞ」

　扉の向こう側で人が動く気配がした。鍵が解かれる音がする。数秒間待ってから、俺は扉を開いた。この部屋には窓がない。扉を閉じると真っ暗になる。俺はマッチを取り出し、オイルランプに明かりを灯した。

　ルークは部屋の一番奥、寝台に横になっていた。毛布に潜り、こちらに背を向けている。

俺は丸椅子を引き寄せて、寝台の傍に座った。

「夢を見ていたんだろう?」ルークの背中に問いかける。「母親の腕に抱かれる、幸福な夢を?」

「幸福ではない。残酷な夢だ」

咳をして、しゃっくりをごまかす。

「母上は私に笑いかけて下さらない。あのような微笑みを、私に見せて下さったことはない。夢が幸福であればあるほど、目覚めた時、現実に打ちのめされる。母上にとって私は価値のない子供なのだということを、嫌というほど思い知らされる」

その悲しみはよくわかる。実の親に棄てられる孤独、誰にも必要としてもらえない寂しさ。かつては俺も、それと同じものを抱えていた。

「しかも私は、愚かな子供のように自分の力を過信した。余計なことをして、貴様に手間をかけさせてしまった」

「いいんだ」

俺は彼の頭に手を置いた。シシィがそうしてくれたように、ルークの頭を撫でた。

「お前はまだ子供だ。未熟で当たり前、愚かで当たり前なんだ。もしお前がすでに完璧であったなら、俺達大人の出る幕がない」

ルークは身じろぎした。寝返りを打ち、俺を見て、驚きに目を見開いた。

「なぜ怒らない？」毛布を摑んだ指が震え出す。「本当は怒っているのだろう？　俺は子守じゃないと、余計な手間をかけさせるなと言いたいのだろう？」

「ああ、そうだな。怒っている」

俺は寝台の端に座り直した。手を伸ばし、ルークの髪をくしゃくしゃとかき回した。

「今度、またノックせずに俺の部屋の扉を開いたら、次回こそは叩き出す」

「ふざけるな！」

俺の手を撥ねのけ、ルークは上体を起こした。

「この嘘つきめ！　都合が悪くなると、貴様はすぐ、適当なことを言ってごまかそうとする。怒っているくせに、邪魔だと思っているくせに、本当は私の価値など認めていないくせに、優しげなことを言って、いつも私を懐柔しようとする！」

目の縁に涙を溜めたまま、ルークは拳で俺の肩を叩いた。

「私は騙されないぞ！　貴様の言うことなど、誰が信じるものか！」

喚きながら、左右の拳で俺の肩や胸を叩き続ける。

そんなルークを抱き寄せた。細い身体に両手を回し、彼の肩に額を押しつける。

「な――」

「無事でよかった」

「お前が無事でよかった」

本当はわかっていた。俺がルークを遠ざけようとしたのは、いずれ来る別れが辛くなるからではない。彼にミリアムの面影を見てしまうからでもない。俺が本当に恐れていたのは、ルークに俺の本質を見抜かれることだった。

グローリアとミリアムを失ってから、俺は人生を悲観することしか出来なくなった。己を憐れみ、世界に唾を吐き、惰性だけで生きている。そんな醜悪な姿をルークには見られたくなかった。

だから距離を置こうとした。突き放そうとした。でも手遅れだった。たった一人で暗闇の中にいる少年を、無視することなど出来るはずがなかった。コインはすでに投げられていた。あの日、ルークを捜して欲しいと依頼された瞬間に、コインは投げられてしまっていたのだ。

「……どうしたのだ？」

戸惑ったように、ルークが問いかけた。

「どこか痛いのか？　苦しいのか？　もしかして怪我をしているのか？」

「いや——なんでもない」

俺は右手で顔を覆った。

「大丈夫、少し疲れているだけだ」

「何が大丈夫だ。そんな顔をして、大丈夫なわけがないだろう！」

ルークは俺のコートを摑んだ。

「ごまかさずに話せ！　その目は、その痣はどうしたのだ！　貴様に何があったのだ!?」

「話せば長くなる」

「かまわん！」

ルークは手を離し、寝台の上に胡座をかいた。

「さあ、話せ！」

「辛い話になる」

「それは私のためにしてくれたことなのだろう？　それでまた傷を負ったのだろう？　ならば、どんなに辛くても受け止めてみせる。聞かせてくれ。貴様が何を見たのかを。何を感じ、何を思ったのかを。私は知りたいのだ。貴様のことを、もっとよく知りたいのだ」

その眼差しは尊大で傲慢な王子のものではなかった。ここにいるのは俺の身を案じる一人の少年、誰かの役に立ちたくて精一杯背伸びをしている一人の子供だった。

子供は大人の姿を映す鏡だ。善い面も悪い面も、周囲の大人達を見て学ぶ。俺の本性を知ったなら、ルークは失望するだろう。だがルークは賢い。俺が情けない姿を見せたとしても、彼はそこから何かを得る。岩を割って成長する大木のように、愚かな俺を乗り越えていく。泣く子を抱きしめるのも、その子の可能性を信じるのも同じ愛だ。愛に貴賤はない。何も求めず、偽らず、ただ信じて、愛し続ければいい。

「わかった。話そう」

俺は寝台に腰掛け、壁に寄りかかった。ルークは俺の隣に座り、両膝を抱えた。その肩に毛布を掛けてやってから、俺は口を開いた。

「今から五十年以上前の話だ。中層上郭にあるバークレイ動物園に、シシィという名の人気者のマーテルがいた――」

翌日、俺はクレアの店に向かった。

珈琲を注文し、彼女がそれを淹れるのを待つ間、俺は事の顚末を話して聞かせた。

「シシィはもういない。今後は『ティンカー』を使っても、子供達に幸せな夢を見せることは出来ない。この話、医者仲間に広めてもらえるか？」

「もちろん。まかせといて」

クレアは珈琲の入ったカップを差し出した。

「あ、お代はいらないよ。あんたにはずいぶんと働いてもらったからね」

俺は礼を言い、珈琲を啜った。何とも言えない苦みが広がる。それだけで体中の細胞が目を覚ます気がする。

「その血清研究所だけどね」

のんびりとした口調でクレアが言った。

「昨夜、焼け落ちたそうだよ」

珈琲が気管に入り、俺はむせて咳き込んだ。

「大丈夫かい、ロイス？　ごめんね、珈琲熱すぎたかい？」

「詳しく聞かせてくれ」咳き込みながら俺は尋ねた。「何があった？」

「出火原因は不明だけど、建物も書類も何もかも焼けてしまってね。研究員らしき焼死体も六体見つかったそうだけど、身元まではわからなかったって」

間違いない。誰かが証拠を消したのだ。シシィがあそこにいたという事実を、百年以上前から蓄えられてきた膨大なファイルを、『至高の血』に関する研究資料を、誰かが葬り去ったのだ。

「誰の仕業だ？」

「確かなことは言えないけど、あそこで『至高の血』を研究していた奴等だろうね。連中はあんた達のこと、政府筋の人間だと思ったんだよ。だから女王に探られる前に、みんな灰にしちゃったのさ」

クレアは窓から身を乗り出し、口元に手を添える。

「あたしらにとっちゃ、血は運命であり宗教であり、神にも等しいものだ。もし奇跡を超える血が誰にでも手に入るようになったら、オルタナ王家の権威は地に落ちる。それを望む者達はね、確かに存在するんだよ」

「何者か、知っているのか？」

「詳しくは知らない。でも噂はよく耳にする。そいつらは『歴史《イストワール》』って呼ばれてる」

音のない声で囁いて、彼女は上目遣いに俺を見た。

「ロイス、この先も『至高の血』を追いかけるつもりなら、充分に気をつけるんだよ？

連中はもう、あんたの存在に気づいてる」

頷いて、俺はもう一口、珈琲を啜った。

「忠告ありがとう」

「お礼を言うのはあたしのほうだよ」

クレアは苦笑した。売り上げを入れる小箱の蓋を開く。

「探索の報酬は五万プルーフだったよね。経費はどのくらいかかった？」

「報酬は受け取れない。シシィに害意はなかった。俺が何もしなくても、彼等は自然に目覚めていた」

「でもあんたはシシィを救ってくれた」

彼女はぐっと拳を握った。それはクレアの怒りであり、悲しみでもあった。

「まだ子供だったけれどね。あたしはシシィが好きだった。大好きだったんだよ」

「ではひとつ頼まれてくれ」

珈琲を飲み干し、俺は空のカップをカウンターに置いた。

「シシィの飼育係だったフレディという男が、今どこにいるのか知りたい」

そんなやり取りをした数日後、俺はクレアからの報告書を受け取った。

フレディ——本名はフレデリック・ウォーリック。バークレイ動物園にやってきた幼いシシィを、彼は妹のように可愛がった。シシィが体調を崩せば必死に看病し、時には藁の上で一緒に眠ることもあったそうだ。

バークレイ動物園の閉園が決まり、シシィが連中に連れ去られようとした時、彼は必死に抵抗した。その時に負った傷のせいで、彼は背骨を痛め、まっすぐに立つことが出来なくなった。その影響もあって、彼は定職に就くことなく、ひとつの場所に定住することもなかった。

「フレディは今、オールズ通りの市民病院にいる」

クレアは言いにくそうに付け足した。

「会いたいなら、急いだほうがいいよ」

オールズ通りは中層の下郭、中層でもっとも貧しい者達が住む界隈にあった。

ここからは蒸気列車に乗って、約四時間の距離だった。

「フレディに会ってくる」

俺がそう言うと、ルークは「私も行く」と言い張った。

最下層ほどではないにしろ、中層下郭も治安が悪い。今から出かけるとなれば、どこかで一泊する必要がある。いろいろ考え合わせると、ルークを伴うのは危険すぎた。

「戻ったら必ず仔細を報告する」

そう約束し、何とか彼を説き伏せて、俺は一人で『霧笛』を出た。

中層に向かう最終列車のボックス席、出発を待つ俺の前に一人の男が座った。山高帽《ボウラーハット》に仕立てのいいフロックコート、手に銀色のステッキを携えた紳士。それは今日の昼にティルダと護衛を交替し、宿舎に帰ったはずのヴィンセントだった。

「これは特急列車《エクスプレス》じゃないぞ？」

「知ってる」

窓の外に目を向けたまま、彼は答えた。

「僕にも見届ける義務がある。ついてくるなと言っても無駄だよ」

「言わないさ」

前の座席に足を乗せ、腕組みをして目を閉じた。

「俺は寝る。着いたら起こしてくれ」


オールズ通りにある市民病院は、まともな医療設備もない前世代的な建造物だった。傍に付き添う者もなく、面会に来る者もいない。ひっそりと死を待つ者達の場所。その一角に彼はいた。汚斑《しみ》だらけの寝台に痩せ衰えた男が身を横たえている。もう助かる見込みのない死病に冒されたこの老人こそ、シシィの飼育係を務めていたフレディだった。

すでに意識はなかった。血実を口に含ませることも出来そうになかった。俺はポケットから注射器が入った小箱を取り出した。多分必要になるからと、クレアが貸してくれたものだった。金属製のシリンダーに細い針を取りつけ、血実に蓄えられていたシシィの血を抜き取り、それをフレディの腕に注射する。

効果は劇的だった。土気色をしていたフレディの頬に赤味がさした。ひび割れた唇が動く。声は聞こえなかったが、シシィの名を呼んだようだった。彼の目元が和んだ。唇が緩んだ。死人のようだった顔に、穏やかな微笑みが広がっていく。

「幸福な夢を見ているんだろうな」

ヴィンセントが独り言のように呟いた。

「羨ましい」

意外なことを言う。少なからず驚いて、俺はヴィンセントを見た。そんな俺の視線に気づいたらしい。ごまかすように彼は笑った。

「大それた望みを抱いているわけじゃない。平和に慎ましく、心穏やかに生きたいだけなんだ。なのにどうして、僕等は思った通りに生きられないんだろう」

この男らしい願いだと思った。その一方で、彼らしくない願いだとも思った。

「俺達は人間だ。憎悪も嫉妬も知らないマーテルのようには生きられない。変化は時を選ばない。惜しみなく与え、容赦なく奪う。心穏やかには、どうしたって生きられない」

「……そうだね」

「だから俺達は夢を見る。たとえ仮初めでも、いずれは失われるとわかっていても、夢を見ずには生きられない」

ヴィンセントは驚いたように瞬いて、ほんの少し微笑んだ。

「ああ、そうかもしれないね」

俺はフレディを見下ろした。彼は幸せそうに微笑みながら、眠るように死んでいた。蛹《さなぎ》から羽化した蝶のように、重い身体を脱ぎ捨てて、彼の魂は飛び去っていった。悲哀も苦痛もない場所へ。永遠に続く幸福な夢の中へ。

俺達は病室を出た。どちらも口を開かなかった。外はすでに薄暗かった。狭苦しい路地。汚れた街並み。荒んだ目をした人間達。どこを見ても幸福な夢にはほど遠かった。だが悲観することはない。変化はいずれ向こうから来る。虹の向こう側に逝く時は、誰にでも必ずやってくる。

俺は紙巻き煙草を一本抜き出し、マッチを擦って火をつけた。煙を吸い、静かに吐き出す。夕闇に紫煙が緩く溶けていく。

「僕にも一本くれないか？」

ヴィンセントが言った。

俺は横目で彼を見て、からかうように問いかけた。

「吸ったことはあるのか？」

「ない」

「では断る」

薄く漂う霧の中へ、俺は歩き出した。

血と鉄錆の臭いがする殻の底へ。永遠ではない、幸福な夢を見るために。

第三話　Truth Hurts／真実は傷つける

最下層の街に手紙は届かない。かつて居住区であった場所には工場が連なり、違法な増築を重ねた建造物は鋼鉄の迷宮と化している。住所も番地もとうの昔に形骸化し、意味を成さなくなっている。

この街から手紙を出すには、下層駅の構内にある唯一の郵便局まで出向くしかない。手紙を受け取るには、下層郵便局に局留めで送ってもらうしかない。

ミリアムを捜すために菫青離宮を出る。そう打ち明けた時、リロイス家の執事チャールズ・レイノルズは言った。

「どこかに落ち着きましたなら、連絡先をお知らせ下さい。こちらの状況をご報告させていただきます」

レイノルズは真面目で堅苦しい男だった。彼が歯を見せて笑う姿を、俺は一度も見たことがなかった。そんな男だからこそ、信じてみようと思った。菫青離宮からミリアムが消えたことに、レイノルズも責任を感じていたのだ。でなければ、リロイス家と縁を切り、去って行こうとする男に、リロイス家の執事がそんな申し出をするはずがない。

　もしミリアムが戻ってきたら、彼から知らせが届くはずだ。ここに来た当初は縋《すが》るような思いを抱いて、連日のように郵便局に通った。しかしレイノルズから手紙が来るのは、月のはじめに一度だけ。その内容は『ミリアム様に関する手がかりは得られておりません』という、ごく簡潔なものだった。律儀に手紙を送ってくれるレイノルズには感謝しているが、失望することにも疲れ、いつしか足は遠のくようになっていた。

　その日、俺はいつも通りの外回りに出かけた。何の収穫も得られないままブルースの店を出た時、今月はまだ手紙を取りに行っていないことを思い出した。

　水かさを増しつつある汚水に雨期の気配を感じながら、側溝沿いの坂道を上っていく。霧が吹き溜まった路地を抜け、重機が唸る工場群を横切る。鼓膜を突き刺す金属音。酸化した機械油の悪臭。壁から染みだした汚水に靴底がベタつく。

　深い霧の向こうに駅の丸屋根が見えてきた。下層駅の構内にある郵便局、窓口には顔なじみの局員がいた。俺が声を掛けると、彼は一通の封書を差し出した。差出人の名を確認するまでもない。表書きの流麗な筆致はレイノルズのものだった。

　その場で封を切り、手紙に目を通す。堅苦しい時候の挨拶に、『手がかりなし』というお決まりの文言が続く。

　予想はしていた。期待はしていなかった。ミリアムが消えて四年、おそらく無事ではいないだろう。もう戻ってこないだろう。そう思っても諦められないのは、確証がないからだ。万に一つでも可能性が残っている限り、逃げ出すわけにはいかない。最後の希望が打ち砕かれるまで、俺は生きていくしかない。

レイノルズからの手紙を丸め、ポケットにしまった。もう充分だという気がした。これ以上、霧の中を歩き回る気になれず、俺は『霧笛』に戻った。

「おかえり、リロイス君」

ギィの声が出迎える。カウンターの内側で瓶を磨いているギィは、今日もまた皺ひとつないシャツにスリムタイという一分《いちぶ》の隙もない完璧な容姿だ。

ギィの隣ではルークがグラスを磨いている。黒い前髪を後ろに撫でつけ、バーテンダーを気取っている。どうやら調血助手を務めるだけでは飽き足らず、調合血《カクテル》の作り方まで学ぶつもりでいるらしい。その向上心は評価するが、方向性が間違っているように思えてならない。

「なんだ、ロイスかぁ」

がっかりしたようにティルダが言った。まだ昼過ぎだというのに、彼女の前には『目眩《ヴアーティゴ》』のグラスが置かれている。

「ヴィンスの奴、いったいどこでサボっていやがるんだ。あたしにばっか仕事させやがって、ほんと頭にくる」

スツールに座り、『目眩《ヴァーティゴ》』を呷りながら、酔ったふりをしてくだを巻く。ティルダの気持ちもわからなくはない。ヴィンセントと彼女は交替でルークの護衛につく。その間隔は二、三日、長くても五日を超えたことはなかった。けれど今回は様子が違った。ヴィンセントがこの店を出てから、今日で七日目になる。その間、ティルダはルークの側を離れることが出来ずにいた。彼女は漂泊民《トラベラー》出身だ。砂原を駆け回る砂豹のような女だ。霧深く狭苦しい殻の底に押し込められては、不満もたまる一方だろう。

「ねぇ、ロイス。あんた、ヴィンスの友達でしょ？　仲良しなんでしょ？　あいつがどこに住んでるか、知ってるなら教えてよ」

あいつは友達なんかじゃない。仲良しだなんてとんでもない、ない、ない。

心の中で毒を吐きつつ、俺は「知らない」と答えた。

二カ月ほど前、俺とヴィンセントは、ちょっとした冒険を繰り広げた。その結果、俺達は警戒すべき連中に目をつけられることになった。ヴィンセントは狼男だ。相手が何者であれ、そう簡単に殺されたりはしないだろう——とは思うが、何の連絡もなく、七日も姿を見せないとなれば、さすがに心配になってくる。

「お前こそ軍の伝手《つて》を頼って、連絡を取ることは出来ないのか？」

「あたしは傭兵。ヴィンスは王族の近衛兵。同じライコス兵でも住む世界が違う。あたしのほうから接触出来るわけないじゃん」

カウンターに突っ伏して、ティルダは両足をばたつかせる。

「うう、暴れたい！　こんなとこでグダグダしてたら身体が鈍《なま》っちまうよ！　ヴィンスの野郎、今度会ったらタダじゃおかない！」

「勘弁してやりたまえ」

飄々とした口調でギィが宥《なだ》めた。空になったグラスを取り上げ、新たな『目眩《ヴァーテイゴ》』をティルダの前に置く。

「二カ月ほど前、シルヴィア女王はポイニクスに親書を送った。三日前、その返事が届いて、和平に向けての会談がグラウクスで行われることになったのだ。ゼント君はグラウクスの出身だからな。おそらく調整役にかり出されているのだろう」

「和平会談？」

おおよそ耳慣れない言葉だった。

地上に存在する十七の巻き貝《スネイル》都市国家のうち、聖域カルワリアを囲む九つの都市国家では「血と命はすべて平等である」という聖域教会の教義が信じられている。この『九国連合』の中心となっているのが『聖域の守護者』を自負するポイニクスだ。

一方、辺縁部にある八つの都市国家には、「尊ばれるべきは血の運命」という英雄オルタ・オルタナの思想が浸透している。『オルタ同盟』と呼ばれるこの八国を統括するのがライコスであり、シルヴィア女王というわけだ。

九国連合とオルタ同盟の対立は長く根深い。今から九年前にも『第三次全面戦争』と呼ばれる大戦があった。最終的にはオルタ同盟軍が九国連合軍を撃退したのだが、その被害は甚大で、両軍合わせて十万を超える兵士が命を落とした。戦場となった巻き貝《スネイル》都市国家ラピシュとグラウクスでは一般市民が戦闘に巻き込まれ、まだ幼い子供を含む大勢の人間が死んだ。停戦に至った現在でも、オルタ同盟のグラウクスと九国連合のルナールとの間では、両軍が睨み合いを続けている。ラピシュにはオルタ同盟軍が駐屯し、九国連合の動向に目を光らせている。和平どころか、明日にも第四次全面戦争が勃発したとしても不思議はない。それが現状だ。

「腑に落ちないな」

スツールに腰掛け、俺は煙草に火をつけた。

「シルヴィア女王は『銀』の女王だ。たとえ宣戦布告の通知を送ることはあっても、彼女のほうから和平会談の申し入れをするとは思えない」

「あたしも腑に落ちない、い、い、い」

組んだ手の上に顎を乗せ、ティルダはギィを睨んだ。

「ねぇ、マスター。ヴィンスの野郎がグラウクス出身だって、なんでわかるのさ？」

「ゼント君の言葉にはグラウクス特有の訛りがある」

「じゃ、オルタと九国がグラウクスで和平交渉を行うことになったってネタは、いったいどこから仕入れたの？」

それは俺も知りたい。最下層の街に手紙は届かない。新聞も売られていない。この家から一歩も出ずに、ギィはどうやって新たな知識や最新の情報を仕入れているのだろう。

「それは言えない」

ギィは秀麗な唇に、白い人差し指を当てた。

「企業秘密だ」

「って、あんたねぇ」

ティルダが文句を言いかけた時だった。

店内に鈴の音が響いた。生暖かい薄霧とともに一人の男が入ってくる。

歳は二十代半ばぐらいだろう。くたびれた上着の下、よれたシャツに臙脂色のスカーフを巻いている。どこにでもいそうな労働者階級の青年だ。なのに——なぜだろう。何かが引っかかった。まるで左右の靴を履き違えているような、居心地の悪さを感じた。

「いらっしゃいませ」

如才なくギィが出迎えた。

「『霧笛』にようこそ。どうぞお好きな席におかけ下さい」

男はその場に突っ立ったまま、ギィの顔を凝視していた。無理もない。最下層という吹き溜まりで、これほどの美形を目の当たりにすれば、誰だって我が目を疑う。

「ご注文はお決まりですか？」

ギィが尋ねると、男は慌てて帽子を取った。

「あの……この店に超一流の探索者《サーチャー》ロイス・リロイス氏がいると聞いてきたのですが」

どうやら彼の目当ては有名な調血師ではなく、探索者《サーチャー》のほうであるらしい。

俺は煙草を消し、スツールから立ちあがった。

「探索の依頼ですか？」

依頼人は頷いた。両手で帽子の縁を握ったまま、店の奥やカウンターへ、忙しなく視線を走らせている。

俺はティルダを振り返った。

「席を外してくれないか？」

わかってるよというように、彼女は軽く手を振った。右手にグラスを持ち、スツールから立ちあがる。俺はルークに目を向けた。彼はもの言いたげな顔をしたが、俺が奥の扉を指差すと、諦めたように嘆息した。

二人が奥の扉に姿を消すのを待ってから、俺は依頼人に右手を差し出した。

「私がロイス・リロイスです。どうかロイスとお呼び下さい」

品定めをするように俺を眺めてから、依頼人は握手に応じた。

「僕はミシェル・ジョエル。中層中郭で調血師をしています」

俺はジョエル氏に座るよう促した。彼は長椅子に腰を下ろしたが、それでもまだ落ち着かない様子で、ちらちらとカウンターを盗み見ている。

「あの調血師はギィ、この店の主人で私のボスです。ギィの口から秘密が漏れることはありません」

「そ、そうですか。すみません」

謝ることなど何もしていないのに、ジョエルはうろたえ、頭を下げた。

俺は彼の向かい側に座り、テーブルの上で手を組んだ。

「お話をうかがいましょう」

ジョエルは長椅子に座り直した。上着の裾を引っ張り、襟元を正し、両袖の埃を払ってから、ようやく口を開いた。

「僕の家は代々調血師を生業《なりわい》としてきました。多くの顧客を抱え、尊族の方々にも懇意にしていただいています。とある名家の御当主様からも、その家に伝わる強化血実の調合を任されてきました」

ライコスの尊族階級は高い血中明度《ブラッドバリュー》を持つ。その血だけで血税を賄い、贅沢な暮らしを維持出来る。一方で、彼等には軍務が課せられている。戦が始まれば、自ら軍隊を率いて戦場に立たねばならない。そのため尊族の名家は己の血脈を活かす、独自の強化血実を持っている。ヴィンセントの言う『我が家に伝わる秘伝のレシピ』というやつだ。

「強化血実の成分について詳しくは言えませんが、素材の中にひとつだけ、正体がわからないものがあるんです」

これです——と言って、ジョエルはポケットからガラスの小瓶を取り出した。底にはほんの数滴、薄紫色の液体が溜まっている。

「御当主様から強化血実の注文を承《うけたまわ》る際、同時にこの秘薬をお預かりするのです」

小瓶をテーブルに置き、彼は両手を組んだ。白い指、整えられた爪の先が手の甲に食い込む。

「先日のことです。作業中に調血助手が秘薬の瓶を割ってしまったのです。父は『御当主様にお詫びして、もう一度秘薬をいただいてくる』と言ったのですが、僕がそれを止めました。御当主様は勇猛果敢な方で、大きな声では申し上げられませんが、とても尊大で乱暴で、我等平民のことなど虫けら程度にしか思っていない御方なのです」

ジョエルは両手で顔を覆った。

「秘薬の瓶を割ってしまった調血助手は——エミリアは僕の婚約者なんです。もしこの件が御当主様に知られたら、きっとエミリアは殺されます！」

ああ神様……と悲嘆の声をあげ、彼は天を仰いだ。

「御当主様からお預かりした貴重な秘薬を損なった、その責任を負う覚悟は出来ています。賠償金が必要ならば生涯かけても支払いましょう。ですが罰として命を差し出せと言われたら、それは了承出来ません。この秘薬がどんなに貴重なものであっても、エミリアの命と引き替えにするほどの価値があるとは、僕にはどうしても思えないのです！」

一息に叫んで、彼はがっくりと肩を落とした。

青ざめた顔には苦悩の影が濃い。悲嘆に暮れ、疲れ切っている。けれど、どこか胡散臭い。理由はない。確証もない。ただの直感でしかない。謎の組織の存在を知ったせいで、過剰に疑り深くなっているのかもしれない。

「つまり——」俺はテーブル上の小瓶を指差した。「これと同じものを探してきて欲しいということですか？」

「そうです」

青年は両手を揉み搾り、縋るような目で俺を見つめた。

「納期は六日後に迫っています。調合にかかる時間を考えても、猶予は五日間しかありません。他の探索者《サーチャー》には、そんな短期間に探し出すのは不可能だと断られました。ロイスさん、貴方が最後の頼みの綱です。お願いします。どうか僕等を助けて下さい」

ジョエルは深々と頭を下げた。

考える時間を稼ぐため、俺は煙草に火をつけた。

彼の話が本当だとしたら、それは同情に値する。けれど、この青年は自分に酔っているように見える。婚約者の命がかかっているのに、どこか真剣味に欠けている気がする。もし俺が彼の立場だったなら、得体の知れない探索者《サーチャー》に命を預けたりしない。婚約者を守るためなら、家も仕事も投げ捨てて国外逃亡を謀る。それが正解だというつもりはない。調血師には職人気質《かたぎ》な人間が多い。誇りある仕事を投げ出すくらいなら殺されたほうがましだと考える人間が、いないとも限らない。

「ジョエルさん。貴方は調血師だ。ならばこの秘薬を分析する術もお持ちのはずだ」

俺は煙を吐き、煙草の先で小瓶を示した。

「調べてみましたか？」

「もちろんです」

ジョエルは力強く頷いた。

「これは動物の血液ではありません。ですが僕等が扱う植物由来の素材に、これと同じ成分のものは存在しませんでした。それにこの秘薬は密封容器に入れておいても、ひと月たらずで変質してしまうんです。御当主様から強化血実の依頼を受けるのは二年に一度、決まってこの時期ですから、今の季節に採れるものであることは間違いないと思います」

二年に一度ということは、常に夏年ということだ。しかも植物性で雨期の直前にしか採れない。となれば、これは春の儚い命《スプリング・エフエメラル》の一種である可能性が高い。

俺はギィを振り返った。

「この秘薬の成分を分析するにはどのくらいかかる？」

「早くて十時間、遅くて丸一日というところだ」

分析に一日かかったとして、残るは四日。もしこれが春の儚い命《スプリング・エフエメラル》なのだとしたら、外界まで出向く必要がある。ここから地上までは蒸気列車を乗り継いで丸一日かかる。往復で二日。採取にかけられる時間は二日しかない。他の探索者《サーチャー》が断るのも無理はない。

この依頼を受けるか断るか。ミシェル・ジョエルは信用のおける人間か否か。決断する前に、俺は彼を試してみることにした。

「探索の報酬は五万プルーフ。半分は前払いで、残り半分と経費は依頼品と引き替えです。前金をいただくのですから、こちらも万全を尽くすとお約束します。しかし期限内に必ず依頼品をお届けするという保証は出来ません。期日に間に合わず、それで貴方達が罰せられることになっても、私は責任を負いません」

そこで言葉を切り、ジョエルの顔色をうかがった。彼は唇を引き締め、眉間に皺を刻んでいる。膝の上では拳が小刻みに震えている。初めて見せる怒りの表情だった。

「それでもよろしければ、この依頼、承りましょう」

「そんな無責任な話があるか！」

ジョエルは立ちあがった。俺の鼻先に人差し指を突きつける。

「あんたの魂胆はわかってるぞ！　そうやって人の弱みにつけ込んで、前金を騙し取るつもりなんだろう!?」

煙草をもみ潰してから、俺は小瓶を彼のほうへと押しやった。

「受け入れられないのであれば、どうかお引き取り下さい」

ジョエルは歯を喰いしばった。このまま立ち去るべきか、リスクを承知でこの探索者《サーチャー》に命を預けるべきか、葛藤しているようだった。

「ジョエル君」突然ギィが口を挟んだ。「ひとつ助言をしてもかまわないかね？」

依頼人はぎくりと肩を強ばらせた。怯えたような目でギィを見る。

「……なんですか？」

「私は体裁を気にするたちだ。自分の仕事に矜持も持たず、責任も負わず、前金だけを巻き上げるような不心得者に、店の一角を貸したりはしない」

それに――と言って、にっこりと微笑む。

「君が守るべきは金か？　名誉か？　それは婚約者の命よりも大切なものかね？」

ギィの『にっこり笑い』は、もはや暴力だと思う。それを目にするたび、殴られたような衝撃を受ける。ジョエルは毒気を抜かれ、放心したように椅子に座った。

「いいでしょう……貴方を信じます」

彼は財布を取り出し、一万プルーフ金貨を二枚と千プルーフ銀貨を五枚、テーブルの上に積み上げた。

「この秘薬と同じものを百キューブ、五日以内に手に入れて下さい。僕は五日後の正午まで、下層駅前にある『ボトム・イン』というモーテルに滞在しています」

「わかりました。期限内にお届け出来るよう、最善を尽くします」

ジョエルは帽子を頭に乗せ、再び立ちあがった。

「もし成功すれば、貴方の名は忘れがたい喜びとなって、この心に残るだろう。だがもし失敗すれば、それは忘れがたい恨みとなって、この心に刻まれるだろう」

言いながら、彼は胸に右手を当てた。芝居がかった一礼を残し、ジョエルは店を出て行った。

カランカランと、銅製の鈴が乾いた音色を響かせる。

「なかなか粋なことを言う青年だ」

閉じた扉に目を向けたまま、感心したようにギィが言った。

俺は前金をポケットにしまい、秘薬が入った小瓶を手に取った。

「あれは彼自身の言葉じゃない。舞台劇の台詞だ。『英雄オルタ・オルタナの生涯』という歌劇の中で、革命を求める老学者が若き英雄オルタに言う台詞だ」

「おや意外だな。君が舞台劇に詳しいとは思わなかった」

「俺も意外だったよ。お前が俺のことを、あんな風に褒めてくれるとは思わなかった」

「褒めたわけではないよ。本当のことを言ったまでだ」

そちらのほうが余計に意外だ。かれこれ四年の付き合いになるが、いまだにギィがわからない。

「それでどうする？」

ギィはすらりと腕を伸ばし、俺の手の内を指差した。

「その秘薬、分析機にかけるかね？」

俺は答えず、店の奥にある扉を振り返った。

「ルーク、そこにいるんだろう？」

数秒の間を置いて、扉が開かれた。

現れたのはルーク——ではなくティルダだった。

「立ち聞きとはいい趣味だな」

「いいじゃん。聞いたところで減るもんじゃなし」

悪びれた様子もなく、ティルダは笑った。

そういう問題ではないと言いたかったが、彼女に説教など、するだけ無駄だ。

「言っておくが——」

「吹聴はしないよ。いくら退屈しててもね」ティルダは背後を振り返る。「それぐらい、わかってるっての。なぁ王子様？」

彼女の後ろでルークが重々しく頷いた。立ち聞きしていたくせに偉そうな態度だった。

厭味の一つでも言ってやりたい気分だったが、まあいい。

「ルーク、お前は春の儚い命《スプリング・エフエメラル》に詳しいか？」

「ちょい待ち！」ティルダが遮った。「まさかルークに分析させるつもりじゃないだろうね？」

「これの正体がすぐに知れたら、探索に費やす時間が稼げる」

王立生体医学研究所に籍を置くだけあって、ルークは知識も経験も豊富だ。市場に出回っていない素材にも詳しい。この秘薬の正体も知っているに違いない。

「ったく、簡単に言ってくれるよ！」

呆れたというように、ティルダは大きく嘆息した。

「あの騒ぎのこと、もう忘れたのかい？」

もちろん忘れてはいない。

シシィの一件以降、ルークは口数が減っていた。言葉には出さないが、どうやら落ち込んでいるようだった。彼を元気づけるには名誉挽回の機会を与えるのが一番だ。

とはいえ、正体不明の秘薬をいきなりルークに試させるつもりはない。

俺は秘薬を指に取り、小さな滴を舌先に乗せた。口の中に爽やかな香りが広がる。瑞々しくて優しい甘さ。この甘味、どこかで味わったことがあるような――

「馬鹿か、貴様は！」

体当たりを喰らい、俺はあやうく小瓶を取り落としそうになった。

ルークがコートの襟にしがみつき、血の気の失せた顔で俺を見上げている。

「目眩はしないか？　呼吸は出来るか？　吐き気や悪寒がしたりしないか？」

「──大丈夫だ」

その剣幕に気圧《けお》されながら、俺は少しだけ笑ってみせた。

「こう見えても、植物性の毒には耐性がある」

「植物毒を甘く見るな！」甲高い声でルークが喚いた。「だいたい色相《ヒューグリーン》Ｇでもない貴様が試薬を舐めて、いったい何がわかるというのだ！」

「これが獣の血じゃないことぐらいは確かめられる」

「それぐらいなら、あたしにだってわかるよ」

ティルダが腹立たしげに腕を組んだ。唇を尖らせ、不機嫌な声で続ける。

「あんたが倒れたら元も子もないだろ。次からそういう役目はあたしに振りな」

意外な申し出だった。彼女は金にならない仕事はしない。余計な危険は冒さない。その信条を違えるということは、それだけの価値を俺に認めてくれているということになる。だとしたら、光栄な話だ。けれど彼女にそんな命令を下すくらいなら、毒を呷って死んだほうがましだ。

「そうだな」曖昧に微笑んで、俺は答えた。「もし次があったら、お前に頼もう」

「次などないわ！」

今度はルークが眦を吊り上げた。

「身の程を知れ、この愚か者が！　知識も分析能力もない貴様等が、試薬を飲んだところで時間の無駄だ。小賢しい真似などせず、最初から私に任せればいいのだ！」

相変わらず言葉は尊大だが、翠色の瞳は涙で潤んでいる。まったくもって素直じゃない。筋金入りの捻くれ者だ。

「では、お前に頼もう」

俺はルークに秘薬の小瓶を差し出した。

「試してみてくれるか？」

「──無論だ」

ルークは小瓶を受け取った。用心深く瓶を傾け、秘薬を掌に載せる。俺達が見守る中、彼はそれを口元に運んだ。

「雨に濡れた土の匂い。新鮮な水の味わい。春を謳歌する花の薫り」

瞼を閉じて、まるで詩を諳《そら》んじるように、ルークは秘薬を読み解いていく。

「それは生きる喜び。新たな命を生み出す活力。男は伴侶を求めて旅立ち、女は約束の地で運命の人を待ちわびる。短い春。儚い命。命懸けの恋。思いは子供達に引き継がれ、未来への希望となる」

そこで目を開き、彼は俺を見上げた。

「これはミゼルだ」

「春の儚い命《スプリング・エフェメラル》か？」

「そうだ。夏年にのみ開花する雌雄異株の単性花だ。春の雨が降り、流水が荒野を潤すと、ミゼルの雄株と雌株は花を咲かせる。雄花は水流に乗り、雌花はそれを待ち受ける。雌花が雄花を捕らえると、花弁を閉じて受粉する。そこから抽出される流花香《りゅうかこう》が、この秘薬の正体だ」

「なるほど、流花香か」

ギィは感心したように腕を組んだ。

「流花香には精神力を高め、身体を活性化させる作用がある。けれど特筆すべきは、その爽やかな甘味だ。ゆえに流花香は酒や紅茶に香りを添えたり、水菓子や氷菓子に甘味をつけるために用いられる。ごく一部の尊族や王族にのみ許される贅沢品だ」

それを聞いて、思い出した。

菫青離宮でグローリアと過ごした日々。穏やかな午後には庭に出て、二人で紅茶を愉しんだ。彼女は「残酷な贅沢だってことはわかっているの」と言い、「でも、これだけはやめられない」と微笑んだ。グローリアが愛した薄紫色の蜜。あれが流花香だった。

「ライコス近郊で、これからミゼルが咲きそうな場所はあるか？」

「調べてみよう」

　ギィはカウンターを出て、奥の扉へと歩き出す。

「結果が出るまで二時間ほどかかる。先に出立の準備を進めておいてくれたまえ」

　そう言い残し、ギィは出て行った。扉が閉まる直前、階段を上っていく後ろ姿が見えた。調血室の先には立ち入ることが許されないギィの領域がある。そこでどんな魔法が使われているのか俺は知らない。それでもギィが期待を裏切ったことは一度もない。

「じゃ、あたし達は夕飯の支度でもしようかね」

　ティルダはルークの背後に回り、彼の尻をぽんと叩いた。

「手伝いな、王子様」

　ルークは答えなかった。瞬きもせず、まっすぐに俺を見つめていた。自分も行きたい。連れて行って欲しい。そんな彼の思いが押し寄せてくるようだった。

　植物の採取は危険な仕事ではない。今の時期なら気候もそれほど厳しくない。これが急ぎの案件でなかったら、彼を伴うのも悪くはなかっただろう。だが今回は時間がない。ミゼルの花を求めて、どこまで歩くことになるかわからない。子供の足に合わせている余裕も猶予もない。

　それはルークにもわかっているのだろう。だから彼は何も言わないのだ。何も言わずに、ただ俺を見つめることしか出来ないのだ。

「いい加減にしな」

ティルダはルークの頭に手を置いた。

「あんたの好きな揚げドーナツを作ってやるからさ、今回は諦めな」

「子供扱いするな！」

ルークは彼女の手を振り払った。ふいっと顔を背けると、怒りの足音を響かせながら奥の扉へと向かう。

「ったく、難しいお年頃だねぇ」

ティルダは閉まりかけた扉を押さえ、ルークを追って出て行こうとする。

その背中に、俺は言った。

「ありがとう」

足を止め、彼女は肩越しに振り返った。

「貸しにしとく」と右の瞼を閉じた。

ぱちりと音がしそうなほど、見事なウィンクだった。


俺は自室に戻り、棚から背嚢《はいのう》を取り出した。それをベッドへ放り投げると、毛布の上で寛いでいた野良猫達がいっせいに飛びのいた。逃げ惑う足音に続き、不満げな威嚇の声が聞こえてくる。だが、ベッドの主人《あるじ》は俺だ。文句を言われる筋合いはない。

巻き貝《スネイル》は創造神が人間に与えた最大の贈り物であるという。俺は無神論者だが、この言葉は真理だと思う。巻き貝《スネイル》の外は危険に満ちている。空気は薄く、気温の変動も激しい。比較的過ごしやすいといわれるこの時期でも、夜間の気温は氷点下になる。そんな過酷な状況下でも、草食獣は群れを成して荒野を闊歩し、肉食獣は闇に潜んで牙を研ぐ。中でも一番やっかいな敵は——太陽だ。

地上に出るためには、遮光布製のフード付きマントと手袋、遮光眼鏡が欠かせない。小鍋と水筒と真鍮のカップ、ナイフとロープ、救急用具と黄燐マッチも必要だ。それらに加え、二日分の乾燥血漿《けつしょう》も用意した。

次は武器だ。愛用の拳銃は当然持っていくとして、これとは別に、もっと強力な銃がいる。俺はベッドの下から長銃を引っ張り出した。ポンプアクション式の散弾銃だ。長いこと放置していたので、あちこちが錆びついている。俺は道具を広げ、散弾銃の手入れに取りかかった。

散弾銃の破壊力は他の追随を許さない。しかもこいつには拡散弾《ショットシェル》だけでなく、一粒弾《スラッグショット》も装塡することが出来る。一粒弾《スラッグショット》は溝を切った鉛の弾頭に血製石炭《ブラッドコークス》の顆粒薬包を用いた対大型獣用の装弾だ。これを使えば地上最大の肉食獣と恐れられる暴君竜を制止させることも可能だ。もちろん初弾を急所に当てることが出来ればの話だが。

整備を終え、散弾銃を組み立て直し、動作を確認した。拡散弾《ショットシェル》を一梱包、六発入りの一粒弾《スラッグショット》を一箱、さらに血実弾を収めたポーチを背嚢に入れた。散弾銃は毛布で包み、背嚢の上に載せてベルトで留める。丈の長い外套を着て、なめし革のブーツを履く。いつもの煙草入れと、予備を一箱、外套のポケットにしまう。

これで準備は整った。あとはギィから地図を受け取るだけだ。

ベッドに腰掛け、煙草を吸っていると、誰かが扉をノックした。

「夕食が出来た」

扉の陰からルークが顔を覗かせる。

「出立前に食べていけ」

「ギィは？」

「まだ出てこない」

さすがのギィも手間取っているようだ。最終列車の時刻まではまだ間がある。それにここを出たら、しばらくはまともな食事にありつけない。俺は背嚢を背負い、ルークに続いて二階へ降りた。

居間のテーブルには夕食が並べられていた。野菜と牛肉のブラウンシチュー、チーズと果実と青菜のサラダ、焼き立ての丸パン。実に家庭的な献立だ。

俺は背嚢を床に置き、長椅子に腰を下ろした。

「このシチューは私が作った」ルークは俺の前に座った。「さあ、食べてみろ」

言われるがままにスプーンを手に取り、俺はシチューを口に運んだ。

途端、咳き込みそうになった。

舌が痺れるほど味が濃い。調理過程で何か手違いがあったに違いない。でなければ、これは報復か。同行を許さなかったことに対する無言の抗議か。

「どうだ？」

ルークが尋ねてくる。少し不安そうな、真剣な面持ちをしている。ふざけているようには見えない。報復を企んでいるようにも、抗議しているようにも見えない。

俺はシチューを飲み下し、ほんの少し笑ってみせた。

「……悪くない」

ルークの緊張が緩んだ。ほっとしたように笑い、形のいい鼻を天井に向ける。

「うむ。では遠慮なく食べるがいい」

「野郎ども、場所を空けな」

ティルダの声がした。珈琲の入ったマグカップを右手に二つ、左手に一つ持っている。

俺は丸パンが入ったバスケットを移動させ、テーブルの上に場所を作った。そこにマグカップを置き、彼女はルークの隣に腰掛けた。

「旨そうじゃないか！」

嬉しそうにスプーンを取り、たっぷりとシチューを掬《すく》ってかぶりつく。

その喉が、ぐぅっと鳴った。シチュー皿にスプーンを落とし、右手で口を押さえる。目を白黒させながら、なんとかそれを飲み下した後、彼女はルークの肩を叩いた。

「ルーク！　これ、味見しなかったのかよ！」

「味見？」ルークは小首を傾げながら、シチューを口に運んだ。

「うあッ！」

叫んで、口を押さえた。勢いよく立ちあがり、スプーンを俺の眼前に突きつける。

「な、何が『悪くない』だ！　この嘘つきめ！」

弁解する暇も与えず、ルークはシチュー皿を取り上げた。

「待っていろ！　すぐに作り直すッ！」

キッチンへ飛び込んでいく彼を見て、ティルダは大きなため息をついた。背もたれに寄りかかり、恨めしげな目で俺を見る。

「あんたねぇ、優しくするのと甘やかすのは別モンだって、わかってる？」

「甘やかそうと思ったわけじゃない。ルークを傷つけたくなかっただけだ」

「だからって、いずれバレる嘘ついてどうすんだよ」

理解に苦しむというように、ティルダは首を横に振った。

「あいつを一人前の男に育てたいなら、現実を突きつけることだって必要だ。独り立ちする時になって困らないよう、生きる術を教え込むのは親の役目だ」

「俺はルークの父親じゃない」

「意気地のないこと言うんじゃないよ」ティルダはフンと鼻を鳴らした。「あんたがどう思おうと、ルークはあんたを父親のように慕ってる。それに応える覚悟がないなら、優しい顔なんて見せるんじゃない」

「……手厳しいな」

俺は膝の上で手を組んだ。

「いずれルークは殻頂宮殿へ戻る。そこでは厳しい現実が待ち受けている。ならばせめてここにいる間ぐらいは、彼に幸せな夢を見せてやりたいと思ったんだ」

「夢見ていたいのはあんたのほうだろ」

痛いところを突かれた。正論すぎて、何も言い返せなかった。

俺は両手を挙げ、降参の意を示した。

「ティルダ、お前はいい母親になれるよ」

「あたしのことはいいんだよ！　てか、あたしに母性を期待するなって言ったろ！」

「なんの騒ぎかね？」

ギィが居間に入ってきた。右手に一枚の地図、左手には把手のついた金属の筒を持っている。救世主の登場に、俺は長椅子から立ちあがった。

「わかったか？」

「ああ」ギィは右手の地図をひらひらと振った。「ライコスを出て、西に十五キロほど進んだ場所にある、レウル渓谷が最有力だ。詳しい場所はこれに書いてある」

俺は地図を受け取った。レウル渓谷には以前にも足を運んだことがある。西の石門から出れば、一日で行って帰ってこられる距離だ。

「受粉したミゼルの花は流水から出すとすぐに朽ちてしまう。ゆえに花を採取したら、この圧搾機を使って、その場で流花香を搾りたまえ」

そう言って、ギィは筒状の容器を差し出した。底に抽出口があり、丸い蓋には大きな螺子がついている。ティーポットと注射器を合体させたような形だ。俺がそれを受け取ると、ギィは白衣のポケットからガラス瓶を取り出した。

「これは百キューブの密閉瓶だ。口一杯まで集めたら、蓋をして蠟《ろう》で密封するのだ。でないとせっかくの流花香が劣化してしまうからな」

「わかった」

俺は地図をたたんで外套のポケットに入れ、圧搾機とガラス瓶を背嚢にしまった。

「行ってくる」

荷物を背負い、居間を出る。階段を下る途中、ルークの顔が脳裏をよぎった。だが俺は足を止めず、夕闇の街へ飛び出した。

下層駅に到着した時、あたりは夜の闇に包まれていた。ホームには中層下郭行きの最終列車が停まっている。それに乗り込もうとして気づいた。蒸気列車の向こう側に貨車の黒い屋根が見える。俺は線路を横切り、荷の積み込み作業を指揮している貨物係に声を掛けた。

「この貨物列車はどこまで行く？」

「終点は中層中郭だけど――」男は面倒臭そうに俺を見た。「客は乗せないよ」

「ただでとは言わない」

俺はポケットから千プルーフ銀貨を取り出した。

「特等席が欲しいわけじゃない。荷物の隙間に乗せてくれるだけでいい」

銀貨をさらに一枚追加する。硬貨の輝きを見て、男の表情が揺らいだ。

「でもなぁ、こっちも信用がかかってるし、勝手されると困るんだよなぁ」

「急ぎの用があるだけだ。積み荷には手を触れないと約束する」

「そうさなぁ」

貨物係は思案するように腕を組んだ。その眼差しが宙を泳ぐ。

「ま、そういうことなら仕方がねぇ。三番目の貨車に乗りな」

何を思ったのか、男は笑った。俺から銀貨を受け取ると、上着のポケットに収める。

「大人しくしてるんだぞ。重機の間に潜り込んで潰されるんじゃねぇぞ」

子供じゃないんだ。そんな馬鹿な真似はしない。

「恩に着る」

俺は荷物を背負い直し、前から三番目の貨車に向かった。

貨車の内部に明かりはない。外から差し込む薄明かりに、重機の影が浮かび上がる。俺は扉のすぐ横に腰を下ろし、背嚢を引き寄せた。しばらくすると作業員がやってきて、貨車の扉を閉めていった。鋭い汽笛が響きわたり、軋みをあげて列車が動き出す。

背嚢を枕にして、貨車の床に横になった。背中に振動が伝わってくる。目を閉じると、世界が揺らいでいるような錯覚に陥った。

ティルダは言った。「夢見ていたいのはあんたのほうだ」と。

彼女にはわかっている。ルークにどう接するべきなのか、頭ではなく心で理解している。グローリアもそうだった。女は子を産み育む性だ。子供を愛し、守り育てる術を本能的に理解しているのかもしれない。それに対し、俺は言い返す言葉も持たない。まったくティルダの言う通りだ。俺には意気地がない。ルークの父親役を演じる度胸もない。

俺は寝返りを打ち、頭の中から雑念を追い払った。両手で自分の肘を抱え、貨車の壁に背中を押しつける。終点の中層中郭に到着するまで七時間はかかる。今のうちに眠っておくべきだろう。

そうは思っても、なかなか寝つくことが出来なかった。単調な動輪の軋み。甲高い蒸気の響き。列車が風を切るごうごうという唸り。騒々しい交響曲に辟易しながら目を閉じていると、ようやく眠気がやってきた。闇に垂れ下がる眠りの尻尾、それを掴んだと思った瞬間、ひやりとした空気が頬に触れた。どこかに換気口があるらしい。寝る場所を変えるか、毛布を出すべきか。逡巡していると、今度は凍てつくような風が吹き込んできた。冷たく澄んだ空気。爽やかな青草の匂い。どちらも下層に相応しくない。

何かがおかしい。

俺は目を開いた。

風が吹いている。

湿った風に煽られて、コートの裾がはためいている。

周囲では青草が揺れている。尖った葉先が輝いている。風に宿った大地の匂い。膝を打つ柔らかな草の感触。深く息を吸い込めば、瑞々しい清香が胸に染みる。

頭上には虹色に輝くライコスの殻がある。それは地表に近づくにつれ、無残にひび割れ、崩落している。さざめく緑の海に点在する巨石群は、崩れ落ちた外殻の破片だ。いまだ修復の目途すら立たない革命時代の置き土産だ。

殻に開いた大穴の向こう側には、赤茶けた未開の大地が広がっている。空には斑《まだら》に汚れた雲が浮き、灰色の雲間に雷光が閃く。

ああ、急がなければ――嵐が来る。

不安を煽る遠雷に、かすかな歌声が重なった。まだ幼い少女の声だった。

傾いだ巨石の傍らで銀の巻き毛が揺れている。癖のある髪は母親譲り、灰銀色は俺に似た。レーシコウ織りの上着には革の肘当てがついている。綿のシャツに紺色のオーバースカート、フリルのついた白い靴下は、彼女のお気に入りだった。

「……ミリアム？」

少女は俺を見た。かと思うと、再び背を向けて、一目散に走り出す。

「待て、どこへ行くんだ！」

俺はミリアムを追いかけた。外殻の穴を潜り抜け、巻き貝《スネイル》の外へと走り出る。上空は灰色の雲に覆われている。はるか彼方の地平には光の柱が立っている。夕闇迫る嵐の中、大きな虹が天に向かって伸びている。

虹の向こうには天国がある。虹を潜り抜けることが出来たなら、死んだ者に会うことが出来る。ミリアムはそう信じていた。雨が降り、虹が立つと、彼女は離宮を抜け出して、草原へと駆け出していった。一度飛び出すと、夕刻になっても戻らなかった。なんの準備もないまま殻の外に出て、防壁の縁まで行ってしまい、大騒ぎになったこともある。

「待ちなさい、ミリアム！」

相手は六歳の子供だ。なのに少しも距離が縮まらない。焦燥が胸を灼く。なぜ追いつけない。早くしないと、ここにも嵐がやって来る。

「止まれ！」

厳しい口調で命令した。

ミリアムはびくりと震え、その場に立ち止まった。

「父上なんて、大キライ！」

背を向けたまま、彼女は叫んだ。

俺は歩を緩め、小さな背中に問いかけた。

「どうした？　何をそんなに怒っているんだ？」

ミリアムは大きく肩を上下させ、ゆっくりと振り返った。

「父上、どうして助けに来てくれなかったの⁉」

掠れた声。そこに含まれた怒りと失望。

その瞬間、足が凍りついた。氷の楔《くさび》を打ち込まれたように、一歩も動けなくなった。

「何度も呼んだのに、ずっと待ってたのに、どうして来てくれなかったの⁉」

悲しげな叫び声に、胸の奥で心臓が暴れ出す。何か言わなくてはと思っても、言うべき言葉が見つからない。喉が締めつけられ、呼吸することさえ難しい。

「ミリアムは、がんばったんだよ」

目にいっぱいの涙を湛え、ミリアムはまっすぐに俺を見た。

「何度も泣きそうになったけど、泣かずにがんばったよ。だってミリアムは強い子だから、世界一強い、父上の子だから――」

雷鳴が轟いた。妙に甲高い音だった。まるで悲鳴のようだった。

恐怖が来た。心臓が凍るような絶望が来た。真っ黒な化け物が、ぞろぞろと背筋を這い上ってくるのを感じた。

グローリアの死後、俺はミリアムにどう接していいかわからなかった。罪悪感も手伝って、厳しく叱ることが出来なかった。子供の足ではそう遠くまで行かれまいと、乞われるままに外遊びを許した。菫青離宮は権力争いとは無縁の地だったから、警戒を怠ってしまったのだ。

あの日、三日にわたる不眠不休の歩哨任務から戻り、俺は疲れ切っていた。着替えもせず、居間の長椅子で眠ってしまった。「虹が出てます！」とミリアムに揺り起こされた時も、半分眠ったままだった。「追いかけてきます」と言う彼女に、「外殻までだぞ」と答えた覚えがある。「それじゃ追いつけません！」とミリアムは言い返した。おそらく俺にも来て欲しかったのだろう。防壁まで一緒に行ってやれば、きっと彼女も諦める。そう思ったが、目を開くことが出来なかった。

俺は言った。「外殻までだ」と。

ミリアムは不満そうな唸り声を残して出て行った。

そしてミリアムは消えた。虹を追って草原を走って行ったきり、二度と戻ってこなかった。なぜ彼女を一人で行かせてしまったのか。いくら悔やんでも悔やみきれなかった。罪の重さに耐えかねて、幾度となく銃口を頭に押し当てた。それでも引き金を引くことが出来なかったのは、自分が許せなかったからだ。死は一瞬で終わる。けれど人生は長く険しい。ならば生きるべきだと思った。安直な死に逃げ込むよりも、万に一つの可能性を信じて、ミリアムを捜し続けるべきだと思った。己の愚かさを悔やみながら茨の道を歩くこと。絶望の泥濘の中でもがき苦しみ続けること。いつの日かゴミ溜めのような街角で惨めな死を迎えること。そのすべてを受け入れようと思った。許されるためではなく、苦しむために生きること。これは罰だ。俺が、俺自身が科した罰だ。

「そんなこと、考えちゃダメ！」

ミリアムの叫び声に、俺は目を開いた。

いつの間にか、大地に跪いていた。深く頭を垂れていた。その姿勢のまま、両手を組んだ。誰でもいい、今すぐ俺を殺してくれと願った。

「父上は悪くない。何も悪いことはしてない！」

「いいや、ミリアム。俺は悪いことをした。最悪なことをした」

「違う、違うの。ミリアムがいけないの。遠くに行っちゃいけないって言われてたのに、約束を破って、ごめんなさい。キライだなんて……言って、ごめ……なさい」

ミリアムは声を震わせ、幾度も息を詰まらせる。

「父上、悲しまないで。自分が悪いんだって、思わないで。父上が苦しいと、ミリアムも苦しいよ。父上が悲しいと、ミリアムも悲しくなて……泣きたく……なちゃうよ」

ミリアムが泣いている。しゃくり上げながら泣いている。その声を聞いているだけで辛くなった。抱きしめて、安心させてやりたかった。けれど俺は動けなかった。顔を上げることさえ出来なかった。

「すまない……ミリアム。本当にすまない」

いくら詫びても足りなかった。もう手遅れだとわかっていた。それでも尋ねずにはいられなかった。

「助けに行くよ。今すぐにお前を助けに行く。だから教えてくれ。ミリアム、お前は今、どこにいる？」

「もういいの」

ミリアムは咳をした。大きく息を吐いてから、囁くように続けた。

「父上はミリアムのこと、怒ってなかったんだね。ミリアムのこと、キライになったんじゃなくって、ずっと……ずっと捜しててくれたんだね」

温かな気配を感じた。近くにミリアムの体温を感じた。

目の前にミリアムが立っていた。彼女は淡い光に包まれていた。白い頬には涙の跡が残っていた。鼻の頭は真っ赤になっていた。

「父上、覚えてる？『もし虹の彼方でかあさまに会うことが出来たら、父上はなんて言う？』って、ミリアムが訊いた時のこと？」

もちろん覚えている。忘れるわけがない。

「父上は言ったよね？『ミリアムを残してくれてありがとう』って、そう伝えて欲しいって言ったよね？」

ミリアムは照れくさそうに足を踏み換えた。

「それを聞いて、ミリアムは思ったよ。生まれてきてよかったって。誰よりも優しくて、かっこいい父上が、ミリアムの父上でよかったって——」

俺を見つめる大きな目。白い睫《まつげ》に縁取られた青紫の瞳。夜明けを思わせるその色を、グローリアは『黎明《れいめい》の瞳』と呼んだ。彼女の言うことはいつも正しい。ミリアムは俺の光だった。希望の光そのものだった。

「ミリアム……」

よろめきながら、俺は立ちあがった。

「お願いだ、傍にいてくれ。もしお前がこちらに戻れないのなら、俺がそちらに行く」

「それはダメ」

ミリアムは人差し指を唇に当てた。その仕草は、驚くほどグローリアに似ていた。

「父上にはまだお仕事が残ってるでしょ？」

「仕事なんてもうどうでもいい!」

「どうでもよくないのっ」ミリアムは小鳥のように唇を尖らせる。「父上のお仕事はみんなを守ること。大勢の人が父上の助けを待ってるんだよ」

だからね——と言って、小さな拳で鼻を擦った。

「これからも困っている人達を助けてあげて。泣いている子供達を助けてあげて。いつまでもいつまでも、かっこいい父上でいて——ね?」

ミリアムは首を傾げた。銀の巻き毛が白い輝きに包まれる。

「父上、ミリアムのこと、大切にしてくれてありがとう。あと約束破ってごめんなさい」

光の中で彼女は笑った。愛しくて懐かしい笑顔だった。

「ミリアムは父上が好き。世界で一等、父上が好き。かあさまにだって負けないよ!ミリアムは父上が大好き!ずっとずっと大好きだよ!」

咄嗟に手を伸ばした。彼女を捕まえ、抱きしめようとした。

手は空《くう》を切った。温かな余韻だけを残し、ミリアムは消えていた。

「どこだ、ミリアム!」

草原が風にざわめく。暗雲に雷光が閃く。

「お願いだ!　戻ってきてくれ——」

「——ミリアム！」

俺は中空に手を伸ばした。

目の前に重機の一部がある。夜はすでに明けているらしく、換気口からは光が差している。波打つ草原はどこにもない。ライコスの外殻も地平の虹も見えない。

夢だったのだ。

それを認識した途端、冷汗が噴き出してきた。

無様な言い訳と醜悪な願望。たとえ夢でも許されない。ミリアムにあんなことを言わせるなんて、自分の浅ましさに反吐《へど》が出そうだ。

「くそっ」

最低な気分だった。今すぐ自分の頭を吹き飛ばしたくなった。胸がむかついて、無性に煙草が吸いたくなった。貨車の中で煙草を吸ったら貨物係はいい顔をしないだろうが、このままでは耐えられそうになかった。

俺は煙草を取り出して唇に挟んだ。顎が震えていた。手も指も震えていた。うまくマッチが擦れず、幾度も失敗し、数本を無駄にした。ようやく火をつけ、深く煙を吸い込んだ。咥え煙草のまま、背嚢から真鍮のカップを引っ張り出し、それを灰皿にして立て続けに三本を灰にした。

換気口に紫煙を吐き出しながら外を覗いた。薄い霧の中、緩やかな上り勾配が見える。

霧の濃さと明るさから推察するに、中郭と上郭の間にある緩衝地帯だろう。終点まではあと二、三十分というところだ。紫煙は換気口から逃がせても、臭いまではごまかせない。中郭駅に着いたら、問われる前に逃げ出そう。

そんなことを考えながら、四本目の煙草に火をつけようとした時だった。

「……くしゅん」

誰かがくしゃみをした。

近い。この貨車の中に誰かいる。

俺は煙草を真鍮のカップに置いた。外套の内側に右手を入れ、銃把を握る。気配を殺し、貨車の奥へと足を進める。黒光りする配管と連立する鉄柱、その隙間に子供がいた。床に身を横たえ、口を半開きにして、すやすやと寝息をたてている。

ルークだった。

なぜ彼がここにいるんだと思い、すぐに気づいた。

ルークは夕食のシチューに自分の血を混ぜたのだ。味付けを間違えたのではない。わざと塩辛くして、血の匂いを悟られないようにしたのだ。精神を侵食し、自分の声や姿を認識出来なくさせてしまえば、堂々と後をつけても俺に見咎められる心配はない。

それでも気づく機会はあった。貨物係が「重機の間に潜り込んで潰されるんじゃねぇぞ」と忠告した時に、察することだって出来たはずだ。油断した。いや、油断させられたのだ。ルークが分別のある発言をしてみせたのは、俺を塡《は》めるための演技だったのだ。

俺はルークの襟首を掴み、鉄柱の隙間から引っ張り出した。

「起きろ」

手の甲で頬を叩く。瞼がぴくぴく震えたが、それでも彼は目を開かない。

「今すぐ空寝をやめないと、次は拳で殴るぞ」

「……乱暴だな」

ルークは小さく舌打ちをした。右目を開き、俺を見てにやりと笑う。

「あと数時間は騙せると思ったのだが、さすがは明度Ⅸ《バリューナインス》だ。覚醒が早い」

俺は無言で拳を握り、彼の頭をゴツンと叩いた。

「痛ぁ！」

打たれた頭を両手で押さえ、ルークは情けない悲鳴をあげた。

「貴様ぁ……王族に暴力を振るうとは何事かぁ……」

「王族だろうが何だろうが、勝手に精神侵食を行うのは犯罪だ。拳骨《げんこつ》一つですんだことをありがたく思え」

俺は彼に背を向けた。カップに置いた煙草を拾い、換気口の傍で火をつける。肺の奥まで煙を吸い込み、大きく息を吐くことで、平静を保とうとする。

「悪意があってのことではないのだ。そんなに怒らずともよかろう」

これ見よがしに襟を正し、ルークは小さく咳払いをした。床に胡座をかき、上目遣いに俺の顔色をうかがう。

「貴様の寝起きが悪いのはいつものことだが、拳を使うとは度が過ぎてはいまいか？　そんなに夢見が悪かったのか？」

俺は煙草を握り潰した。目だけを動かしてルークを睨んだ。

「お前が見せたのか？」

ルークは身を震わせた。怯えたように床から腰を浮かした。

「見せた？　見せたって……夢をか？　いや、知らぬ。私はそんなことしていない」

とぼけるなと言いかけて、その言葉を飲み込んだ。グローリアへの伝言を知っているのは俺とミリアムだけだ。俺の意識を操り、ミリアムの夢を見せることは出来ても、夢の中のミリアムにそれを語らせることは出来ない。

「本当に夢見が悪かったのか？」

おずおずとルークが尋ねてくる。

「機嫌が悪いのは夢のせいか？　それとも私が貴様に――」

「黙れ」俺は煙草をカップに投げ捨てた。「お前には関係ない」

「しかし、気になる――」

「聞こえなかったのか」

目を眇《すが》めてルークを見やり、低い声で続けた。

「黙れと言っているんだ」

ルークは口を閉じた。ぐっと顎を引き、悔しそうに俯いた。

少し言いすぎたかとも思った。悪夢を見たのはルークのせいではない。これでは八つ当たりだ。そうは思っても、謝罪する気にはなれなかった。

「もうすぐ中層中郭駅に着く」

俺は腕を組み、貨車の壁に背を預けた。

「着いたら下り列車に乗り換えて、最下層に引き返すぞ」

「馬鹿な！」驚愕したようにルークは叫んだ。「それでは期日に間に合わぬ。貴様が流花香を持ち帰らなかったら、あの調血師はどうなる？　彼の父親や婚約者を見棄てるのか？　彼等が命を落としてもかまわぬと申すか！」

「誰のせいだと思っている！」

俺は拳で貨車の壁を殴った。轟音が鳴り響き、鉄の貨車が震える。

「お前は何者かに狙われている。それなのに顔も隠さず、ふらふらと出歩くとは、いったいどういう了見だ。それがどれほど危険なことなのか、お前は理解しているのか」

「ああ、理解しているとも！　皆が求めているのは煌族である私の血だ。『私』ではなく『私の血』だ！」

怒りを瞳に滾《たぎ》らせて、ルークは勢いよく立ちあがった。

「だが我が身の不遇を嘆くのはもうやめた。自分の価値は自分で勝ち取る。私には植物採取の経験がある。ミゼルの花の形状も特性も知っている。私は自分一人でも、流花香を採りに行く！」

「お前、地上に出たことはあるのか？」

「地上層の林なら、幾度も足を運ん――」

「地上層と地上はまったくの別物だ。そんなことも知らないくせに一人で行くとは笑わせる。お前では流花香を採取するどころか、レウル渓谷に辿り着くことさえ出来やしない」

俺を睨みつけたまま、ルークは沈黙した。

列車がカーブを切った。動輪が軋み、速度が落ち始める。換気口から差し込む光が陰り、現れ、また途切れる。どうやら市内に入ったらしい。

「下り列車には乗らない！」

ルークは貨車の奥へと駆け出した。重機の後ろに身を隠し、そこから声を張りあげる。

「絶対に乗るものか！」

「抵抗しても無駄だ。縛り上げてでも連れて帰る」

「やれるものならやってみろ！　大声で『誘拐される！』と喚いてやる！」

重機の陰から顔を出し、ルークはいいーッと歯を剥いた。

「貴様が治安警察に捕まったら、私を守る者はいなくなる。もし一人で放り出されたら、私はまた拐《かどわ》かされるぞ。今度こそ、血を最後の一滴まで搾り取られるぞ！」

まったく呆れた脅し文句だ。しかも効果的であるところが小憎《こにく》らしい。

もしルークが騒ぎを起こしたら、笑い話ではすまされない。端整な美少年と無精髭の中年男。人々がどちらの言い分を信じるか、火を見るよりも明らかだ。

「悪知恵の働く餓鬼だ」

「それは降参するという意味か？」

俺はため息を吐いた。

仕方がない。下手に騒がれるより、連れて行くほうが危険は少ない。ルークの我が儘につき合うのは気が進まないが、俺も彼に八つ当たりをした。ならばこれでおあいこだ。

「今後は俺の命令に従え。でないと命の保証は出来ない」

「よかろう」

「もうひとつ約束しろ。二度と俺に精神侵食を仕掛けるな」

「精神侵食ではない。神経侵入だ」

「どちらもだ。二度とするな」

「——わかった」

ルークは神妙な顔で頷き、小さな声で付け足した。

「その……悪かった」

「よし」

俺はカップをしまい、背嚢の口を閉じた。

「到着まで時間がない。お前の荷物を見せろ」

ルークは鉄柱の間から布鞄を引っ張り出してきた。入っていたのは食料と水筒、丸めた毛布に乾いたタオル、それに数枚の衣服だった。地上を歩くのに必要な装備は何一つ入っていない。

「持っていくのは毛布と水筒だけでいい。後はここに棄てていけ」

その時、丸めた毛布がもそりと動いた。

俺は毛布を凝視し、それからルークへ目を戻した。

「これは何だ？」

「……ただの毛布だ」

この嘘つきめ。

「答えろ。何を持ってきた？」

ルークは渋々、毛布を解いた。

現れたのは小さな鉄鴛籠だった。中には薄茶色の蛇が鎮座している。丸く黒い目でこちらを見上げ、細い舌を出し入れしている。

「紹介しよう。彼はディザード・ウィザード・ラインモード。砂縞蛇だ」

呆れ果てて、怒る気力も湧かなかった。

「ラインモード氏の同行を許可してくれ。彼の居住地は地上の砂漠なのだ。私は彼を故郷の地に戻してやりたいのだ」

頼むと言って、ルークは頭を下げた。本気なのか、ふざけているのか、よくわからなかった。叱るべきか、突き放すべきか、それすらもわからなかった。

「連れて行きたければ勝手にしろ」

俺は考えることを放棄した。砂縞蛇の檻を毛布ごと、彼のほうへと押しやった。

「お前が背負っていけ。俺は手伝わない」

「感謝する。ラインモード氏に代わって礼を言う」

ルークは檻を抱え、嬉しそうに笑った。

その笑顔を見た瞬間、最悪だった気分が少し和らいだ。これだから子供の笑顔は侮れない。不用意に喰らうと判断力を奪われる。

それでも今は感謝しよう。ルークを無事に『霧笛』まで連れ帰る。その目的が果たされるまでは、俺も自分の頭を撃たずにすむ。

中層中郭駅で俺達は列車を降りた。駅前の通りには朝市が立っていた。濃い霧と舞いあがる埃の中、かまびすしい呼び声が飛び交っている。店頭には食料品や薬剤、衣服や道具類などが所狭しと並べられ、駕籠に入れられた鶏や兎までもが売り買いされている。

一般的に、高級品は上層で、違法な品は下層で、日用品は中層で揃えるのが一番だといわれている。特に中層中郭は中古品が安く出回り、日用品なら何でも揃う。もちろん贅沢を言わなければの話だが。

俺達は朝市を歩き回り、子供用の遮光眼鏡を見つけた。防水加工が施されたブーツと手袋、遮光布で出来たフード付きの外套も手に入れた。最後に背嚢をあがない、毛布と水筒、買い揃えた装備を詰め込んだ。閉じた蓋の上に砂縞蛇の入った駕籠をベルトで固定する。

ルークは背嚢を持ち上げ、その重量に顔をしかめた。

「こんな重装備が必要なのか？」

「ひとつでも欠いたら死ぬ」

他者に聞かれることのないよう、俺はルークの耳元に口を寄せた。

「煌族は直射日光に弱い」

ルークは疑わしげな目で俺を見た。どうやら信じていないらしい。

「地上に出れば、すぐにわかる」

そう言って、俺は彼の鼻先を指で弾いた。

「昼飯を買って、中層上郭行きの列車に乗るぞ。日暮れ前には地上に出たい」

俺達は蒸気列車に飛び乗った。中層上郭駅で乗り換えて、今度は上層駅を目指した。

乗客は俺達の他に数人しかいなかった。出入り口にほど近いボックス席を選び、ルークを窓側に押し込んだ。俺はその向かい側、通路寄りに腰を下ろした。

窓の外には広々とした草原が広がっている。上層の土地はすべて尊族の私有地だ。広大な領地を占有することは尊族の富と権威の象徴だ。とはいえ、それが利益を生むかといえば、そうでもない。上層の気温は低く、野菜や穀物を育てるのは厳しい。よほど寒耐性のある種でない限り、家畜の放牧も難しい。

ライコスの社会的序列は血中明度《ブラッドバリュー》によって決まる。明度Ⅷ《バリューエイス》、Ⅸ《ナインス》の尊族は頑健な身体を有する。凍えそうな寒さと稀薄な空気に耐えうる者だけが、限られた土地を贅沢に占有することが出来る。尊族が上層に屋敷をかまえるのは権利であり義務でもあるのだ。

「ロイス」

窓の外を眺めていた俺に、ルークが改まった声で呼びかけた。

「教えてくれ。外界とは、どのような場所なのだ？」

俺は向かいの座席に右足を乗せ、腹の上で両手を組んだ。

「東の果てに行ったことはあるか？」

地上層の東側では巻き貝《スネイル》の外殻が崩落し、外界に向かって大きく口を開けている。俺が住んでいた菫青離宮は、その東の果てにあった。

「行こうとしたことならある」

ルークは俺の真似をし、前の座席に足を乗せようとした。尻の位置をずらし、目一杯足を伸ばすが、それでも爪先しか届かない。

「私は上層の屋敷で生まれ育った。屋敷の連中は私のことを疎んでいたが、私が大人顔負けの知識を身につけると、ついに我慢ならなくなったらしい。奴等は父上に泣きつき、父上は私を翠玉離宮に移した。翠玉離宮と東の果ては同じ地上層だ。何度か行ってみようとしたのだが、歩いて行くには遠すぎた」

翠玉離宮は地上層のもっとも低い場所にある。東の果てまでは巻き貝《スネイル》を時計回りに四分の三周しなければならない。子供の足で歩くには厳しい距離だ。

「外界は過酷な場所だ。人が生きるに適さない。その様子を言葉にすれば、厳しさばかりが際立ってしまう」

俺は目を閉じて、地上の光景を脳裏に思い描いた。

「だが外界には何の制約もない。大地は広く果てしなく、どの国にも属さない。空は青く、時に赤く、様々な形の雲が現れては消える。夜になれば星々が煌めき、二つの小月がそれを横切る。夜明け前、徐々に明るくなっていく空の美しさは、筆舌に尽くしがたい」

そこでルークを見て、続けた。

「あとは、お前自身の目で確かめろ」

緊張の面持ちでルークは両手を握りしめた。

「だが私は――その――野外で眠ったことがないのだ」

だとしても不思議はない。ルークはシルヴィア女王の血を引く御子だ。どんなに疎ましく思われていたとしても、館から放り出されることなどあり得ない。

「つまり、何が言いたい？」

ルークは座席から腰を浮かせると、右手を口元に添え、内緒話をするように声を潜めた。

「私には歳の離れた姉がいる」

付近の席に乗客の姿はない。そこまで警戒しなくてもいいと思ったが、どうやら他にも理由がありそうだ。

「姉上は私に剣術や体術を教え込もうとした。王子として生まれたからには英雄を目指すべきだと言われた。あれは忘れもしない、私の五歳の誕生日のことだ。姉上は訓練と称し、嫌がる私を無理矢理、野外へと連れ出した。屋敷裏の林に分け入り、今夜はここで野営すると宣言した」

彼は席に座り直した。先を続けるべきか否か、逡巡しているようだった。

だが、これだけでは発言の意図がわからない。

「――それで？」と俺は先を促した。

ルークは気まずそうに咳払いをし、さらに小さい声で答えた。

「実は……ちょっとした粗相をした」

「夜の林が怖くて寝小便を垂れたか？」

「そ、そんなはずなかろう！」

大声で否定し、慌てて周囲の様子をうかがう。どうやら図星だったらしい。

同じ車輌に乗っている者達――二人の兵士は黙然と座っている。商人風の男は新聞を読んでいる。大荷物を抱えた年配の女が二人、いびきをかいて眠っている。それを確認し、ルークはほっと息を吐いた。

「一人前の分析官になるためには、実地検分は避けて通れぬ。前々から外界に出てみたいと思っていた。今回のことは私にとって好機であった。それについては一応の感謝をしておく。だが私という有能な助手を得ることが出来たのだ。貴様にとっても、これは僥倖《ぎょうこう》といえるだろう」

回りくどい言い方だが、要約すると『一人では心細かった。一緒に来てくれて嬉しい』という意味だろう。ならば一言「ありがとう」と言えばいいのに、そこまで素直にはなれないらしい。

俺は手を伸ばし、彼の髪をかき回した。

「お前のことは俺が守る。だから安心していい」

ルークは口を開き、大きく息を吸いこんだ。言い返すのかと思いきや、なかなか言葉が出てこない。

「ば、馬鹿者ッ！」ようやく叫んだ。「そんな恥ずかしい台詞を、いきなり真顔で言うんじゃない！」

子供を守るのは大人の務めだ。怒られる理由がわからない。

「何を怒っている？」

「怒ってなどいない！」

やれやれ、扱いの難しい王子様だ。俺はため息を吐き、話題を変えることにした。

「お前の歳の離れた姉というのはアデル姫のことだろう？　確かに気の強い姫君だったが、野外活動に慣れ親しんでいたとは意外だったな」

ルークは不可解そうに眉をひそめた。

「何か誤解をしているようだな。私の父はウォレス・ウェイド。ジョエル・ラフェル卿ではなくウォレス・ウェイド卿だ」

「しかし、翠玉離宮はラフェル家の管理下にあったはずだが」

「情報が古いな、探索者《サーチャー》。九年前、我がウェイド家は躍進を遂げた。ラフェル家の権威の象徴であった翠玉離宮も、三年前からウェイド家の管理下に置かれている」

同じ地上層でも、東側は気温が低くて暮らしにくい。南側は比較的過ごしやすい。離宮を取り巻く環境の善し悪しは、離宮の管理者である十八士族の勢力図に置き換えられる。

ウェイド家は最近——といっても百年以上も前だが、十八士族に加えられた『新しい血』だ。そのため古参の士族からは『成り上がり者』と揶揄されていた。

風向きが変わったのは、第三次全面戦争の後だ。多くの被害者を出した凄惨な戦争を、愛国の美談にすり替えるため、女王は英雄を求めた。そうして祭り上げられたのが『暁の戦姫』、アドリア・8・オルタナだ。弱冠十四歳で最前線に赴き、多くの武功をあげた戦乙女は、シルヴィア女王の八番目の御子であり、次期女王候補の筆頭でもある。そのアドリア王女の父親がウォレス・ウェイド卿だった。

「では五歳のお前を連れ出したのは、あの『暁の戦姫』か」

「……そうだ」

ルークは拗ねたように舌を鳴らし、唇を突き出した。

「私の父上のことは知らなくても、姉上の名前は知っているのだな」

アドリア王女は生ける伝説だ。ライコスの国民ならば知っていて当然だ。

いや、待て。問題はそこじゃない。

ルークは自分に関心を持って欲しかったのだ。自分の素性も父親の名も、『暁の戦姫』が姉であることも、俺に知っていて欲しかったのだ。そう手間のかかることではない。クレアに頼めば二、三日で、詳細な報告書を受け取ることが出来ただろう。俺がそうしなかったのは、ルークを王子として扱いたくなかったからだ。彼の背後にシルヴィア女王の存在を感じたくなかったからだ。けれど、それをそのまま口にしたら、ルークの機嫌をさらに損ねてしまう。

「前にも言ったが、俺は昔、グローリア王女の護衛官をしていた」

ルークは頬杖をつき、窓の外を見ている。無視しているようにも見えるが、耳はこちらに向けている。まるで猫だ。拗ねた黒猫の気を引くため、俺は昔話を続けることにした。

「護衛官に就任して数日後、俺はある少女の存在に気づいた。その少女はグローリアの行く先々に現れ、物陰からグローリアのことを見つめていた。彼女は内気で照れ屋で、グローリアに話しかけられると顔を真っ赤にして硬直してしまった。几帳面なお辞儀をして、子兎のように逃げていってしまった」

彼女の黒髪と翡翠《ひすい》のような瞳を覚えている。髪の色はルークと同じだが、顔立ちはあまり似ていなかった。強いて言うならば、彼女は母親似だった。意志の強そうな目も、きりりとした唇も、シルヴィア女王に似ていた。

「あの小さな女の子が、数年後には『暁の戦姫』と呼ばれるようになるなんて、当時は考えもしなかった」

「貴様、我が姉上を愚弄《ぐろう》するつもりか？」

ルークは渋面を作ろうとして、失敗して吹き出した。両手で口を押さえても、肩が小刻みに震えている。くくっという笑い声が喉の奥から漏れてくる。

「姉上に、そんな可愛らしい時代があったとは……想像も出来ぬ」

そんなルークを見て、俺は密かに安堵した。ティルダに知られたら「あんたはルークに甘い」と叱られそうだが、俺は子供には笑っていて欲しかった。


蒸気列車が上層駅に到着した。

この先にはライコス軍の演習場と十八の離宮があり、シルヴィア女王とオルタナ王族が住む殻頂宮殿がある。螺旋線路はまだ続いているが、地上層には通行証を持った者だけしか入れない。

ライコスの殻の外に出るには、東の果てにある大穴を抜けるか、上層と地上層の境にある西の石門を通るしかない。今の俺には地上層に入る権限がない。となれば、選択の余地はない。俺は荷物を背負い、ルークを伴い、轍が残る坂道を西に向かって歩き出した。

小一時間ほど進むと、行く手に外殻が見えてきた。その前には巨大な石門が鎮座している。薔薇色の石材で築かれた二本の柱と異国情緒を漂わせる優美なアーチ。奥には中央開きの岩扉がある。これほど大きな一枚岩をどうやって運び込んだのか。開閉の機構はどのようにして組み上げられたのか。記した文献は残っていない。旧支配者達の知恵と知識は五百年前の革命とともに、そのほとんどが失われてしまった。現在の技術では、先人の遺産を利用することは出来ても、それを再現することは出来ない。

石門の周囲には休憩所が軒を連ねていた。店頭の縁台では異国の商隊が旅装を解いている。広場には荷馬車や幌馬車が並び、巨大なヤクート馬が水桶に頭を突っ込んでいる。馬の世話をする者や馬車の点検を行う者、さらには飲み物や軽食を売り歩く者、両替商や新聞売りなどの姿も見える。

俺は休憩所の店員に金を払い、縁台に荷物を降ろした。

「外に出る支度をしろ」

ルークに命じて、自分も背嚢から装備を取り出す。

遮光マントを羽織り、遮光眼鏡を首から提げ、手袋を塡める。自身の準備を整えてから、もたつくルークに手を貸した。遮光眼鏡は子供用を手に入れたが、外套はちょうどいいサイズが見つからなかった。丈の長さは充分だが、袖丈が少し短い。引っ張っていないと手袋との間に隙間が出来てしまう。

「素肌が露出しないように注意しろ」

「わかっている」ため息混じりにルークは答えた。「その台詞、もう五回目だぞ？」

支度を終え、俺達は石門へ向かった。

開閉に手間と労力がかかるため、岩扉は朝夕二回、決まった時間にしか開かれない。今日の開門時間は過ぎているが、他に手がないわけではない。巨大な岩扉の片隅には身の丈ほどの鉄扉がある。革命時に設けられたという非常口だ。

扉の傍らには防衛兵が立っていた。鍔広の軍帽を被り、長銃を背負い、厳《いか》つい遮光マスクを首から提げている。俺は兵士に近づくと、指を二本、立ててみせた。

「二人だ。通してもらえるか？」

「身分証を拝見します」

俺は身分証を取り出し、兵士に差し出した。

身分証は選血式を受けた証として、聖域教会が発行する。記されているのは生年月日と血の三属性、もちろん氏名の記載もある。だが俺の身分証はこれが二枚目で、最初の身分証には別の名前が書かれていた。

「リロイス――？」

俺の身分証を見て、兵士は不思議そうに呟いた。目の前にいるくたびれた中年男が、どうして十八士族の姓を記した身分証を持っているのか、疑問に思っているようだ。

「分家だよ。本家じゃない」俺は右目を瞑ってみせた。「しかも危険な女に手を出してね。数年前に勘当された」

「ああ、それは災難でしたね」

苦笑しながら兵士は身分証を返した。

「で、その子は？」

俺は肩越しに振り返った。ルークはフードを目深《まぶか》に被り、遮光眼鏡を掛け、砂避け布で鼻と口を覆っている。たとえこの兵士がルーク・20・オルタナの顔を知っていたとしても、いそれと気づくことはまずないだろう。

「これは俺の息子だ」

俺はルークの肩を引き寄せた。

「狩りを仕込もうと思って連れてきた」

ライコスの国民は身分証の携帯を義務づけられている。軍や警察に身分証の提示を求められ、それに応じられなかった場合、射殺されても文句は言えない。

その身分証をルークは持っていなかった。『霧笛』に滞在することになった時、ギィが出した条件の一つが『ルークが王子であることを示すものは一切持ち込まない』ことだった。当然といえば当然だ。そんなものを持っていても最下層では役に立たない。むしろ危険度が増すだけだ。

とはいえ、俺には勝算があった。どこの階層でも子供は子供だ。遊ぶことに夢中になって身分証をなくす者も少なくない。軍も警察も子供には甘い。

「跡取りか。いいなぁ。僕も男の子が欲しいなぁ」

若い兵士はそう言うと、身をかがめてルークの顔を覗きこんだ。

「坊や、地上は初めてかい?」

ルークは無言で頷いた。

「そうか。そりゃあ緊張するよなぁ」

防衛兵はルークの肩をぽんと叩いた。

「なに、心配はいらないよ。親父さんのいうことをキチンと聞いとけば大丈夫さ」

それから彼は俺に向き直り、人好きのする笑みを浮かべた。

「大型の草食獣がこちらに移動し始めています。巻き込まれないようご注意を」

言いながら錠を外し、鉄扉を開く。

「わかった。気をつけよう」

俺はルークを先に通し、続いて鉄扉をくぐった。

防衛兵が扉を閉じると、俺達は薄暗い部屋に取り残された。青味を帯びた白い壁、床も天井も青白く光っている。

「これがライコスの外殻か」

正面の扉に向かって歩きながら、ルークは物珍しそうに周囲を見回した。

「フードを降ろせ。外扉を開くぞ」

太陽光は俺にとっても天敵だ。ほんの数分、直視しただけで視力を奪われる。俺は遮光眼鏡を掛け、フードを被った。それから扉の握り輪を摑み、手前へと引いた。

強烈な光が眼底を射る。薄衣のような雲の合間に青白い太陽が輝いている。なだらかに連なる赤い丘陵、西の地平には黒々とした岩山が横たわっている。目的地であるレウル渓谷に辿り着くには、あの岩山を越えていく必要がある。

「確かに違う。地上層とは何もかもが違う」

外界の大地を踏みしめて、ルークは独り言のように呟いた。その声音には羞恥が潜んでいた。怒りと寂しさが滲んでいた。

「貴様の言う通りだ。私が知っているのは狭苦しい庭と、整備された野原と、管理された林だけだ」

「今からでも遅くはない。これから様々な場所に行き、色々なものを見ればいい」

俺は手を伸ばし、ルークのフードを鼻先まで引き下ろした。

「だが太陽は直視するな」

「まったく貴様というやつは……」

ルークは肩を落とし、これ見よがしにため息をついた。

「興ざめだ。ああ、まったく興ざめだ」

「興ざめでも何でもいい。お前は煌族だ。太陽光を直に浴びれば一時間で皮膚は爛《ただ》れ、火傷を負って腫れ上がる。ちょっとした油断が大怪我に繋がりかねない」

「わかっておるわ！　何度言えば気がすむのだ！」

ルークは俺の肩を平手で叩いた。

「じき日没だ。そんなに日差しが気になるのであれば、日が沈むまで待てばよかろう！」

「肉食獣は夜行性だ。動いている者に襲いかかる」

「いっ……」恐ろしそうに首を縮め、ルークはおっかなびっくり周囲を眺める。「いるのか？　砂豹とか灰色熊とか、暴君竜とかいった危険な獣が近くにいるのか？」

「ここはまだ防壁の中だ。大型獣は滅多なことでは入ってこない」

それに——と言って、肩に掛けた散弾銃を指し示す。

「大概の獣は銃の怖さを知っている。よほど空腹でない限り、武装した人間に襲いかかってくることはない」

「うむ、そうか」

頷きはしたものの、納得はしていないらしい。ルークは忙しなくあたりを見回している。

俺はポケットから地図を取り出した。目的地は西だ。とりあえずは太陽に向かって歩けばいい。

「行くぞ」

「ああ、少し待ってくれ」

ルークは背嚢を降ろした。駕籠を外し、蓋を開いて、砂縞蛇を外に出す。

「さあ、行け。お前は自由だ」

とぐろを巻いたまま、砂縞蛇は動かなかった。長旅で弱っているのかと思いきや、今度は突然動き出した。地面に刻まれた轍を乗り越え、するりと岩陰に滑り込む。

「さらばだ、ディザード・ウィザード・ラインモード」

砂縞蛇が消えた岩陰を見つめ、ルークは言った。

「健やかに、達者で暮らせ」

その姿を見て、俺は思った。

あの砂縞蛇はルークが得た、初めての友人だったのかもしれない——と。

「ここまでよく頑張った」

彼の隣に並び立ち、俺はルークに問いかけた。

「重たかっただろう?」

「いいや」

彼は首を横に振った。俺を見上げ、少し間を置いてから続けた。

「蛇一匹も背負えない者に、王家の誇りが背負えるものか」

いい答えだ。

俺はルークの肩を叩いた。

「間を空けずについて来い」

地上に突き出た巻き貝《スネイル》の殻頂、それを土塁が取り巻いている。場所によって異なるが、おおよそ四、五メートルの高さがある。敵や獣の侵入を防ぐため、革命後に築かれた防壁だ。今は平時なので防衛門の門戸は開かれているが、見張り台には全身を遮光服で固めた歩哨の姿がある。

ライコスを守る防衛兵のほとんどは、太陽光に耐性を持つ血中明度《ブラッドバリュー》V《ファイブ》以下の者から選出される。そんな彼等にとっても外界は危険極まりない場所だ。冬年の気温は氷点下四十度に達し、雪嵐が吹き荒ぶ夜には凍死者も出る。

俺は防壁門の見張り台を見上げた。そこに立つ歩哨に、外に出ても大丈夫か？　と手振《ハンドサ》りで問《イン》いかける。長銃を背負った歩哨は面倒臭そうに手を振った。大丈夫だから早く行けという意味だ。

俺とルークは門を抜け、防壁の外に出た。

赤褐色の大地には新芽が顔を出していた。この季節、過酷な地上にも春が来る。氷が溶け、春の雨が大地を潤すと、荒野は花で覆われる。ほんの数日で散り果てる儚い花々を、人は憐憫と憧憬《しょうけい》を込め、春の儚《スプリング・エフエメラル》い命と呼ぶ。ミゼルはその先駆けだ。頃合いとしてはちょうどいい。

西の地平に日が沈むまでの二時間あまり。俺達は黙々と歩き続けた。

平坦に見える荒野だが、実際は起伏に富んでいる。あちこちに身の丈ほどの岩が転がっているし、水流の溝も残っている。地面に穿《うが》たれた穴は小動物の巣だろうか。そこに枯れ草が吹き溜まり、天然の落とし穴を作っている。殻の中ではなかなかお目にかかれない悪路だ。それでもルークは文句も言わず、必死に俺についてきた。

岩山にさしかかると、さらに足場は悪くなった。崩れた岩が進路を塞ぎ、幾度も迂回を余儀なくされた。こうなると地図は役に立たない。空はまだ明るいが、太陽はすでに沈んでいる。いくら夜目が利くとはいえ、夜の岩山を歩き続けるのは色々な意味で危険だった。

俺は足を止め、ルークを振り返った。

「そろそろ野営の準備をしよう」

西空に湧いた暗雲と、流れる雲の速度からして、夜更けには雨が降り出しそうだった。

「雨が避けられそうな場所を探してくれ」

「では、あの木の下はどうだ？」

ルークは背伸びをし、右の丘を指差した。

そこには黒々とした枝葉を持つ、不気味な大木が生えている。

「あの木は駄目だ。枝の下を横切るだけでも、何十という種枝が降ってくる」

「おお、あれは吸血樹か！」ルークは目を輝かせた。「ヴィランドの種枝は是非とも手に入れたい道具の一つだ。ちょっと行って、取って来てもかまわぬだろう？」

「いいや、大いにかまう」

「しかし――」

「駄目だ」

俺は遮光眼鏡を引き下ろし、フードを背中に撥ね上げた。

「命令を聞く約束だったよな？」

「むう」

不機嫌な唸りをあげ、ルークは黙り込んだ。

俺は近くの大岩に登った。すぐ傍に風紋が刻まれた岩壁があった。根元が深く抉れ、上部は庇《ひさし》のように張り出している。庇の下の岩盤はやや斜めになっているものの、広さは申し分ない。今夜の宿は、ここで決まりだ。

「登ってこい」と声を掛けた。しかしルークは登ってこない。不審に思って覗きこむと、彼は大岩を抱きかかえ、足をじたばたさせていた。

「何をしている？」

「見てわからぬか！」

「登れないのか？」

「わかっているなら、さっさと手を貸せ！」

俺は右手を伸ばし、ルークの左腕を摑んだ。そのまま一気に引き上げる。

「うわっ！」

勢い余ってルークは岩盤の上に転がった。なんて軽さだ。十一歳にしては小柄だと思っていたが、それにしても軽すぎる。煌族は強靭な肉体を誇る。『暁の戦姫』は十四歳にして伝説となった。しかしルークの身体は強靭にはほど遠い。

そんな俺の不安を余所《よそ》に、ルークは打ちつけた肘を撫でながら、「痛くない痛くない」と自分自身に言い聞かせている。

俺は背嚢を降ろすと、そこから毛布とロープを引っ張り出した。

「ここにいろ。薪《たきぎ》を集めてくる」

「ま、待て」慌ててルークが立ちあがる。「私も行く！」

「そう遠くには行かない。何かあったら大声で叫べ。それと――」

散弾銃を肩から降ろし、ルークに差し出した。

「これを預けておく。いざという時はフォアエンドを手前に引いて、戻してから、引き金を引け」

「銃など撃ったことはない」

「大丈夫だ。お前なら出来る」

彼の手に散弾銃を押しつけ、俺は早口に続けた。

「眼鏡は外していい。砂避け布と手袋も取っていい。外套は脱ぐな。夜は冷える」

岩の庇に手を掛けた。そのまま身体を引き上げ、岩壁を登る。

周辺の岩場を歩き、根無し枯れ草を集めた。岩の間には灌木《かんぼく》の枝がみっしりと挟まっていた。まだ春先であることが幸いし、からからに乾いている。これだけあれば明日の朝まで火を絶やさずにいられるだろう。

枯れ草の束と灌木の枝を毛布で包み、ロープで縛った。陽が落ち、あたりはすっかり暗くなっている。それでも不自由は感じない。わずかな星明かりでも、来た道を辿るぐらいは造作もない。

張り出した岩の上まで戻ってきた。荷を背負い、下の岩盤に飛び降りた。

ガシャンという音が響いた。

散弾銃のフォアエンドを引く音だ。

「待て、俺だ！」

慌てて叫んだ。

ルークは岩壁の前に座っていた。顔色は真っ青で、散弾銃を握りしめた手は、がくがくと震えている。

「怖がらせて悪かった。もういい。銃を降ろしてくれ」

ようやくルークは銃口を下げた。壊れ物でも扱うように、用心深く散弾銃を置く。

俺は息を吐き、毛布の包みを引き寄せた。

「寒かっただろう。今、火を焚く」

ルークは答えなかった。まだショックが抜けていないらしい。膝に掛けていた毛布を頭から被ると、彼は両手で自分の膝を抱えた。

「驚かせて悪かった」

もう一度謝ってみたが、ルークは背中を丸めたまま、顔も上げなかった。

俺は拾ってきた灌木の枝を組み上げた。中央に枯れ草を詰め、マッチを擦って火をつける。水筒の水を鍋に移し、湯が沸くのを待つ間に乾燥血漿をカップに入れる。外界は気圧が低い。水が沸騰するまで、そう時間はかからなかった。

カップに湯を注ぎ、ルークに渡そうとして気づいた。

彼は左の袖口に右手を差し込み、手首をしきりに引っかいている。

俺はカップを置き、彼の左袖を捲った。手首の周囲が赤く腫れている。手袋と袖の間に隙間が出来ていたらしい。俺は背嚢から救急用具を取り出した。赤くなったルークの手首に化膿止めを塗り、布を当てて包帯を巻く。

「大袈裟だな」

ようやくルークが口を開いた。

「こんなもの、放っておいても明日までには治る」

「だが痒いだろう。下手に引っかくと化膿する。傷痕が残ったら大変だ」

「余計なお世話だ！」

ふんと鼻をならし、ルークはそっぽを向いた。

「傷が残ったところでいっこうにかまわぬ。私は男だぞ。貴様の娘ではないのだ――」

言いかけて、ルークはしまったというように、ぎゅっと下唇を噛んだ。

「すまぬ」

ややあってから、彼は消え入るような声で言った。

「そういうつもりで言ったのではない」

「わかっている」

気にしていないと微笑んで、俺はカップを差し出した。

「これを飲んで、もう寝ろ」

ルークはそれを一気に飲み干した。空のカップを突き返し、毛布をかぶって横になる。

「おやすみ」と声を掛けると、寝返りを打って背を向けた。猫でいう『私にかまうな』のサインだ。

俺は残った湯で乾燥血漿を溶いた。口に含むと、錆の匂いが鼻に抜ける。舌が痺れるほど苦いが、眠気覚ましには丁度いい。

毛布を肩に掛け、すぐ傍に散弾銃を置いた。壁面に寄りかかり、煙草に火をつける。紫煙が風に流される。湿り気を帯びた冷たい風だ。いよいよ雨が来るらしい。

「くしっ……」

ルークがくしゃみをした。

「寒いのか？」

返事はない。

「もっと火の傍に寄れ」

「うるさい。寒くなどないわ」

まったく世話が焼ける。俺は毛布と散弾銃を持って、ルークの正面に移動した。壁を背にして座り、毛布を広げる。半分を彼に掛け、もう半分を自分のための膝掛けにする。

「俺はここにいる。もうどこにも行かない」

手を伸ばし、そっとルークの頭を撫でた。

「だから安心して眠れ」

掌の下、彼は薄く目を開いた。

「ロイス」

「何だ?」

「……煙草臭い」

「文句を言うな」

ルークはくすりと笑った。唇に笑みを浮かべたまま、再び目を閉じた。

ミリアムを寝かしつける時、グローリアはいつも子守歌を歌った。抽象的な歌詞の、およそ子守歌らしくない歌だった。そんな子守歌は聞いたことがないと言うと、グローリアは「でしょうね。私がミリアムのために作ったんだもの」と言って笑った。

あの子守歌、歌詞はなんとなく覚えているが、メロディはもう思い出せない。たとえ覚えていたとしても、ルークは聞きたがらないだろう。

彼は言った。「私は貴様の娘ではない」と。

ルークの父親を気取ることは、まだ許されるかもしれない。しかしルークにミリアムの姿を重ねることは、決して許されることではない。


その夜遅く、雨が降り出した。

夜が明けても雨はやまず、上空は陰気な雲に覆われていた。俺は鍋に雨水を溜め、湯を沸かした。ルークを揺り起こし、張り出した岩の端から滴り落ちる雨水を指差す。

「顔を洗ってこい」

「うう……」

眠そうに目を擦りながら、ルークはようやく起き上がった。まだ半分眠ったまま、ふらふらと流水に歩み寄る。

「ロイス……」困惑したような声。「どうしよう、大きな獣がいる」

俺は散弾銃を掴み、素早くルークに歩み寄った。

大岩の向こう側に赤褐色の毛皮を纏った獣がいる。尖った耳、精悍な顔立ち、引き締まった腰回りと尻から伸びる長い尻尾。雄の砂豹だ。かなり大きい。しかもこの距離だ。岩を飛び越しルークの喉元に喰らいつくまで、三秒とかからないだろう。

「前を向いたまま後ろに下がれ。慌てるな。急がなくていい」

ルークは俺の言葉に従い、ゆっくりと後じさった。代わりに俺は前に出て、散弾銃を砂豹に向けた。砂豹は身じろぎもせず、金色の目でこちらを見上げている。すぐに襲いかかってくる気配はないが、銃を見ても怯《ひる》まない。立ち去ろうともしない。

数メートルの距離を挟んで、俺と砂豹は睨み合った。目をそらしたら負けだと思うと、瞬きすら出来なかった。

数秒間が数分、いや数時間にも感じられた。

砂豹は興味を失ったように目を閉じた。長い尻尾を揺らしながら、悠然と去って行く。『見逃してやるから、さっさと出て行けよ』と言わんばかりの貫禄だった。

その後ろ姿が完全に見えなくなってから、俺は散弾銃を降ろした。

ルークは詰めていた息を吐き、岩盤にへたりこんだ。

「……よく引き下がったな」

「腹が減ってなかったんだろう」

だが、いつ空腹を覚えて引き返してくるかわからない。俺達は朝飯代わりの血漿を飲み、地図を広げて道筋を確かめると、西に向かって歩き出した。

雨の中、険しい上り坂を行くことになった。マントは防水性だが、まとわりつくような雨はどこからともなく侵入し、衣服を徐々に湿らせていく。このまま雨量が増していけば、あと数時間で川になる。水流がレウル渓谷に向かって溢れ出す。花の命は儚く短い。急がなければ機を逸する。

俺はルークに手を貸しながら先を急いだ。前方に岩山の頂《いただき》が見えてくる。それを乗り越えると、鮮やかな眺望が飛び込んできた。岩山から渓谷の縁まで、斜面が薄紫色に染まっている。

「ミゼルの雄花だ」

息を切らしながらルークが言った。

「どうやら間に合ったようだぞ」

雨脚が激しくなり、流水が勢いを増す。滔々《とうとう》と流れる雨水の川は大地を潤しながら広がっていく。花弁に小さな気泡を抱いたミゼルの雄花が水面に浮かびあがってくる。何万もの薄紫の花が渓谷に向かって流れていく。

それを追いかけ、俺達は岩山の斜面を滑り降りた。

「あれが雌株だ」

ルークが渓谷の縁を指差した。流れてくる雄花を受け止めようと、ミゼルの雌花が水面に花弁を開いている。細長い花弁に小さな雄花が引っかかると、雌花は雄花を巻き込みながら閉じていく。意志を持つ動物のような動きだった。自然の驚異、生命の不思議を感じずにはいられなかった。

「受粉した雌株を集めるのだ！　早くしないと水に流されてしまうぞ！」

ルークの声に我に返った。見とれている場合ではなかった。

崖の縁から少し離れた場所に平たい大岩がある。俺はそこに背嚢を置いた。蓋を開き、ギィから持たされた圧縮機とガラス瓶を取り出す。

「ルーク、この岩に登れ。俺が花を集めてくる。お前はここで流花香を抽出してくれ」

「心得た！」

ルークはすぐさま岩によじ登った。その間に俺は手袋を外した。遮光マントを脱ぎ、少し迷ってから、外套も脱いだ。こんなかさばるものを着ていては身動きが取れない。雨雲に隠れて太陽は見えない、白昼でも日光はそれほど強くない。

「おい、そんな薄着で大丈夫なのか？」

ルークの問いに、俺は無言で頷いた。もちろん大丈夫じゃない。けれど問題はない。火傷を負っても死にはしない。

水流を蹴散らしながら、受粉したミゼルの雌花を探し集めた。雄花を巻き込むと、雌花は水中に没してしまう。手早く摘み取らなければ、そのまま千切れて流れてしまう。

一時間もしないうちに、水流は膝に達した。凍るように冷たい水に、全身が冷え切っている。指先が凍え、うまく動かなくなってきた。

「ロイス、もういい！」

背後からルークの声が聞こえた。振り返ると、彼は頭上にガラス瓶を掲げてみせた。

「百キューブ集まった！」

俺は大岩に戻った。ルークは黄燐のマッチで蜜蠟を炙《あぶ》り、瓶に封をしている。

雨は小降りになってきていたが、俺達がいる岩はすっかり流水に囲まれてしまっていた。うっかり足を滑らせでもしたら、押し流されて渓谷に落ちかねない。

「水が引くまで待とう」

俺がそう言うと、ルークは真顔で頭を横に振った。

「依頼人が待っている。すぐに戻るべきだ」

「しかし──」

「私なら大丈夫だ。まだ歩ける」

頑なに言い張って、彼は小声で付け足した。

「貴様こそ早く外套を着ろ。震えているじゃないか」

確かに凍えるほど寒い。濡れた衣服は容赦なく体温を奪っていく。血中明度《ブラッドバリュー》の高い人間は滅多なことでは風邪など引かない。が、俺は黙って外套を着て、マントを羽織った。

「顔が赤い」

ルークは自分の鼻の頭に指を当てた。

「特にここ。真っ赤だぞ」

俺は自分の鼻に触れてみた。ヒリリとした痛みが走る。思わず顔をしかめると、ルークは心配そうに眉根を寄せた。

「早く湿布を貼ったほうがいい」

「ここで貼っても雨で剝がれる」

「ならば急いでライコスに戻ろう」

ルークは俺に圧搾機とガラス瓶を押しつけた。俺はそれを背囊にしまった。手袋を塡め、荷物を背負って立ちあがる。先に岩から降り、ルークに右手を差し出した。

「気をつけろ。流れが速い」

ルークは何か言いかけたが、何も言わずに俺の手を取った。

俺達は流れに逆らって歩き出した。ブーツの周辺を薄紫色の花が流れていく。つらつらと水面を滑り、雌花が待つ崖の縁を目指していく。伴侶を得たミゼルは新たな土地に子孫を送り届けるため、流れに乗って壮大な旅に出る。

水と泥に足を取られ、何度も転びそうになりながら岩山を登った。頂上近くまで戻ってきた時、不意に周囲が明るくなった。暗褐色の雲間から太陽光が漏れている。天に続く梯子のように、まっすぐな光が伸びている。

俺は足を止め、レウル渓谷を振り返った。

「見ろ、ルーク」

ルークは顔を上げ、俺が指差した方角を見た。

「おお！」

感嘆の声をあげ、それきり言葉が続かない。

風紋が刻まれた岩壁と深く抉り取られた赤茶色の谷。はるか地平線まで続く荒涼とした渓谷。そこに光の橋が架かっている。七色の虹が見事な弧を描いている。

自然が織りなす光の芸術。虹の向こう側には天国がある。そんなおとぎ話が信じられてきた理由が、俺にも理解出来る気がした。

「ミリアムは虹が好きだった。地平に虹が架かると、それを追って走り出した。草原をどこまでも……どこまでも走って行ってしまった」

「その気持ち、私にもわかるぞ」

つっかえながら、ルークが言った。

「私も虹を追ってみたい。虹を追いかけて、草原を、どこまでも走ってみたい」

草原を走って行くルークの姿が脳裏をよぎり、俺は息が詰まった。

頭の隅のほうから「駄目だ」という声がした。「ミリアムの二の舞になってもいいのか」と、もう一人の俺が叫んでいた。

俺は大きく息を吐き、その声を黙殺した。

「走ればいい」

ルークは砂縞蛇を逃がした。相手のことを想い、大事な友に自由を与えた。こんな子供にだって出来たのだ。俺に出来ないはずはない。

「お前は自由だ。どこにだって行ける」

ルークは深呼吸をした。俺の手を握りしめ、眼鏡越しの視線を俺に向ける。

「ロイス、私はいつか翠玉離宮に戻る。戻ったらすぐ分析官の資格を取る。王族や尊族に出資を募り、人捜し専門の探索会社を立ちあげる」

突然何を言い出すのかと思った。

だが、それがただの思いつきでないことは、すぐにわかった。

「準備が整ったら、私は貴様を雇いたい。最高の分析官である私と、一流の探索者《サーチャー》である貴様が組めば、見つけ出せないものなどない。貴様の娘はもちろん、もっともっと大勢の者を私達は救えるはずだ。ああ、言うな。わかっている。自分はギィに雇われているというのだろう？　ならばいっそギィも雇ってしまおうと思うのだが、どうだろう？　さすがに無理か？　ギィにはギィの目的があるようだしな。しかし雇うのが無理でも、提携を結ぶことなら可能だと思う。私と貴様、さらに天才調血師のギィまで加わったなら、これはもう無敵と呼んでもかまわないのではないだろうか？」

ルークの言葉は留まることなく、その声は次第に熱を帯びていく。

シシィの件があって以来、彼の口数が減っていたのは落ち込んでいたからではない。考えていたからだ。自分に何が出来るのか。この先どう生きるのか。彼はずっと考え続けていたのだ。

「もし可能ならば、ティルダとヴィンセントにも声を掛けようと思う。奴等は何といっても腕が立つ。危険な場所に向かう際、同行を頼めたら貴様も心強かろう？　そうだ、ハリーとマギーにも家を用意しよう。今まで通り、ハリーには必要な物を仕入れてもらい、マギーに身の回りの世話を頼もう」

そこで言葉を切り、ルークは俺の手をぐいと引っ張った。

「おい、なぜ黙っている？」

圧倒されたのだ。彼の発想に。その熱量に。

「実現出来るはずがないと思っているのか？」

「……いいや」

久しぶりに気分が高揚した。凍えるような寒さも忘れた。

そんな気持ちとは裏腹に、腹の底が冷えるのを感じた。

女王の御子が夢を見る。その結果を俺は知っている。シルヴィア女王にとって、自分の子供は財産だ。たとえ一欠片《ひとかけら》の愛情も抱いていなくても、強力な手駒であることに変わりはない。誰よりも尊い血を持つ者は、誰よりも強く血の運命に縛られる。女王の御子は女王の手中でしか生きられない。死した後さえも自由にはなれない。

ルークの夢はかなわないだろう。彼が敬愛してやまない母親の手によって潰されるだろう。もし俺が彼に手を貸したなら、女王は今度こそ、俺を生かしてはおかないだろう。

「なぜ答えぬ？　黙っていないで何とか言ったらどうなのだ」

「……悪くない」

「貴様の『悪くない』は信用がおけぬ！」

握っていた手を振り払い、ルークは俺の二の腕を叩いた。

「正直に言え。本当にそう思っているのか？」

「本当にそう思っている」

その夢が実現したなら、どんなにいいかと思う。

「では約束だ」

改めて、ルークは右手を差し出した。

一瞬迷ってから、俺は彼の手を握り返した。

俺が考えるべきは、彼の夢がかなうか否かではない。彼を信じるか否かだ。ならば答えは簡単だ。ルークがそれを望むのなら、俺はいくらでも手を貸そう。惜しむような命ではない。まだ使い道があるのなら、むしろ僥倖というものだ。

復路は往路よりも楽だった。後戻りを余儀なくされることも、迂回して時間を浪費することもなかった。岩山を下り、白く輝くライコスの殻を目指して荒野を行く。踏みしめる大地はぬかるんで、芽吹いたばかりの青草に覆われていた。

真昼を過ぎる頃、雨がやんだ。上空を覆っていた雲は東へと流れ、紫色の空に白い太陽が顔を出す。急激に気温が上がり始めた。暖かいと思ったのも束の間、今度は蒸し暑くなってきた。

大岩の陰で休憩を取り、水を飲んだ。この寒暖差には大人でも体力を奪われる。このまま歩き続けたら、ルークが保たないのではないかと思った。けれど先に休憩を切り上げるのは、決まってルークのほうだった。つい三カ月前までは「誰も自分を認めてくれない」と自暴自棄になっていたのに、いつの間にこんなに逞《たくま》しくなったのだろう。子供は春の青草のようだ。その成長の早さには、いつだって驚かされる。

ライコスに辿り着いたのは、ちょうど岩門が開かれる時刻だった。北の巻き貝《スネイル》からやってきた商隊とともに、俺達はライコスの外殻を通り抜けた。

ここまで来れば一安心だ。俺はルークに、少し休んでいこうと声を掛けた。休憩所では食事も取れる。今夜はここで一泊しても、明日の早朝に出立すれば期日には間に合う。

しかしルークは頑として譲らなかった。一刻も早く秘薬を届け、依頼人を安心させるのだと言い張った。気持ちはわからなくもないが、彼は明らかに疲れ切っている。出来ることならこれ以上、無理をさせたくなかった。

どうするか迷ったが、俺は彼の意思を尊重することにした。

普段は小一時間ほどで踏破する道程を二時間近くかけて歩いた。上層駅に着いた時にはすっかり暗くなっていた。最終列車の座席に座るやいなや、ルークは目を閉じ、眠りに落ちた。

彼に毛布を掛けてやってから、俺は車内を見回した。少し離れた場所に防衛兵の集団が座っている。その中に行きの列車で見かけた兵士の姿があった。それとなく観察していると、何度か目が合った。確信するには至らなかったが、彼も密かに俺達を監視しているように思えた。

中層上郭駅で列車を降り、駅の近くにある『ローズガーデン』というホテルに向かった。やや値は張るが、部屋の鍵はしっかりしている。それがここを選んだ一番の理由だった。

熱いシャワーを浴び、肌にこびりついた汗と泥を洗い流す。部屋に戻ると、先にシャワーを済ませたルークはベッドに倒れて眠っていた。

俺は窓と扉の両方が見渡せる場所に椅子を移動した。それに腰掛けて、散弾銃を膝の上に置いた。昨夜もほとんど寝ていない。眠くないと言えば嘘になるが、まだ休むわけにはいかなかった。俺一人ならばともかく、ここにはルークがいる。獰猛な獣達が跋扈するのは殻の外に限ったことではない。殻の中にも危険極まりない、人間という名の獣達が棲んでいる。

翌日、夜明け前にルークを起こし、朝一番の蒸気列車に乗った。各駅ごとに列車を乗り継いで、一日がかりで下層駅まで戻ってきた。ここに来て一気に疲れが出たらしい。ルークはずっと眠り続けていた。

下層駅を出て、『ボトム・イン』に向かった。依頼人ミシェル・ジョエルが泊まっているといった安宿だ。時刻は夕刻に近かったが、下層の霧はまだまだ濃かった。辿り着いたモーテルのカウンターで、俺はジョエル氏を呼び出してもらえるよう主人に頼んだ。

「そりゃ無理な相談だな」

大あくびをしながら安宿の主人は答えた。

「そいつなら、三日ぐらい前に出てったよ」

俺はさほど驚かなかった。こうなるような予感はしていた。

「何か伝言を残していかなかったか？」

主人は面倒臭そうに首を横に振った。

ここでごねても始まらない。俺達は『ボトム・イン』を出た。

「どうする？」

ルークが心配そうに尋ねてくる。顔が白い。目にも覇気がない。消えた依頼人のことも気になるが、まずは彼を『霧笛』に送り届けるのが先だ。

「一度、店に戻ろう」

反論するかと思いきや、ルークは素直に頷いた。

俺達は最下層へと向かった。何とか自力で歩いてはいるものの、ルークの足取りは実に頼りなかった。俺は二人分の背嚢を背負い、左手でルークを支えながら、『霧笛』の扉を押し開いた。

「おかえり、リロイス君」

鈴の音に、ギィの声が重なった。

ティルダはルークに駆け寄ると、彼の頭を両手で挟んだ。

「ルーク、無事か？　怪我してないか？」

「ああ……大事はない」

突然のことに戸惑いながらも、ルークは照れくさそうに微笑んだ。

「心配をかけたな」

「まったくだよ、このクソ餓鬼が！　ふざけた真似しやがって！　あんたに何かあったら、あたしの信用ガタ落ちになるじゃんか！」

今度は力任せにルークを揺さぶる。相手が上官であろうと王族であろうと、ティルダには関係ないらしい。

「すまん。悪かったと思っている。反省している」

謝るルークを最後に大きく振り回し、ティルダは手を離した。

「謝るくらいならこっそり抜け出したりすんな！　このティルダ姐さんはね、あんたの願いを無下にするような、器のちっちぇえ女じゃないんだよ！」

怒りの焦点が微妙にずれている気がする。

「クソっ、あたしも外に出たかったのに！」

どうやらヴィンセントは、いまだ交替に現れていないらしい。

「殿下」今度はギィが口を開いた。「私は君を助手として雇っているのだ。雇用主に何の断りもなく、黙って出て行くのは褒められたことではないな」

口調はいつも通りだが、かすかに口角が下がっている。どうやら気を悪くしているようだ。ギィにしては珍しい。

「調血室に洗い物が溜まっている。留守にしていた分、しっかりと働いてもらうからそのつもりで」

「その前に休ませてやってくれ」

俺はティルダの肩に右手を置き、カウンターのギィに目を向けた。

「今回はルークに大いに助けられた。あまり責めないでやってくれ」

「ではリロイス君」

ギィは俺を見て、にっこりと笑った。

「君が代わりに洗い物を片づけたまえ」

俺は目を瞬いた。ギィは冗談を言うたちではない。となると、本気だろうか？

「——と言いたいところだが、その暇はなさそうだな」

そう言って、ギィはシャツの胸ポケットから一枚の紙片を取り出した。

「君が出て行った日の翌朝、ミシェル・ジョエル氏がやってきて、君に伝言を残していった。『急ぎの用が出来て、家に戻らなければならなくなった。秘薬は店まで届けて欲しい』とのことだった」

ギィは二つ折りにした紙を指先に挟み、俺に向かって差し出した。

「これが店の住所だ」

俺は紙片を受け取った。書かれていた住所は中層中郭オールドコート二番街三－一。

壁掛け時計に目を向けた。急いで支度をすれば最終列車にまだ間に合う。

「わかった」と言い、紙片をポケットにしまった。「届けてくる」

「一人で大丈夫？」とティルダが言った。

俺は彼女を振り返り、用心深く問い返した。

「どうしてそんなことを訊く？」

「ん……なんとなく？」

本人にも理由はわからないらしい。だとしたら、素晴らしい直感力だ。

「ただ疲れてるんじゃないかと思ってさ」

確かに疲れていたが、この仕事に決着をつけるまでは休む気になれなかった。

自室に戻り、服を着替えてから、再び下層駅へと舞い戻った。

今回は運がなかった。中層下郭駅に到着した時、すでに最終列車は出た後だった。列車の乗り継ぎに失敗した旅客達とともに、俺は駅舎のベンチで夜を明かした。

そして翌朝、中層中郭行きの始発列車に揺られること二時間半あまり。中郭駅に着いた時には、さすがに疲れ切っていた。駅前広場で辻馬車を拾い、「オールドコートまで」と告げる。

オールドコートはライコスの背骨の目の前にあった。暗渠《あんきょ》になった側溝の上に建物が並んでいる。かつては美しい景観を誇っていたのだろう。窓枠や手摺りには意匠が凝らされ、門扉も立派なものばかりだ。しかし鎧戸や扉の塗装は剝げ、鉄柵には錆が浮いている。周囲を見回しても人の姿は見えない。どこから見ても立派な廃墟だ。

俺は馬車を降り、指定された住所に向かった。二番街の三－一。そこにあったのは周囲の家々と同じ、薄汚れた煉瓦造りの建物だった。タイル地の階段を上り、ここ数年は使われた様子のないノッカーを鳴らす。

返事はない。俺は玄関扉の把手を摑んだ。

鍵はかかっていなかった。

「誰かいないか」

俺は建物の中に入った。右手には崩れ落ちた階段があり、左には狭い廊下が延びている。天井は傾き、床には崩落した漆喰や端材が堆積している。

「依頼品を届けに来た」

廊下の先で何かが動いた。塵芥《じんかい》を踏む足音が近づいてくる。傾いだ戸口を潜り抜け、一人の男が現れた。撫でつけられた褐色の髪に整った口髭。一目で逸品とわかる仕立てのいいフロックコート。右手に山高帽《ボウラーハット》を、左手には銀色のステッキを携えている。

知っている顔だった。来るとしたら彼だろうと思っていた。

出来ることなら、こんな場所で会いたくはなかった。

「久しぶりだね」

そう言って、ヴィンセントは困ったように眉根を寄せた。

「驚いてないみたいだね？」

「この依頼に裏があることは、最初からわかっていた」

依頼人ミシェル・ジョエルの指は白く、爪の先まで手入れが行き届いていた。調血師は薬剤を扱うため手肌が荒れる。それでも美しい指先を保っていられる調血師を、俺はギィしか知らない。ジョエルは調血師ではない。もっと見かけに気を遣う職業の男だ。

「あの男は役者だな？」

俺の問いかけに、ヴィンセントは苦笑を返した。

「知っている顔だったかな？」

「知らない。でも、あれはお粗末すぎだ」

「仕方がなかったんだ」

彼は戯《おど》けた仕草で肩をすくめた。

「君はグローリア姫と一緒に、よく舞台を見に行っていたみたいだからね。名の知れた役者を使ったら、気づかれてしまうと思ったんだ」

なるほど。そういうことか。

しかし俺は、劇場街に通っていたことを、ヴィンセントに話した覚えはない。

「俺のことを調べたのか？」

「調べたわけじゃない。依頼人が教えてくれたんだ」

「では依頼人の趣味なのか？　このふざけた茶番劇は？」

俺は平静を保とうとした。けれど声に不快感が滲むのを抑えることは出来なかった。

「俺達を監視していたんだろう？　列車に乗り合わせていた兵士も、身分証を確認せずルークを通した防衛兵も、見張り台の上にいた兵士も、みんなぐるだったんだろう？」

ヴィンセントは答えなかった。

沈黙は肯定の証だった。

腹の底が熱くなった。怒りと羞恥が同時に湧き上がってきた。

上層を走る列車の中で、俺はルークに「お前のことは俺が守る」と言った。だが俺がでしゃばるまでもなくルークは守られていた。俺達は依頼人の手の内から、一歩も出てはいなかったのだ。

「面白かったか？　真剣に冒険ごっこをする俺達の姿は？」

「面白いわけないだろう！」

ヴィンセントは声を荒らげた。

「君が怒るのも無理はない。けど自分を卑下するのはやめてくれ。君はルーク殿下を守ったじゃないか。彼の意思を尊重しながら、最後まで守り通したじゃないか」

「守ったのは俺じゃない。お前の依頼人だ」

「でも必要なのは君だよ。殿下も、依頼人も、君を必要としているんだ」

ヴィンセントは俺に背を向けた。

「依頼人が君に会いたがっている。一緒に来てくれ」

返事も待たずに歩き出す。俺はその背中を睨んだ。気に入らなかった。依頼人に黙して従うヴィンセントも、彼にこんな真似をさせる依頼人も気に入らなかった。その真意がどうであれ、ひとこと言ってやらなければ気がすまなかった。

俺はヴィンセントに続いた。廊下の先の居間らしき部屋では、肘掛け椅子や柱時計が埃を被っていた。贅を尽くした内装は色褪せて、壁紙は無残に破れている。

正面の壁には黒光りする鉄格子があった。二重構造の格子が、交差する小さな鉄板によって横繋ぎになっている。牢獄のようにも見えるが、それにしては場違いだ。

ヴィンセントは鉄格子を横に押し開いた。奥は小部屋になっていた。小箱のような室内には、向かい合わせに座席が取りつけられている。

部屋に入り、ヴィンセントは俺を手招いた。

「乗ってくれ」

『入ってくれ』ではなく『乗ってくれ』。その言葉に違和感を覚えつつ、俺は格子の横をすり抜けた。小部屋の壁に装飾はなく、天井の中央には乳白色に光る半球が突き出ている。鉄格子の横には回転式のハンドルと凸型のボタンが並んでいる。

ヴィンセントはいくつかのボタンを押し、最後にハンドルを回した。軋みをあげて鉄格子が閉まる。足下から蒸気が漏れる音がする。続いて、がくんと床が揺れた。格子扉の向こう側、廃屋の天井が下がっていく。いや、動いているのは俺達のほうだ。小部屋全体が上に向かって動いているのだ。

荒れ果てた居間が下方に去り、鉄格子が白い壁に閉ざされる。壁そのものが青白い光を帯びている。

「ここはライコスの背骨の中か？」

「よくわかったね」

　ヴィンセントは肩越しに俺を振り返った。

「これはライコスの背骨に仕込まれた昇降機だ。一部の王族しか知らない旧支配者の遺産だよ。驚くべきことに、たった三十分で殻頂宮殿に着く」

　とても信じられる話ではなかった。言い返そうと口を開きかけた時、耳の奥に異常を感じた。与圧された部屋から外界に出ると、気圧の変化で鼓膜が圧迫される。それと同じ感覚だった。つまりこの部屋は、急激な気圧変化を生じるほどの速さで上昇しているということだ。

「まったく――」

　何もかもが愚かしく思えた。自分の無力さを痛感する。過労を感じ、俺は座席に腰を下ろした。

「世の中、信じられないことばかりだな」

「そうだね……本当にその通りだ」

　独り言のようにヴィンセントは呟いた。かと思うと、彼は俺に向き直り、おもむろに頭を下げた。

「黙っていて悪かった。最初にきちんと伝えておくべきだった。僕の本当の所属は――」

「言わなくていい」

「でも」

「必要ないんだ、ヴィンセント」

膝の上に肘を置き、俺は彼を見上げた。

「俺達は友達じゃなかった。秘密を打ち明け合うような仲良しでもなかった。今はそのことに、むしろ感謝しているんだ。俺が死んでも、お前には悲しんで欲しくないからな」

「君が死んだら僕は悲しいと言ったのは、嘘じゃないよ」

「かもしれない。だからこれはお前の問題でなく、俺の問題なんだ。この茶番劇に、お前が自ら進んで荷担したとは思っていない。けれど今はお前の口から何を聞かされたとしても、それを信じることが出来ない。ゼロにどんな数字を掛けても答えがゼロになるように、お前の言動に真心や優しさが含まれていたとしても、今の俺にはすべてが嘘に思えてしまうんだ」

「ロイス――」ヴィンセントは山高帽《ボウラーハット》を胸に当てた。「すまない。君を傷つけるつもりはなかったんだ」

力なくうなだれる彼を見ていると、俺まで辛くなってきた。自尊心を傷つけられ、ひどく腹を立てていても、俺は彼のことが嫌いではなかった。

「謝ることはない」と俺は言った。「友達でも仲良しでもないけれど、お前がいい人間であることはよく知っている」

　はっとしたようにヴィンセントは顔を上げた。

　俺は何も言うなと右手を挙げ、そのまま静かに言葉を続けた。

「お前の立場は理解出来る。軍人は上官の命令に逆らえない。自分の意に沿わない作戦でも従うしかない。それが『暁の戦姫』の命令であれば、なおさらだ」

「殿下が話したのかい？」

「いや、だが他にいないだろう。俺とグローリアのことを熟知していて、俺がミリアムを捜し続けていることを知っていて、しかもルークを捜してくれと依頼してくる高名な王族など、アドリア・8・オルタナ以外に考えられない」

「隠すことはないと言ったんだけれどね。アドリア姫が、自分の名は出さないでくれと言い張ったんだ」

　ヴィンセントは寂しそうに笑った。

「僕は彼女の部下だから、命令には逆らえない」

　なぜだろう。それも嘘だという気がしてならなかった。真実はひとつしかない。けれど嘘の裏にはいくつもの秘密が隠されているものなのだ。

　何の会話もないまま、時間だけが経過した。

ふと身体が浮くような感覚に陥り、俺は立ちあがった。床が小刻みに振動する。部屋が減速していくのが体感でわかった。

鉄格子の向こう側に見えたのは殻頂宮殿の第一層、王城宮の中庭だった。視界が再び閉ざされ、それから数十秒後、部屋は完全に静止した。

ヴィンセントはハンドルを回して格子を開き、白い扉を押し開けた。

見覚えのある広間だった。左右の壁に緩やかな曲線を描く階段がある。その先にはテラスがあり、奥にはステンドグラスで飾られた両開きの扉がある。水晶宮の次期女王候補達が暮らす館、通称『薔薇庭園の館《ローズガーデンハウス》』だ。

まだ護衛官をしていた頃、俺は毎朝ここにグローリアを迎えに来た。彼女がテラスに現れるのを他の護衛官とともに待っていた。広間の奥に扉があることは認識していたが、昇降機が隠されているとは思いもしなかった。

広間には紺色のドレスを着た女が立っていた。それは謎の依頼人の代理人として、ルークの捜索を依頼しにきた女、ユイア・ノイアだった。

「ようこそ、薔薇庭園の館《ローズガーデンハウス》へ」

ノイアはドレスの裾をつまみ、無表情に一礼した。上品でそつのない所作だった。礼儀を少しも欠くことなく、歓迎していないことを見事に表現してみせる。その器用さには感動すら覚えた。

「姫様がお待ちです。どうぞこちらへ」

彼女は踵《きびす》を返した。階段を二階へと向かう。こちらの都合などおかまいなしだった。ヴィンセントは無言で従い、俺もそれに続いた。

テラス奥の扉を抜けると、広くて明るい部屋に出た。正面には天鵞絨《ビロード》のカーテンに縁取られた大窓がある。床には臙脂色の絨毯が敷き詰められ、中央には布張りの長椅子と木製のテーブルが置かれている。

「お久しぶりです、義兄上!」

長椅子から若い女が立ちあがった。ライコス軍の礼服を華麗に着こなし、黒髪を無造作に肩に散らしている。彼女は次期女王の最有力候補、『暁の戦姫』の異名を持つ英雄、アドリア・8・オルタナだった。

「ご足労願って申し訳ありません。突然のことで、いろいろと驚かれたでしょう? 昇降機の乗り心地はいかがでしたか?」

俺は答えなかった。コートのポケットに手を入れたまま、身じろぎもしなかった。

「ああ、すみません。私ったら一人で浮かれてしまって——」アドリアは照れたように目を細めた。「お疲れでしょう? どうぞお座り下さい」

両手を広げて椅子を勧める。俺はそれも無視した。ポケットから流花香のガラス瓶を取り出し、彼女に向かって差し出した。

「アドリア姫、ご依頼の品です。どうかお納め下さい」

「あ──ありがとうございます」ぎこちなく頭を下げ、彼女は瓶を受け取った。「義兄上、どうか『アドリア姫』ではなく、以前のように『アドリア』と呼び捨てにして下さい」

「貴方は私が知っているアドリアではありません」

一瞬、彼女の笑顔が強ばった。

「そうでした。義兄上の力になることも出来ず、不義理を重ねたこの私を、いまだ義妹として扱って欲しいだなんて、まこと図々しいお願いでした」

彼女はガラス瓶をノイアに預けると、両手で俺の手を取った。

「今回お呼び立てしましたのは、不義理に対するお詫びを申し上げるとともに、このたびの感謝の念を、ぜひともお伝えしたかったからです。先日はルークを見つけてくれて、本当にありがとうございました！」

「それが私の稼業《しごと》です」

俺は彼女の手をしりぞけた。

アドリアは不安そうに俺を見上げた。

「あの……義兄上？　もしかして怒っていらっしゃいます？」

「あんないたずらを仕掛けておいて、私が怒らないと、どうして思うのです？」

「それは、きちんと理由を説明すれば、笑って許して下さると思って……」戸惑うように視線を泳がせ、気まずそうに彼女は続けた。「義兄上は——その、お優しい方でしたから」

それを聞いて、俺は笑った。シルヴィア女王が見たら、即刻俺の首を刎《は》ねるよう命じるだろう。そういう類の笑い方をした。

「私も変わりましたが、貴方はもっと変わられた。あの可愛いアドリアが、今は思い通りに部下を操り、義兄と実弟をペテンにかけるようになった」

「この無礼者！」

ユイア・ノイアが叫んだ。彼女は怒りに身を震わせ、射殺さんばかりに俺を睨んだ。

「姫様のお心も知らず、なんて失礼なことを——」

「いいのだ、ユイア」

アドリアが遮った。にこりと笑い、ノイアの反論を封じた。

「その流花香を使って、お茶の準備をして来てくれ」

「——かしこまりました」

もの言いたげな顔のままノイアは一礼した。鋭い一瞥を俺にくれてから、静かに広間を出て行った。

「申し訳ありません義兄上。不愉快な思いをさせたこと、心からお詫び申し上げます。どうかお許し願いたい」

アドリアは深々と頭を垂れた。

「座って下さい。このアドリアに、どうか弁明の機会を与えて下さい」

「弁明は必要ありません。理由はすでにわかっています」

俺は自分の肩越しに、ヴィンセントを指差した。

「このヴィンセントから、貴方はシシィの一件を聞いた。あれ以来、ルークが落ち込んでいるという話を聞かされた。だから貴方は役者を雇い、私に嘘の依頼をさせたのです。時間がないという条件をつければ、私はルークに分析を頼む。それが流花香だとわかれば、ルークの性格からして、是が非でも採取に同行する。私とともにこの依頼をやり遂げることが出来たなら、ルークの気鬱も晴れるだろう。貴方はそう考えたのです」

「……仰る通りです」

消え入りそうな声で彼女は答えた。

「私はルークに自信を持って欲しかった。そのために私は義兄上を利用したのです」

ですが——と言い、アドリアは顔を上げた。

「誰でも良かったわけじゃない。義兄上でなければ駄目だったのです」

強い目をしていた。二十三歳とは思えない、ふてぶてしさを感じた。それは十四歳で戦場に立って以来、常に前線に身を置いてきた戦士の貫禄。目的のためには手段を選ばない、冷徹な為政者のそれだった。

「わかりませんね」と俺は言った。「貴方には力がある。ルークを翠玉離宮に留めても、充分に彼を守れたはずだ。なのに貴方はルークを私に預けた。それはなぜです？」

「私がルークに与えられるのは身の安全だけだからです。彼の尊厳や意思を守ること、心の平穏や幸福な思い出を与えてやることも、私には出来ないからです」

「アドリア姫、貴方は思い違いをしている。私はいい人間ではない。もし貴方が真剣にルークのことを考え、彼の幸福を願うのであれば、私のような者にではなく、子供の善き手本となる人格者に預けるべきです」

「いいえ、義兄上ほどの適任者はいません！」頑なにアドリアは叫んだ。「私は知っています。義兄上は誰よりも家族を愛していました。義兄上はよき夫であり、よき父親でした。私にとって、そしてルークにとっても、義兄上は理想の父親なのです！」

「それは皮肉ですか？」

俺は冷ややかに笑った。

「愛する家族さえ守れなかったこの私を、貴方は理想と呼ぶのですか？」

「どうして……そんな意地悪なことを仰るのです。礼儀をわきまえろとは言いません。けれどもう少し――ほんの少しだけでいい。私にも同情して下さい。誠意と温情をもって、私の声に耳を傾けて下さい！」

アドリアは上目遣いに俺を睨んだ。怒りと悲しみと不安が混在する青緑色の瞳。出会ったばかりの頃のルークと同じ目をしていると思った。

ルークは自分の居場所を求めていた。そのために何をすればいいのか思い悩み、暗闇でもがき続けていた。アドリアも同じだ。自分には何が出来るのか、彼女も思い悩み、今もなお葛藤し続けているのだ。鎧を身に纏い、心を鋼鉄で覆っても、その内側には照れ屋で泣き虫の少女がいる。アドリアは変わったのではない。変わらざるを得なかったのだ。

「──すまない」

俺は目を閉じた。眉間を押さえ、ゆっくりと息を吐いた。

冷静になれと己に命じる。怒りは思考を奪い、嫉妬は判断を歪める。俺の気持ちなど、この際どうでもいい。第一に考えるべきは、ルークのことだ。

「アドリア」

そう呼びかけ、俺は彼女を見つめた。

「君と俺の思惑は一致している。君も俺もルークを守りたいと思っている。ルークには幸福な人生を送って欲しいと心から願っている」

アドリアは真顔で頷いた。

俺は頷き返し、さらに続けた。

「だから君はルークを翠玉離宮の外に出した。誰一人、彼の正体を知らない場所でなら、ルークは王族の因習に縛られることなく、まっとうな人生を歩むことが出来ると考えた」

「そうです」

アドリアは答えた。薄紅色の口唇がかすかに綻《ほころ》ぶ。

「ルークはとても聡明です。彼は幼い頃から努力を惜しまず、まだ十一歳だというのに、自分の能力を完璧に使いこなしています。王家の連中が何と言おうと、私は彼を支持し、応援するつもりでいました。けれど――」

彼女は両手の拳を握った。

「母上はルークの意思を無視し、彼を道具として使おうとしている。女王の役目は、どんな手段を使ってもこのライコスを死守すること。でも母上のやり方は強引すぎる。あまりにも酷薄すぎる！」

「待ってくれ、アドリア」

シルヴィア女王のことだ。子供を道具として操るぐらい造作もないだろう。女王の御子に自由はない。それはアドリアも承知しているはずだ。わからないのは彼女がここまで強固に反対する、その理由だ。

「シルヴィア女王はルークに何をさせようとしているんだ？　それは九国連合との和平交渉に関わることか？　女王はルークを人質として差し出すつもりなのか？」

アドリアは何かを言いかけ、思いとどまって口を閉ざした。彼女はライコス軍の高官だ。国策に関することを、関係者以外に漏らすことは出来ないのだろう。

しかし、俺も引き下がるわけにはいかなかった。

「教えてくれ。秘密は守る。他言はしないと約束する」

「母上が望んでいるのは和平ではありません。新たな抗争と完璧な支配だけなのです」

アドリアはよろめくように後じさり、長椅子の端に腰を下ろした。

「義兄上——私は戦場で多くを見ました。駒として消費される兵士、戦に巻き込まれて死んでいく罪のない市民。その痛みと悲しみを、私はこの目で見てきました。愛する者を奪われた者の嘆きを、やり場のない憤怒の叫びを、この耳で聞いてきました。そして思ったのです。こんな馬鹿げた戦を二度と起こさせないためには、母上を女王の座から引きずり下ろすしかないと。国民の支持を得て、ライコス軍を掌握し、私が女王になるしかないのだと」

俺は息を呑んだ。今の彼女の言葉は反逆者のそれだった。もし女王に知られでもしたら、不敬罪もしくは国家反逆罪で厳罰を受ける。ライコスの英雄である『暁の戦姫』が口にしていい言葉ではない。

「私は女王になります。ライコスのためだけでなく、世界の平和を実現するために、この人生を捧げます。でもルークには、自由に生きて欲しいのです。自分の人生を見つけて、幸せになって欲しいのです」

姿勢を正し、彼女はまっすぐに俺を見上げた。

「ルークは実の父親以上に義兄上のことを慕っています。なればこそ、これは義兄上にしか頼めません。どうかルークを守ってやって下さい。彼に幸福な人生を歩ませてやって下さい」

お願いします――と言って、アドリアは頭を下げた。

俺は、すぐには答えられなかった。

幼い頃のアドリアは、グローリアを女神の如く崇拝していた。次期女王候補という身分を棄て、愛する者と結婚した異父姉に、並々ならぬ憧れを抱いていた。自分も姉上のように運命の人と巡り会いたい。そんな言葉を聞かされたこともあった。

あの内気な少女が『暁の戦姫』となるために犠牲にしてきたもの。英雄と讃えられるたびに失ってきたもの。世界を変えるため、生贄に捧げようとしているもの。それは彼女自身だ。自身の名誉のためでなく、戦や差別に苦しむ人々のために、彼女はライコスの女王になるつもりなのだ。

「君の覚悟はよくわかった」

それに敬意を表するため、俺は胸に手を当てた。

「だが俺の考えは変わらない。ルークは殻頂宮殿に戻るべきだ」

「義兄上――」

「聞いてくれ、アドリア」

彼女を制し、俺は続けた。

「ルークの夢は王族としての責務を果たすことだ。そのために自分が何をすべきか、彼は理解している。権謀術数渦巻く宮殿に戻らなければならないことも、彼は承知している」

「戻ればルークはまた苦しむことになります。異父兄弟からの嫌がらせに耐えるだけではすみません。あの母上にも、立ち向かわねばならなくなります」

「ああ、そうだ。ルークの立場はあまりに弱い。もし彼が信念を貫こうとすれば、女王との対立は避けられない。だが闘わずして得るものに意味はない。夢を持たず野望も抱かず、安穏に生きることだけが幸せな人生ではないんだ」

「やめて下さい！」

悲鳴のように叫んで、アドリアは立ちあがった。

「ルークがどんな目に遭うかわかっているのに、どうして戻るべきだなんて言えるのです！　どうしてルークを守ると、俺がルークを守ると言って下さらないのです！」

「わかってくれ、アドリア。俺には出来ないんだ」

「何が出来ないんです？　何をわかれというんですか！」

「俺はルークを守れない」

「そんなこと――」

「ないと言えるか？」先んじて俺は問い返した。「ならば、なぜ俺達に護衛をつけた？　俺だけに任せるのは不安だったからだろう？　ルークにもしものことがあったら困ると危惧したからだろう？」

アドリアの顔から血の気が引いていく。握りしめた拳が震えている。やりどころのない怒りが、その目の中に渦巻いている。

「君の判断は正しい」と俺は続けた。「渓谷にかかる虹を見て、ルークは俺に夢を語った。俺はその夢をかなえてやりたいと思った。そのためにならシルヴィア女王に殺されてもかまわないと思った。つまり、それが俺の限界なんだ」

英雄として死ねる場所を、俺はルークの夢に求めていた。彼を守って死ぬことで、自分の罪が許されるような気がしていた。後に残されるルークのことなど、少しも考えてはいなかった。

「アドリア、君にもわかっているはずだ。シルヴィア女王からルークを隠し通すことは出来ない。いずれ発見され、連れ戻される。どんなに守りたいと思っても、たとえ命を投げ出しても、俺にルークを守り通すことは出来ない」

俺はアドリアの肩に手を置いた。

「ルークを守れるのは君だけだ。君が女王となって、この国の在り方を変えるんだ。今すぐには無理でも、たとえ時間はかかっても、それが一番安全で一番確実な方法だ」

アドリアは俺を見た。

「それでは駄目なのです」その目から一筋の涙がこぼれた。「とても間に合わない」

「どういう意味だ？」

アドリアは答えず、涙を隠すように顔を背けた。

「話してくれ、君は何をするつもりなんだ？」

「義兄上、お願いです。何も訊かず、ルークを連れて逃げて下さい。どこか遠く、母上の手が及ばない場所へ、ルークを逃がしてやって下さい」

彼女は俺の両腕を摑んだ。縋るような目で俺を見上げた。

「もはや義兄上だけなのです。ルークの魂を救ってやれるのは――」

ぞっとした。まるでルークの死を予期しているような言い方だった。

「約束しよう。出来るだけ時間を稼ぐと。そのために出来ることは何でもすると」

慰めるように、彼女の背を叩いた。

「だから君も証明してくれ。君の覚悟が本物であることを、俺に証明してみせてくれ」

「……わかりました」

アドリアは俺を突き放した。

「ルークをよろしくお願いします」

そう言って、俺に背を向けた。

俺は何かを言おうとした。懸命に言葉を探した。けれど、もう何を言っても、彼女を振り向かせることは出来そうになかった。

俺は扉に向かった。それを押し開けた途端、ノイアにぶつかりそうになった。彼女が抱えたトレーには白磁の茶器が並んでいた。広間に入る間合いを計っていたのか。それとも立ち聞きしていたのか。もはや考えることすら面倒だった。

「もうお帰りになるのですか？」

彼女の声からは、かすかな侮蔑が感じられた。

「姫様のお誘いです。どうか召し上がっていって下さい」

「せっかくだが、嘘はもう聞き飽きた」

言うべきではない。彼女はアドリアに忠実なだけだ。得体の知れない男をアドリアに近づけたくないだけだ。そう思っても、止めることが出来なかった。

「俺がアドリアと同じ部屋にいるだけで腸《はらわた》が煮えくり返るんだろう？　アドリアが俺とお茶を愉しむ姿なんて、本当は見たくないんだろう？　だったらその茶を俺の頭にぶちまけて、二度と姫様に近寄るなと言ったらどうなんだ？」

ノイアはゆっくりと瞬きをし、それからにっこりと笑った。

「姫様のお客様は私にとっても賓客です。そのような無礼を働く理由がありません」

「それは失礼した」

笑い返そうとしたが、上手くいかなかった。「申し訳ない。先に退席させてもらう。その流花香は俺とルークが必死に集めてきたものだ。どうか充分に味わってくれ」

返事を待たず、俺は歩き出した。振り返ることなく階段を下る。

「待ってくれ」

そんな声とともに、ヴィンセントが追いかけてきた。

「送って行くよ」

「それも依頼人の指示か？」

「いいや、僕の意志だ」

俺の厭味を受け流し、彼は微笑んだ。

「君は通行証を持っていないだろう？　護衛官や警備官に見つかったら、不法侵入で投獄されるよ」

悔しいが、彼の言う通りだった。気に入らなくても従うしかなかった。

俺は再び昇降機に乗った。ヴィンセントはハンドルを操作し、格子扉を閉じた。小部屋が動き出す。風切り音を立て、ライコスの背骨を下っていく。

「行きの昇降機の中で、君は言ったね」

操作盤に目を向けたまま、ヴィンセントが切り出した。

「『お前の言動に真心や優しさが含まれていたとしても、今の俺にはすべてが嘘に思えてしまう』って」

俺は座席に腰掛け、目を閉じた。ひどく疲れていた。出来ることならこのまま眠ってしまいたかった。しかしヴィンセントは、それを許してはくれなかった。

「あれは堪えたよ。だから考えた。もう一度、君の信頼を取り戻すためにはどうしたらいいんだろうって。君がアドリア姫と話している間中、ずっと考えていた」

「——暇な男だな」

彼はくすりと笑った。

「どんなに考えても、答えは見つからなかった。それで思ったんだ。僕は君に嘘をつきたくない。もう隠し事はしたくない。これは僕の問題であって君の問題じゃない。だから聞きたくなければ、そのまま眠ってくれてかまわない」

仕方なく俺は目を開いた。ヴィンセントを見上げ、尋ねた。

「何が言いたい？」

「九年前の大戦時、僕は自国の部隊を率いて最前線に立っていた。圧倒的多数に押し切られ、部隊は壊滅寸前まで追い込まれた。それを助けてくれたのがアドリア姫だった」

「なるほど」俺は大仰に頷いた。「お前はそれに恩義を感じ、以後『暁の戦姫』の狗になったというわけだな」

「グラウクスには、特定の主人を持たないという不文律がある。けど僕はアドリア姫に心酔して、彼女の部下になることを望んだ。家族の反対を押し切ってライコスに移り、アドリア姫の手駒になった。僕は彼女のために働き、姫は僕を重用してくれた。ルーク殿下の護衛を任せてくれるほど、姫は僕のことを信頼してくれた」

ヴィンセントは俺の向かい側に座った。

「でも、事実はもう少し複雑なんだ」

長い足を組み、膝の上にステッキを置く。

「最初、アドリア姫はラピシュに向かっていた。ラピシュは小国で専属の軍隊を持たない。オルタ同盟が守ってやらなければ、あっという間に占領されてしまう。一方グラウクスは傭兵国家だ。多少の損害は出ても、まだ数日は持ちこたえる。彼女はそう踏んだんだ」

そこで彼は目を伏せて、悲しそうに微笑んだ。

「なのにアドリア姫はラピシュを見棄て、グラウクスに向かった。それがシルヴィア女王の命令だったからだ」

オルタ同盟と九国連合、二大勢力が境界を接する最前線、そこにあるのがラピシュとグラウクスだ。ラピシュは工芸が盛んな小国だが、グラウクスの特産は『傭兵』だ。個人の護衛から国家間の戦争まで、荒事を請け負う強者達の国だ。ライコスにとって、どちらの国がより有益か。考えるまでもなかっただろう。

「グラウクスは傭兵の国だ。高い金を払ってくれるほうにつきたがる。九年前の大戦が起きる前から『オルタ同盟と手を切って、九国連合に乗り換えるべきだ』という声は、少なからず上がっていたんだ。シルヴィア女王が『暁の戦姫』をグラウクスに送ったのは、窮地に陥ったグラウクスを救うためだけじゃない。グラウクスがオルタ同盟を裏切ることのないよう、牽制するためでもあったんだ。だから停戦後、ライコス軍をグラウクスから撤退させる条件として、シルヴィア女王はグラウクスの王に言った。『貴殿の息子を人質に差し出せ』とね」

その瞬間、すべての事情が飲み込めた。

グラウクス王家の紋章は、確か梟だったはずだ。ヴィンセントの薬入れに刻まれていたのも、梟の紋章だった。

「現グラウクス王エドムント・ゼントには三人の息子がいてね。長兄のグラントは剛胆な英雄で、次兄のエルンストは聡明な知将だ。けれど末弟のヴィンセントは平和を願う軟弱者だった。だから彼は自分が人質になると申し出た」

他人事のように言い、ヴィンセントは肩をすくめた。

「グラウクスの者は従属を嫌う。だから両親には反対された。兄達にはゼント家の面汚しと罵られた。それでもかまわなかった。家族や仲間達を守ることが出来るなら、僕はどんなことでもしようと思った」

もしグラウクスがオルタ同盟を裏切れば、ヴィンセントの命はない。そしてヴィンセントもまた、祖国を人質に取られている。彼がシルヴィア女王の不興を買えば、彼の故郷は戦場になる。

「わかってもらえたかな？」

品良く首を傾げ、自嘲するように彼は笑った。

「僕はアドリア王女の狗じゃない。シルヴィア女王の狗なんだ」

俺は拳銃を抜いた。その銃口をヴィンセントに向けた。昇降機は狭い。互いの距離は数歩と離れていない。けれど相手は狼男だ。当てられるかどうか、わからなかった。血実弾で彼が殺せるかどうかもわからなかった。それ以前に、彼に向かって引き金が引けるかどうか、確信が持てなかった。わかっているのはひとつだけ。ヴィンセントはアドリアの野望を聞いていた。もし彼がシルヴィア女王の間者であるならば、今ここで、彼の口を封じなければならない。

「ルーク殿下が今どこにいるのかは、すでに報告させてもらった」

銃口を目の前にしても、ヴィンセントは顔色ひとつ変えなかった。

「でもアドリア姫の決意のことは報告しないつもりだよ。アドリア姫は女王のお気に入りだからね。下手なことを言ったら、逆に僕が疑われる」

「それを俺に信じろというのか？　自らを『シルヴィア女王の狗』と呼ぶ者の言葉を、信用出来ると思うのか？」

「まず無理だろうね」

彼は首を横に振った。

「だから、こうするしかないと思った」

ヴィンセントはコートの胸ポケットから、捻れた小枝を取り出した。それは吸血樹――ヴィランドの種枝だった。

「人は嘘をつく。でも血は嘘をつかない」

彼は枝を自分の左手に突き刺し、血実を摘み取り、それを俺に差し出した。

「君が必要だと判断した時に飲んでくれ。僕の頭の中を覗いて、好きなだけ情報を取り出してくれ」

拳銃をヴィンセントに向けたまま、俺はゆっくりと立ちあがった。用心深く左手を伸ばし、彼から血実を受け取った。素早く飛びのいて距離を取る。これは俺を油断させるための作戦だ。そう思っていたのに、ヴィンセントは動かなかった。

「なぜだ？」

右腕がひどく重く感じられた。銃身を支えていることが徐々に苦痛になってきた。

「どうしてこんなことをする？　こんなことをして何になる？」

「教えてもいいけど、多分、君は笑うと思うな」

「ならば笑ってやる。言ってみろ」

彼は困ったように小さくため息を吐いてから、質問に答えた。

「君に、恩返しがしたかったんだ」

「お前に恩など売った覚えはない」

「ジョオンの店の踊り子達を見て、『可哀想だ』と僕が言った時、君は『お前は間違っていない』と言ってくれた」

「すぐには言っていない。その前に説教した」

「そうだった。『子供達を哀れむだけで、彼等を守ることも助けることも出来ないお前に、ジョオンを責める資格があるのか』と言われた」

ヴィンセントは俯いて、少しだけ眉をひそめた。

「僕の故郷では、廃血の子供は殺される。明度《バリュー》の低い者は棄てられる。『子供達が可哀想だ』と言うたびに、『お前は甘い』と言われ続けた。君は厳しいことも言ったけど、最後には僕の考えを認めてくれた。僕はそれが、とても嬉しかったんだ」

「それが理由か?」

支えきれなくなって、俺は拳銃を下ろした。銃を右手にぶら下げたまま、再び座席に腰を下ろした。

「それだけの理由で俺に魂を売り渡すのか?」後ろの壁に背中を預ける。「笑えない。まったく笑えないな」

「もうひとつある」と彼は言った。座席に座り、再び足を組んだ。「君は冷静なくせに無鉄砲で、時々とても危うくて、見ていて本当に飽きなかった。こんなこと言うと怒られるかもしれないけど、シシィを捜して君とライコス中を飛び回った時、僕はとても楽しかった。君が次に何をするのか、何を思いつくのか、見ているだけでわくわくした」

ヴィンセントは目を細めた。ここではないはるか遠くを見つめ、幸せそうに呟いた。

「あんな時間は、もう二度とないだろうな」

俺は何も言えなかった。肯定するのは悲しすぎた。だからといって否定することも出来なかった。彼は話してしまったし、俺は聞いてしまった。どこにも逃げ道はなく、水に流すことも出来なかった。仕方がなくて、救いようがなくて、他にどうしようもなくて、俺は笑った。

「ヴィンス——お前は馬鹿だ」

「僕もそう思う」

彼は頷いた。右目を閉じ、俺を指差し、してやったりと微笑んだ。

「ほら、やっぱり笑った！」

俺は言い返さなかった。眉間を押さえ、喉の奥でくっくっと笑った。

ヴィンセントも笑った。拳を口に当て、くすくすと笑い続けた。

やがて昇降機は中層中郭の廃屋に到着した。俺達は昇降機を降りると、殴り合うことも殺し合うこともせず、そのまま中郭駅まで歩いた。

駅のホームには上郭行きの蒸気列車が停まっていた。

「僕はこっちだから」とヴィンセントは頭上を指差した。

「俺は塒《ねぐら》に帰る」と言い、靴底でホームを蹴った。「そのうち、また『霧笛』に顔を出すんだろう？」

「さぁ、どうだろうな」

「ティルダが怒るぞ」

「ああ、そうか。彼女には悪いことをした」

ヴィンセントは帽子を取り、申し訳なさそうに頭をかいた。

「ティルダには君から謝っておいてくれないか。あとルーク殿下とギィにも、よろしく伝えてくれ」

「わかった」と俺は答えた。その声に汽笛が重なった。

ヴィンセントは山高帽《ボウラーハット》を被り直した。列車に向かって歩きながら、帽子の鍔に手を添えた。

「では、いずれまた！」

俺は彼を見送った。ヴィンセントが列車に乗り込み、姿が見えなくなるまで、黙ってその場に立っていた。それが最後だった。俺が実体を持つヴィンセントの姿を見たのは、この時が最後になった。

（2巻へ続く）

華竜の宮（上・下）

上田早夕里

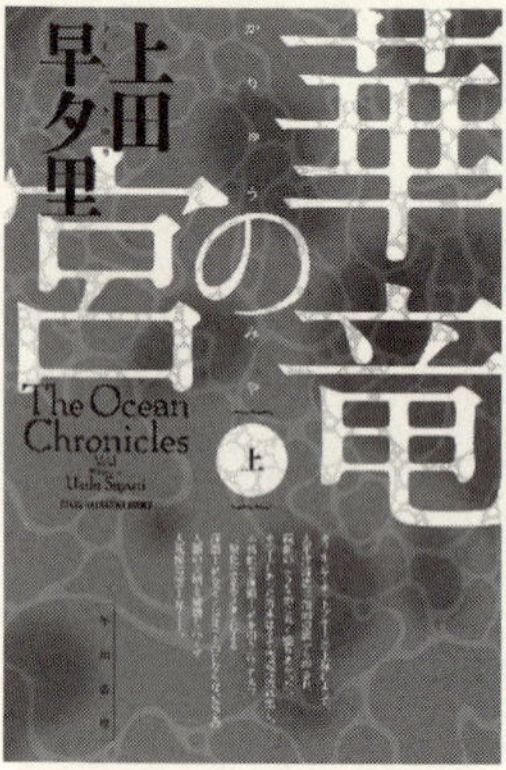

海底隆起で多くの陸地が水没した25世紀。陸上民はわずかな土地と海上都市で高度な情報社会を維持し、海上民は〈魚舟〉と呼ばれる生物船を駆り生活していた。青澄誠司は日本の外交官としてさまざまな組織と共存するために交渉を重ねてきたが、この星が近い将来再度もたらす過酷な試練は、彼の理念とあらゆる生命の運命を根底から脅かす――。第32回日本ＳＦ大賞受賞作。　解説／渡邊利道

ハヤカワ文庫

深紅の碑文（上・下）

上田早夕里

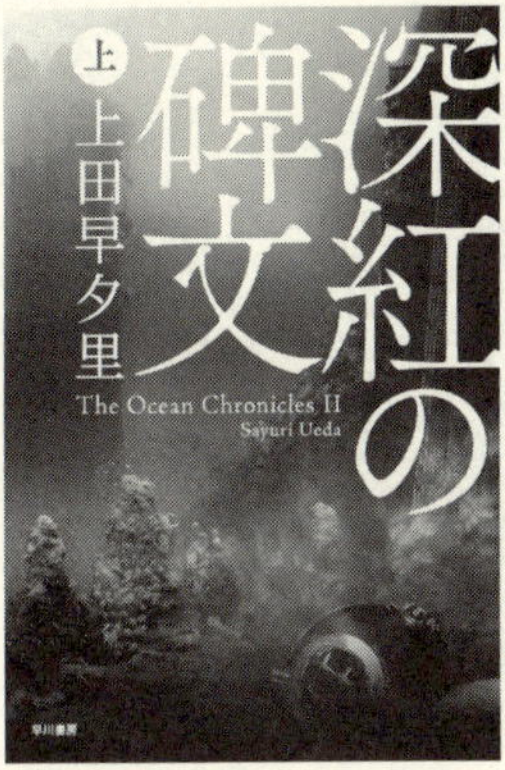

陸地の大部分が水没した二五世紀。人類は僅かな土地で暮らす陸上民と、生物船〈魚舟〉とともに海で生きる海上民に分かれ共存していた。だが地球規模の環境変動〈大異変〉が迫り、両者の対立は深刻化。頻発する武力衝突を憂う救援団体理事長の青澄誠司は、海の反社会勢力〈ラブカ〉の指導者ザフィールに和解を持ちかけるが……日本ＳＦ大賞受賞作『華竜の宮』に続く、比類なき海洋ＳＦ長篇

ハヤカワ文庫

Gene Mapper -full build-

藤井太洋

拡張現実技術が社会に浸透し遺伝子設計された蒸留作物が食卓の主役である近未来。遺伝子デザイナーの林田は、Ｌ＆Ｂ社の黒川から、自分が遺伝子設計をした稲が遺伝子崩壊した可能性があるとの連絡を受け、原因究明にあたる。ハッカーのキタムラの協力を得た林田は、黒川と共に稲の謎を追うためホーチミンを目指すが――電子書籍の個人出版がベストセラーとなった話題作の増補改稿完全版。

この空のまもり

芝村裕史

強化現実技術により、世界のすべてに電子タグを貼れる時代。強化現実眼鏡で見た日本は近隣諸外国民の政治的落書きで満ちていた。現実政府の対応に不満を持つネット民は架空政府を設立、ニートの田中翼は架空防衛軍十万人を指揮する架空防衛大臣となった。就職を迫る幼なじみの七海を気にしつつも遂に迎えた清掃作戦は、リアル世界をも揺るがして……理性的愛国を実践する電脳国防青春ＳＦ

ハヤカワ文庫

富士学校まめたん研究分室

芝村裕吏

陸上自衛隊富士学校勤務の藤崎綾乃は、優秀な技官だが極端な対人恐怖症。おかげでセクハラ騒動に巻き込まれ失意の日々を送っていた。こうなったら己の必要性を認めさせてから辞めてやる、とロボット戦車の研究に没頭する綾乃。謎の同僚、伊藤信士のおせっかいで承認された研究は、極東危機迫るなか本格的な開発企画に昇格し……国防と研究と恋愛の狭間で揺れるアラサー工学系女子奮闘記！

know

野﨑まど

超情報化対策として、人造の脳葉〈電子葉〉の移植が義務化された二〇八一年の日本・京都。情報庁で働く官僚の御野・連レルは、あるコードの中に恩師であり稀代の研究者、道終・常イチが残した暗号を発見する。その啓示に誘われた先で待っていたのは、一人の少女だった。道終の真意もわからぬまま、御野はすべてを知るため彼女と行動をともにする。それは世界が変わる四日間の始まりだった。

ハヤカワ文庫

我もまたアルカディアにあり

江波光則

世界の終末に備えると主張する団体により建造されたアルカディアマンション。そこでは働かずとも生活が保障され、娯楽を消費するだけでいいと言うが……創作のために体の一部を削ぎ落とした男の旅路「クロージング・タイム」、大気汚染下でバイクに乗りたい男と彼に片思いをする少女の物語「ラヴィン・ユー」など、鬼才が繊細な筆致で描く、閉塞した天国と開放的な煉獄での終末のかたち。

みずは無《む》間《げん》

六冬和生

無人宇宙探査機の人工知能には、科学者・雨野透の人格が転写されていた。夢とも記憶ともつかぬ透の意識に繰り返し現れるのは、地球に残した恋人みずはの姿。法事で帰省する透を責めるみずは、就活の失敗を言い訳するみずは、リバウンドを繰り返すみずは……。無益で切実な回想とともに銀河をさまよう透が、みずはから逃れるため取った選択とは？　第一回ハヤカワＳＦコンテスト大賞受賞作。

世界の涯ての夏

つかいまこと

地球を浸食しながら巨大化する異次元存在、〈涯て〉が出現した近未来。ある夏の日、疎開先の離島で暮らす少年は、転入生の少女ミウと出会う。ゆるやかな絶望を前に、思い出を増やしていく二人。一方、終末世界で自分に価値を見いだせない３Ｄデザイナーのノイは、出自不明の３Ｄモデルを発見する。その来歴は〈涯て〉と地球の時間に関係していた。第三回ハヤカワＳＦコンテスト佳作受賞作。

著者略歴　作家　2006年，『煌夜祭』で第2回C★NOVELS大賞を受賞しデビュー　著書『〈本の姫〉は謳う』『夢の上』『八百万の神に問う』『神殺しの救世主』『レーエンデ国物語』など

HM=Hayakawa Mystery
SF=Science Fiction
JA=Japanese Author
NV=Novel
NF=Nonfiction
FT=Fantasy

血《ち》と霧《きり》 1
常闇の王子

〈JA1232〉

二〇一六年五月二十五日　発行
二〇二四年三月　十五日　四刷
（定価はカバーに表示してあります）

著者　多《た》崎《さき》礼《れい》
発行者　早川浩
印刷者　西村文孝
発行所　株式会社　早川書房
郵便番号　一〇一 - 〇〇四六
東京都千代田区神田多町二ノ二
電話　〇三 - 三二五二 - 三一一一
振替　〇〇一六〇 - 三 - 四七七九九
https://www.hayakawa-online.co.jp

印刷・精文堂印刷株式会社　製本・株式会社フォーネット社

ISBN978-4-15-031232-9 C0193

本書は活字が大きく読みやすい〈トールサイズ〉です。